異教語言學：

語言如何讓人產生狂熱？

目次

第1部　跟我一起唸　7
第一章　兩個女孩，兩種異教　8
第二章　「異教」無所不在　18
第三章　二十一世紀，我們需要「異教」作為生活框架　31
第四章　我們都可能是異教成員　40
第五章　異教的語言　53

第2部　恭喜！你被選中進入下一個超越人類的進化層次　63
第一章　瓊斯的魅力　64
第二章　天堂之門　85
第三章　語言的致命誘惑　94

第四章　領導之聲音　107
第五章　洗腦迷思　114

第3部　即使是你，也可以學習說方言　127

第一章　許諾更好的人生　128
第二章　山達基的「綁架」技術　136
第三章　語言的儀式　146
第四章　語言的煤氣燈效應　152
第五章　講方言的力量　167
第六章　奪回自己的語言　175

第4部　你想當#老闆寶貝嗎？　181

第一章　多層次傳銷　182
第二章　資本主義精神　198
第三章　宗教的氣味　212

第四章　受騙傾向　223
第五章　異教式企業語言　228
第六章　逮到我，如果你行。　235

第5部　這一小時將改變你的人生……而且會讓你看起來棒呆了　239

第一章　「健康」異教　240
第二章　運動的咒語　256
第三章　新時代佈道者——教練　267
第四章　健身的新教源起　275
第五章　瑜珈異教　286
第六章　異教的判準　293

第6部　互追互讚 297
第一章　社群媒體上的新異教 298
第二章　靈性網紅 306
第三章　面對異教的正面態度 329
致謝 334
作者簡介 336

第 1 部

跟我一起唸

第一章

兩個女孩，兩種異教

一切從一個祈禱文開始。

塔莎・薩瑪（Tasha Samar）十三歲時第一次聽到那令人著迷的嗡嗡聲。首先吸引她目光的，是那群人全體從頭巾到腳的白色裝扮，以及冥想用的念珠。但召喚她進入前門的，是那群人的說話方式。那是一家位於麻薩諸塞州劍橋（Cambridge）的昆達里尼（Kundalini）瑜珈教室，塔莎從敞開的窗戶聽見那群人的聲音。「那個祈禱文聽起來非常陌生，完全是另一種語言。」在西好萊塢（West Hollywood）的一家戶外咖啡廳，現年二十九歲的塔莎，一邊喝著夏威夷豆奶拿鐵，一邊告訴我這段往事。直到三年前，她還過著處境險惡的生活，而造成那一切的源頭距離我們所在不過幾英里之遙。從她直挺的奶油色扣領襯衫和吹整柔順的頭髮來看，很難想像她曾經盤起頭巾就像年輕女孩盤起丸子頭一樣自然。「是的，如果有必要纏，我現在還記得怎麼纏。」塔莎向我保證，細緻的水晶指甲喀噠喀噠地敲著瓷製馬克杯。

塔莎是俄裔美國猶太人第一代，整段孩童時期充斥著痛苦的無歸屬感，而這個瑜珈團體的親密感觸動了她。她把頭探進大廳看了一眼，接著詢問接待處他們是什麼人。「櫃檯的女孩開始告訴我一些基本訊息，還用了很多次『心靈科學』這個詞。」塔莎回想著說，「我不知道那是什麼意思，只記得那時候心裡想著，『哇，我真想體驗看看。』」塔莎找到下一堂瑜珈課程的時間，父母也同意她去上課。想上課不需要成為團體永久會員，只需要有顆「敞開的心」。這裡的人在學習背誦那些外語祈禱文時，會全部朝向一個鬍鬚長長的斑白男人。昏暗的教室貼滿了這個男人的照片，這一切像是對還在青少年時期的塔莎施了魔法。「感覺很古老，」她說，「好像我是某種神聖事物的一部分。」

這個所有人都穿一身白的團體是什麼呢？它是源於錫克教（Sikh）的「另類宗教」健康快樂神聖組織（Healthy, Happy, Holly Organization），或稱為3HO，成立於一九七〇年代，在美國各地開設昆達里尼瑜珈課程。那個留鬍子的男人呢？那是他們充滿魅力且人脈雄厚的領導人哈巴詹·辛格·卡爾薩（Harbhajan Singh Khalsa，或稱瑜珈士巴贊〔Yogi Bhajan〕），他宣稱自己是所有西方錫克教徒的官方宗教和行政領袖——這一點充滿爭議；他於一九九三年過世時，身價高達數億美元。他使用什麼語言？答案是古木基文（Gurmukhi），一種現代旁遮普語（Punjabi）和錫克教經文的書寫系統。他的思想體系是什麼？答案是遵守瑜珈士巴贊嚴格的新時代（New Age）教義，包括戒除肉類和酒精[1]、接受他本人安排的婚姻、每天早上四點半起床讀經和參加瑜珈課程，不和任何不遵守教義或沒有要加入這個行列的人來往。

塔莎一滿十八歲就搬到3HO在洛杉磯的一個大本營，一住就住了八年，還將所有時間和金錢，也就是全部人生都奉獻給這個團體。她在經過一系列全面訓練後，成為全職昆達里尼瑜珈教練，幾個月之內就吸引到許多對靈性感興趣的名流前來她在馬里布（Malibu）開設的課程，例如黛咪．摩爾（Demi Moore）、羅素．布蘭德（Russell Brand）、歐文．威爾森（Owen Wilson）和阿德里安．布洛迪（Adrien Brody）。這些名人即使沒有成為全職的追隨者，光是出席課程就成為3HO很好的公關宣傳。塔莎的上師（swamis，老師之意）還稱讚她這麼快就從正在尋道的有錢名人那取得大把金錢和忠誠。在咖啡廳裡，塔莎從墨黑色手拿包裡取出手機，給我看她和黛咪．摩爾的合照。她們身著幽靈般的白色短褲和頭巾，在約書亞樹的背景下，在一所沙漠僻靜中心跳舞旋轉。塔莎慢慢地眨了眨假睫毛，臉上浮現困惑的微笑，好像在說，**是啊，我也不敢相信自己做了這些瘋狂的事**。

那群人保證塔莎，順服會帶來很大的報償。只要學會正確的話語，這些報酬掬手可及：「有一個咒語（mantra）可以幫你吸引到靈魂伴侶，有一個可以讓你得到大量金錢，有一個讓你長得更好

1 注解：3HO把酒視為異端飲品，所以歡慶時他們會以牛飲幾加侖的茶來代替酒。特別的是，其成員喝的瑜珈茶（Yogi Tea）是個價值數百萬美元的品牌，在美國幾乎每家超市都可以找到。這不是偶然，瑜珈茶是瑜珈士巴贊創建和擁有的品牌。3HO集團版圖還有許多企業，其中包括價值五億美元的阿卡爾保全（Akal Security），承包從美國國家航空暨太空總署（NASA）到移民拘留中心等眾多機關。（真令人好奇「晚期資本主義」的古木基文怎麼寫？）

看，還有一個能讓你生出更進化、振動頻率更高的小孩。」塔莎透露道。不服從的話呢？你會在下輩子成為振動頻率較低的眾生回來。

因為精通3HO的祕密咒語和密碼，塔莎覺得自己和其他人不一樣。她不只是被揀選的，還處在一個**振動頻率比較高**的層次。這種團結的感受也會在團體裡的人被給予新名字時更強化。由瑜珈士巴贊指派的一個命名者，採用所謂的譚崔數字命理學（tantric numerology），作為決定追隨者特殊3HO別名的演算法，但要付出一筆費用才能得到這個名字。所有女性的中間名都是考爾（Kaur），所有男性則取名為辛格（Singh）。每個人的姓氏都是卡爾薩（Khalsa），就像一個大家庭。「得到新名字是件大事，」塔莎說，「大部分人會把駕照上原本的名字換掉。」直到去年，塔莎．薩瑪的加州身分證上都還寫著「達雅．考爾．卡爾薩」（Daya Kaur Khalsa）。

雖然3HO有平和的瑜珈課程和高知名度的支持者，底下卻潛伏著危險暗流，例如瑜珈士巴贊涉及精神和性虐待、強迫斷食與剝奪睡眠行為，並對企圖離開團體的人進行暴力威脅、自殺，甚至有一起尚未偵破的謀殺案。一旦追隨者完全吸收了這個團體的專門用語，上層人士就可以把那些用語變成武器，像「雙魚座意識」、「負面心智」、「蜥蜴腦袋」，這樣的用語都被建構成威脅的語言。只要吃一口朋友點的肉漢堡，或少上一堂瑜珈課程，你的腦海裡就會重複播放**蜥蜴腦袋**、**蜥蜴腦袋**、**蜥蜴腦袋**。原本熟悉且具正面意義的英文詞語，被改寫成代表威脅的事物。塔莎告訴我，「像是『老靈魂』這個詞。」對一般英語使用者來說，「老靈魂」表示一個人擁有超乎年紀的智慧，是一種稱讚，但在3HO，這個詞會引起恐懼感，因為這個詞「代表某個人一世接著一世回來，轉生成一個又一個人身，沒辦法得到解脫。」她解釋道。即使塔莎已經逃離3HO三年，聽到這些用詞仍讓她不寒而慄。

二〇〇九年，在塔莎搬到南加州，把人生奉獻給3HO不久後，有另一名十八歲的女孩艾莉莎・克拉克（Alyssa Clarke），搬到洛杉磯開始新生活。她從奧勒岡沿著海岸線南下，來到此地就讀大學。艾莉莎因為不想得到新生肥胖症（freshman fifteen）[2]，決定嘗試加入健身房。她長久以來不敢面對自己的身體形象，但又覺得洛杉磯驚人的健身房場景令人卻步。某次放假期間，她見到一個親戚，對方最近開始新的健身計畫，不僅體重減掉很多，剛長出來的肌肉還散發著飽滿的光澤。艾莉莎心想，**馬的，我一定要去瞧瞧**。

這種新的健身方式叫作混合健身（CrossFit），剛好艾莉莎的宿舍附近就有分店。假期結束一回

2 譯注：指美國很多人在大一時第一次離家去念書，一年下來會胖大約十五磅。

來，她就和男朋友報名了初學者工作坊。身材雕塑完美的指導員散發著陽剛的熱情，淌著汗水向艾莉莎介紹一個充滿陌生術語的全新世界：健身房不叫作健身房，而是「場館」（box），指導員不叫老師或培訓師，而是教練（coach）。他們的健身包含一些「功能性動作」，你會有專屬的 *WoD*（每日健身〔workout of the day〕），其中可能包括抓舉和挺舉，還有 *BPs*（仰臥推舉〔bench presses〕）、*BSs*（後深蹲〔back squats〕）、*C2Bs*（引體向上胸觸杆〔chest-to-bars〕），還有不可避免的 *DOMS*（遲發性肌肉痠痛〔delayed-onset muscle soreness〕）。誰不愛琅琅上口的首字詞呢？混合健身者之間有一種關係緊密的文化，艾莉莎為此深深著迷，下定決心要精通他們私下講的行話。

混合健身創始人格雷・格拉斯曼（Greg Glassman，被愛好者稱為「每日健身之父」，或簡稱為「教練」）的相片就掛在艾莉莎去的場館牆上，旁邊緊連著一段他最眾所周知的健身名言，這句話很快就烙印在艾莉莎的腦海：「多吃肉類、蔬菜、堅果和種子，一些水果，少澱粉，零糖分。為了支持運動所需而持續攝取熱量，而不是為了身體脂肪。練習和訓練主要的重訓……精通基本體操……腳踏車、跑步、游泳、划船……不可改變。每週五到六天。」最讓艾莉莎著迷的，是混合健身專注於塑造會員的心態，不光是場館內，而是任何地方。教練要激勵受訓者更努力時，會大喊「野獸模式！」（在學校和工作時，這個激勵字眼也會在艾莉莎腦中迴響）。為了幫助受訓者內化混合健身的哲學，他們不斷重複「EIE」，意思是「一切就是一切」（Everything is everything）。

艾莉莎一注意到場館裡每個人都穿露露樂檬（Lululemon）[3]，馬上砸了四百美元購入這個設計師運動潮牌。（連露露樂檬都有自己的獨特用語，還印滿了整個購物袋。步出店門的顧客就帶著這些由他們所謂的「部族」〔tribe〕領袖創造出來的口號：「成癮者和狂熱運動員之間沒有差別」、「想像你最後的終點」，以及「朋友比金錢更重要」。露露樂檬創辦人奇普·威爾森〔Chip Wilson〕就像上了年紀的典型美國大兵，和格雷·格拉斯曼一樣有虔誠的追隨者。誰想得到健身竟能激發出這樣的虔誠精神呢？）

當艾莉莎發現大部分的混合健身者都遵循原始人飲食法（Paleo diet）[4]時，馬上戒除麩質和糖。如果她計劃要出遠門，不能按照正常的健身時間表出現，就會馬上通知場館裡的人，免得他們在臉書社團裡公開讓她難堪。教練和會員之間關係曖昧，所以當艾莉莎和男朋友分手後，就開始和一個叫作佛雷斯（Flex的本名是安迪〔Andy〕，加入場館後改了名字）的訓練師來往。

3　譯注：加拿大體育休閒服飾品牌。

4　編注：以舊石器時代的飲食為基礎，可吃肉類、魚類、蔬果和核果等天然食物，不吃穀類、豆類、奶製品、加工食品等。

重要的問題來了：艾莉莎和塔莎的故事，有什麼共通點？

答案是，她們都受到了異教[5]影響。如果你對於把「異教」這個指控標籤同時貼到3HO和混合健身上感到怪怪的，很好，這是應該的。但現在，讓我們先有一個共識：雖然主角之一最後破產、沒有朋友，還飽受創傷後壓力症候群之苦；另一位則是把自己的腿筋拉傷，交到一個關係成癮（codependent）的床伴，衣櫃裡還有過多昂貴的緊身褲。但塔莎．薩瑪和艾莉莎．克拉克有一個不可否認的共同點：有一天，她們在洛杉磯某個地方醒來，忽然意識到自己陷得非常深，深到連開口說的話也不再是清楚的英語。雖然她們各自加入的團體所帶來的利害關係和後果截然不同，但是維持這股力量所使用的方法，都離奇地和異教式團體非常相似，包括創造社群和團結、建立出「我們」和「他們」、校準集體價值觀、合理化有問題的行為、灌輸意識形態和引起恐懼。他們所用來信服人的技巧，跟藥物、性、剃頭、偏遠公社、寬鬆卡佛坦長袍（kaftans）[6]，或「酷愛飲料」（Kool-Aid）[7]沒有什麼關係，反而全部和語言有關。

5 編注：英文 cult 依脈絡和主題，可見被譯為異教、邪教、異派、教派、邪典等說法。本書為降低貶義偏見，並考量其歷史宗教脈絡、語義演變，以及本書所探討範疇等，將 cult 譯為「異教」，並於特定情形附上原文供參照。

6 譯注：一種中東地區服飾。

7 譯注：一種水果口味沖泡飲料。一九七八年，南美洲圭亞那瓊斯鎮（Jonestown）發生宗教集體屠殺事件，人民聖殿領袖吉姆・瓊斯（Jim Jones）把劇毒物質摻在這種飲料裡命信眾喝下，造成九百一十四人死亡。

第二章

「異教」無所不在

美國人對異教式（cultish）團體有股很深的執念。二〇一〇年代最令人津津樂道的一本小說處女作就是艾瑪・克萊恩（Emma Cline）的《女孩們》（*The Girls*），記錄在一九六〇年代末，一名青少年在某個曼森式異教組織廝混了一個夏天的故事。HBO二〇一五年的山達基（Scientology，又名科學神教）紀錄片《解密山達基》（*Going Clear*）被評為「不容忽視之作」。同樣喧騰一時的是網飛（Netflix）二〇一八年的《異狂國度》（*Wild Wild Country*）系列紀錄片，講述頗具爭議的大師奧修（Osho，自稱 Bhagwan Shree Rajneesh〔巴觀・希瑞・羅傑尼希〕[8]）以及其羅傑尼希公社。片中點綴著令人無法抗拒的流行音樂播放列表，以及紅衣使徒的復古片段，該節目獲得一座艾美獎（Emmy）與數百萬次線上觀看。我開始寫這本書的那一週，身邊所有朋友都在討論二〇一九年的民俗恐怖片《仲夏魘》（*Midsommar*），內容關於瑞典一個（虛構的）殘忍酒神（Dionysian）異教，特色是以迷幻藥助興的性儀式和活人獻祭。最近則是所有人都在談論NXIVM的系列紀錄片《誓言》（*The Vow*）與《誘惑》（*Seduced*），一個變成性交易鏈的自我成長騙局。受異教啟發的藝術創作以及人們對異教的興趣深不見底。似乎只要談到大師與他們的追星族，我們的耳朵就會自動貼過去。

8 譯注：這三個詞在印地語中分別是「神」、「偉大」、「王」。

我聽過一位心理學家解釋，因好奇而探頭觀看是一種非常真實的生理反應：當你目擊一場車禍，或任何一場災難，甚至只是災難新聞的標題，你的大腦中控制情緒、記憶與生存策略的杏仁核，就會發出信號給負責解決問題的額葉皮質，試圖搞清楚這起事件對你是否有直接危險。就算你坐著沒有行動，腦子也會進入戰鬥或逃跑的模式。數以百萬的人熱衷於異教紀錄片，或者研究瓊斯鎮（Jonestown）和匿名者Q（QAnon）等複雜而奇怪的事件和團體，不是因為我們所有人的內在都藏著心理扭曲的偷窺者，而莫名被黑暗吸引。畢竟我們看過那麼多場車禍，也讀過那麼多篇有關異教的報導，如果我們只是想要每天來點陰森怪異的刺激，肯定早就嫌無聊了。但我們沒有嫌，因為我們還沒找到滿意的答案：究竟為什麼那些「正常人」會加入異教？或者更重要的，為什麼那些人願意留在一個抱持極端意識形態的狂熱邊緣團體？此刻我們正在細細審視威脅，某種程度上我們想知道，**是不是每個人都很容易受到異教的影響？**這會發生在你身上嗎？會發生在我身上嗎？如果會，又會如何發生？

關於異教影響這個問題，我們的文化往往給出相當單薄的答案，通常只會模糊地說「被洗腦了」。如果你問為什麼那麼多人死於瓊斯鎮？「因為他們喝了酷愛飲料！」為什麼那些受盡虐待的妻子，不盡快逃離一夫多妻的魔掌？「因為她們的心智被控制了啊！」就是這麼簡單。

但實際上並不是那麼簡單。洗腦其實是一種偽科學的概念，我訪談過的大部分心理學家都駁斥這種說法（稍後再詳細說明）。關於異教影響的問題，只有問到對的問題，才能得到更真實的答案：這些充滿魅力的領導者使用了什麼技巧，來利用人們對社群與意義的深層需求？他們如何培養那種力量？

事實證明，這並不是只發生在某個偏遠公社，讓每個人都戴著花冠在陽光下跳舞的奇特費解巫術（其實科切拉音樂節〔Coachella〕就是那樣……所以你也可以說科切拉是一個「異教」）。真正的答案都和文字與陳述方式有關。從巧妙地對現有詞語（以及發明新詞）重新定義，到強大的婉轉詞語、密碼、重新命名、流行語、唱誦咒語、「說方言」（speaking in tongues）[9]、強制禁語，甚至主題標籤（hashtags），語言就是產生各種程度的異教影響的關鍵手段。剝削人的靈性大師知道這一點，傳銷者、政治人物、新創公司執行長、線上陰謀論者、健身教練，甚至社群媒體的網紅也都知道。無論是以正面或隱晦的方式，我們每天都會聽到「異教語言」（cult language），也會受到影響。不管是

9 編注：在西方宗教活動中，「說方言」指信徒進入一種暫時狀態，能流暢說出無人理解的話語，被認為是在與較高的力量溝通，此處遵循現代標點和合本翻譯（哥林多前書 14）。

在工作、飛輪課、Instagram上，我們在日常生活中的發言，就證明了我們是不同程度的「異教」成員。你只是需要知道該注意聽些什麼。當我們被曼森家族的奇特服裝[10]與其他華而不實的「異教」圖象分散注意力時，很容易遺漏一件事：讓人們到達極度虔敬狀態，並維持虔誠的一個最大因素，是我們看不見的東西。

雖然「異教語言」有各式各樣的變種，但從吉姆·瓊斯（Jim Jones）、傑夫·貝佐斯（Jeff Bezos）到靈魂飛輪（SoulCycle）訓練師，所有魅力型領導者都在使用一樣的基本語言工具。這是一本關於各種形式的狂熱現象所用語言的書，如同英語、西班牙語或瑞典語，我把這種語言稱為「異教語」（Cultish）。本書第一部將研究我們用來談論異教式團體的語言，打破某些有關「異教」這個字眼的迷思。然後，第二部到第五部將會揭露異教式語言的關鍵元素，以及天堂之門（Heaven's Gate）與山達基等破壞性團體如何誘騙追隨者，以及如何滲透到我們的日常語彙中。在這些篇幅中，我們將會發現，綜觀歷史到現在，無論為善或為惡，是什麼因素驅使人們成為狂熱分子。一旦你理解了「異教語」聽起來是什麼樣子，就再也無法充耳不聞。

語言是領導者的魅力所在，也是賦權給他們創造一個迷你宇宙、一個價值觀與真理體系，再迫使追隨者聽從其規則的原因。一九四五年，法國哲學家莫里斯・梅洛-龐帝（Maurice Merleau-Ponty）寫道，就像「水是魚的元素」，語言是人類的元素。因此，塔莎的外語咒語與艾莉莎的首字詞在塑造她們的「異教」經驗上，不是只發揮了某些小小的作用，更精確地說，因為措辭是製造、滋養與強化信仰系統的媒介，沒有那些措辭，她們的狂熱根本不可能存在。愛丁堡大學應用語言學教授約翰・喬瑟夫（John E. Joseph），在從蘇格蘭寫給我的信上寫道：「沒有語言，就沒有信仰、意識形態或宗教。這些概念需要語言作為它們存在的條件。」沒有語言，就沒有「異教」。

當然，你不需要明確表述出來也可以堅持信念，或是如果塔莎或艾莉莎不想接受那些領導者的訊息，也沒有任何特定措辭可以強迫她們接受。但只要她們有一絲絲的意願，語言就能壓制獨立思考、掩蓋真相、鼓勵確認偏誤、讓情緒掌管經驗，以至讓人感覺那是唯一的一種生活方式。一個人溝通的方式可以透露他們都跟誰往來、受到誰的影響，甚至他們有多忠誠。

10 注解：異教對於裝束有非常根深蒂固的迷戀。我們將在第二部探討的幽浮邊緣宗教「天堂之門」，有三十九位信徒在一九九七年集體自殺時，全部穿著九三年款的黑白色耐吉十年（Nike Decade）運動鞋。兩名天堂之門的倖存者堅稱，他們的領導人選擇這款運動鞋，除了買到很好的批發價之外，沒有特別原因。悲劇發生之後，耐吉匆忙停產這款球鞋（沒有什麼事像一場異教自殺事件那樣可以破壞產品的好名聲了），但反而讓這款運動鞋立刻成為一款收藏鞋。在撰寫本書時，天堂之門事件之後二十二年，一雙九三年的十二號耐吉十年在 eBay 上要價六千六百美元。

在帶有異教色彩的語言中，其背後動機未必不正當，有時候是很健康的，例如在某個人道使命上促進團結或號召他人。我一位最要好的朋友為一家癌症相關非營利組織工作，說他們為了讓募款人保持熱血，會像唸咒一樣不斷重複一些愛意轟炸（love-bomb-y）流行語，例如「總有一天就是今天」、「勝利就在此刻」、「讓我們飛得更高更遠」、「在尋求癌症治療的過程中，你們是戰士與英雄中最偉大的一代。」她告訴我，「這讓我想起了多層次傳銷業者的說話方式。」（她是指玫琳凱〔Mary Kay〕與安麗〔Amway〕等異教般的直銷公司，稍後有更多說明。）「這很像異教，不過是為了行善，而且啊，嘿，還真有效。」在本書第五部，我們將會瞭解，在「異教健身」工作室中用到的所有各種嗚嗚（woo-woo）[11]唱誦與讚美。對於持懷疑態度的局外人來說，那些語言可能聽起來很極端，但是當你仔細聆聽，實際上並沒有那麼具破壞性。

無論是出於惡意或善意，語言是讓一個社群成員擁有相同意識形態的方法，目的是幫助成員感覺到，自己屬於某個偉大的事物。倫敦政治經濟學院（London School of Economics）研究新宗教運動的社會學家艾琳・巴克（Eileen Barker）指出，「語言提供了一種共同理解的文化。」但不管在哪裡，只要有被狂熱崇拜的領導者或是任何因信念結合的圈子，就會產生某種程度的心理壓力。這種心理壓力可能像日常的社群恐慌症FOMO[12]一樣普通，也可能像被迫從事暴力犯罪一樣危險。「坦白說，語言就是一切。」一名前山達基信徒在接受採訪時低聲告訴我，「語言把你隔離起來。因為你有另一種語言可以與人溝通，讓你感覺自己很特別，就好像你掌握了什麼內幕一樣。」

不過，在深入瞭解異教式語言的具體細節之前，我們必須先仔細定義這個關鍵詞：「異教」到底是什麼意思？結果，要給出一個明確的定義可是再困難不過。研究與撰寫本書的過程中，我對這個詞彙的理解反而變得更模糊不固定，但不是只有我對「異教」一詞的定義感到困惑。我最近在洛杉磯家裡附近做了一個小型街訪，詢問數十位陌生人對這個詞彙的想法，答案從「一小群人被一個擁有太多權力的騙子領導」到「對某件事充滿熱情的任何一群人」，一直到「嗯，異教可以指任何事物吧？你可以成立一個咖啡異教，也可以成立一個衝浪異教。」但沒有人的回答是篤定的。

這個詞的語意如此模糊是有原因的。「異教」的有趣詞源（我很快就會詳細說明）正好對應了我們社會與靈性、社群、意義與身分之間不斷變化的關係，一種變得非常……**詭異**的關係。語言的改變總是反映著社會的變遷，由於數十年來社群媒體的興盛、日益加深的全球化，以及傳統宗教淡出

11 譯注：指相信沒有科學基礎的神祕或超自然信念的貶抑詞。
12 譯注：Fear of missing out，指自己不在場時可能錯失重要事件的焦慮與不安感。

等現象，我們與人連結的源頭與存在的目的都已經轉移，也因此我們看見更多另類的次團體出現，有些是危險的，有些則沒有那麼危險。而「異教」一詞則演變用來描述所有這些團體。

有些詞彙根據對話情境以及談話者的態度，可能意味完全不同的意思。我發現，「異教」也變成這類詞彙。它可以用作為隱含死亡與毀滅暗示的譴責或指控，或只是當作某些服裝搭配與熱情到不知羞恥的比喻，也可以用來指稱介於這兩者之間的一切。

在現代談話中，人們把「異教」這個詞彙用在一個新宗教、一群網路激進分子、一家新創公司，以及一個化妝品品牌。幾年前，我還在一家美容雜誌工作時，我很快就注意到，一些化妝品品牌把「異教」當成一個行銷術語，來描述新產品上市造成的一股轟動，根本是司空見慣的事。我在舊工作收信匣中隨便搜尋一下，就可以找到數千筆結果。一篇流行彩妝系列新聞稿寫著：「下一個異教現象，先睹為快！」還發誓說，從他們所謂的異教實驗室（Cult Lab）推出的新粉餅，將會「讓美容成癮者與化妝狂熱者陷入瘋狂。」另外一家護膚產品公司的兜售說詞還發誓，其價值一百五十美元的「異教最愛組」（Cult Favorites Set），是注入了大麻二酚（CBD）的靈丹妙藥，「不僅是護膚產品，還是一份無價的禮物，可以給人舒壓與寵愛自己的機會，以便應付生命中遇到的一切。」無價的機會？應付**一切**？這款眼霜所承諾的好處，聽起來和一個靈性騙子沒什麼兩樣。

這一整套的「異教」定義聽起來很令人困惑，不過我們似乎進行得還不錯。社會語言學家發現，整體來說，每當在談話中使用一個熟悉的詞彙時，聽者非常善於對隱含的意義與風險進行上下文脈絡的推斷。一般來說，我們可以推斷，在談瓊斯鎮異教時，不是在指CBD護膚品或泰勒絲（Taylor Swift）粉絲那種異教。當然，語言一定會有誤解的空間，但整體來說，大部分有豐富談話經驗的人都理解，當我們把某些健身愛好者描述為「異教追隨者」時，可能指的是他們如宗教般虔誠的熱烈投入，而不會擔心他們被財務問題拖垮或再也不和家人講話（至少這些不是加入會員的條件）。至於泰勒絲鐵粉（Swifties）或靈魂飛輪族（SoulCyclers），異教比較像是一個比喻，就類似於有人把學校或職場比作「監獄」，以這種方式描述一種受到壓迫的環境或嚴厲的上司，而不會讓人以為你真的在一座監牢裡。當我將最初的採訪邀請發給史丹佛大學心理人類學家暨知名邊緣宗教學者譚亞・魯爾曼（Tanya Luhrmann）時，她的回應是：「親愛的亞曼達，我很樂意談談。我確實認為，靈魂飛輪是一個異教☺。」但在我們後來的談話中，她澄清那個說法只是在開玩笑，未來也不可能成為正式發言。當然，我很能理解她為什麼這麼說。稍後我們會談到更多來自譚亞的說法。

針對靈魂飛輪這樣的團體，「異教」一詞被用來描述對某個文化圈子的強烈效忠。這種效忠雖然強烈到讓人聯想到曼森層級那種危險團體的某些面向，例如金錢與時間的承諾、墨守成規、尊貴的領導（這些都可能變成有害的）等，但並不是與外界完全隔絕，或者足以威脅生命的謊言與虐待。無需明確說出來也知道，我們沒有再討論死亡的可能性或人身無法自由離開這個層級的事。

但是，就像生活中的每一件事，異教並沒有好與壞的二元性之分，異教性質（cultishness）是落在一個光譜上。心理健康顧問、《川普異教》（*The Cult of Trump*）一書作者、美國最重要異教專家史蒂芬．哈山（Steven Hassan）曾經描述過一個影響連續體（influence continuum），呈現從健康與建設性一直到不健康與破壞性的不同團體。哈山說，朝向破壞性那一端的團體會使用三種欺騙手段：遺漏你必須知道的資訊、為了更容易被接受而扭曲說法，以及徹底扯謊。在所謂符合道德的異教（哈山指的是體育迷和音樂迷）與有害的團體之間，有一個重要差異就是，符合道德的團體會事前告知該團體的信仰內容、想從你這邊得到什麼、團體對會員的期望，以及如果離開可能導致什麼後果，但後果不會太嚴重。「如果你說『我發現一個更好的樂團』或『我不想再打籃球了』，團體的其他人並不會威脅你。」哈山解釋，「你不會產生不理性的恐懼，害怕自己會發瘋或被惡魔附身。」13

或者，對我們的前 3HO 成員塔莎來說，她的恐懼是變成蟑螂。當我問她，是否真的相信團體所言，如果她犯下嚴重的罪行，例如和上師上床，或自我了斷，她將會變成這世界最受人咒罵的昆蟲重回世間。塔莎的回答是「完全相信。」塔莎也相信，如果你死在聖人跟前，你會有更高的轉世。有一次，她在公廁裡發現一隻蟑螂。當時的她確信那隻蟑螂是一個上師，在前世做了很可怕的事，正在試圖以更高的振動頻率回到世間。塔莎顫抖著說，「我當時想著，『我的天啊，因為我是個高尚的老師，所以他正努力死在我身邊。』」當蟑螂爬進裝滿水的水槽時，塔莎打開了塞子讓水流掉，這樣蟑螂就不會有幸溺死在她附近。「我嚇壞了，馬上跑出浴室。」她回憶說，「那段時間可能是我精神錯亂的巔峰時期。」

13 注解：比起過去幾代的名人粉絲，現今的鐵粉文化（stan culture，指線上超級粉絲陣營，虔誠崇拜與捍衛泰勒絲、Lady Gaga 與碧昂絲等音樂明星）更捉摸不定了。二〇一四年，一項精神病學研究發現，明星鐵粉往往面臨心理社會問題的煎熬，例如身體畸形恐懼症、沉迷整形手術、較差的人際界線判斷，以及焦慮與社交障礙等心理健康狀況。同一項研究也發現，鐵粉可能同時具備自戀特質、跟蹤行為與解離症狀。我們將在第六部探討更多有關「流行文化異教」的興衰。

對比之下，混合健身客艾莉莎．克拉克告訴我，如果她缺了一堂鍛鍊課，對她來說，最可怕的結果是在臉書上被說懶惰。或者，如果她決定不再去場館，反而開始騎飛輪（但願不會發生），她的老朋友與情人可能會慢慢從她的生活中消失。

也就是為了限定這些廣泛的異教似（cultlike）社群，人們開始使用諸如「追隨異教」（cult-followed）、「異教般的」（culty），以及「異教式」（cultish）等口語修飾詞。

第三章

二十一世紀，我們需要「異教」作為生活框架

異教迎來這個眾所注目的時刻，真的不是巧合。二十一世紀以來，一種社會政治動盪的氛圍逐漸產生，大眾開始對成立悠久的機構，例如教會、政府、大藥廠與大企業產生不信任感。這樣的社會正是建立全新與非傳統團體的最佳環境，從網路論壇 Reddit 上的非自願獨身者社群 incels 到健康保健的嗚嗚網紅，這些團體承諾了傳統團體無法提供的答案，看起來既新鮮又有吸引力。再加上社群媒體的發展以及結婚率降低，整個文化的孤立感達到空前高點，而公民參與度則達到創紀錄的低點。二〇一九年，《富比士》（*Forbes*）就把孤獨標記為一種「流行病」。

人類真的不擅長面對孤獨。我們並不是為孤獨而生的。從古老的人類時代以來，人類就為了生存而在關係緊密的團體中交流，也容易受到其他志同道合的部族吸引。但除了進化優勢，社群也讓我們感受到一種叫作幸福的神祕東西。神經科學家發現，當我們參加集體吟誦這種超凡的連結儀式時，大腦會釋放出讓人感覺良好的化學物質，例如多巴胺與催產素。我們以游牧維生的採集與狩獵者祖先，也曾經為了非實際需要，擠在聚落的廣場上參加儀式性舞蹈。丹麥與加拿大等現代國家政府，把社群連結視為優先事項（透過優質的公共運輸系統、鄰里合作社等），這些國家的公民自認有更高的滿意度與成就感。各種研究都指向人類本身就具有社會性與精神性。對歸屬感與目的感的渴望是我們行為的動力。我們天生就是「異教式的」（cultish）物種。

人類對連結的這種基本渴望很動人，但若方向錯誤，一個明智的人也可能做出完全不合理性的事。來看看這個經典案例：一九五一年，斯沃斯莫爾學院（Swarthmore College）的心理學家所羅門・阿希（Solomon Asch）找了六名學生，做了一場簡單的「視力測試」。阿希向參與者展示四條垂直線，六名學生中只有一名學生沒有看到這四條垂直線。接著阿希要求學生指出哪兩條線一樣長。正確答案非常明顯，只要你看得到，不需要其他技巧就能看出來。但是阿希發現，如果前五名學生指出了明顯錯誤的答案，有百分之七十五的機率，最後一名學生受試者會忽略自己原本更好的判斷，轉而同意大多數人的看法。這種對疏離根深蒂固的恐懼，以及對順從的衝動，就是讓人一心想成為某著團體成員的部分原因。從 3HO 的瑜珈士巴贊到混和健身的格雷・格拉斯曼，許多魅力型領導者都學會如何引導與利用這種恐懼和衝動。

曾幾何時，當人們在尋求社群或答案時，傾向於去尋找有組織的宗教，但這個情況愈來愈少見。愈來愈多美國人正在放棄與主流教會的關係，並零星分散到其他地方。我有幾位二十幾歲的朋友，最常宣稱他們尋找的是「精神性，而非宗教性」。皮尤研究中心（Pew Research）一項二〇一九年的數據顯示，四成的千禧世代不認同任何宗教連結，比七年前增加將近百分之二十。二〇一五年，哈佛神學院（Harvard Divinity School）一項研究發現，年輕人為了在生命中注入意義，仍在尋求「深刻的精神體驗與社群體驗」，但從傳統信仰中滿足這些渴望的人，比以往更少。

為了分類這些急速增加的宗教分離人口，學者們提出了「無宗教信仰者」（Nones）與「重新混合者」（Remixed）這兩個標籤。「重新混合者」這個專有名詞由塔拉・伊莎貝拉・伯頓（Tara Isabella Burton）發明，她是一位神學家、記者，也是《奇怪的儀式：無神世界中的新宗教》（*Strange Rites: New Religions for a Godless World*）一書的作者。「重新混合者」描述的是，當代尋求者（seekers）傾向將不同圈子（宗教的與世俗的）的信念與儀式混合與搭配起來，為自己提出一個量身訂製的精神性常規活動。比如說，早上上冥想課，下午上占星術，然後和朋友在週五安息日的晚上進行超改革（ultra-Reform）。

精神性的意義通常不再和神有關係。哈佛神學院的研究中，認為靈魂飛輪與混合健身等團體，賦予了美國年輕人一個現代宗教身分。今年二十六歲的女演員查妮・格林（Chani Green），住在洛杉磯，同時也是死忠的靈魂飛輪族，告訴我她對靈魂飛輪大流行的看法：「它給了你宗教能給的東西，讓你感覺你的生命很重要。我們常常感到憤世嫉俗，但這不符合人類的特性，人類需要感覺和某種事物有連結，就像我們被放在地球上，不是只為了最終走向死亡。在靈魂飛輪上的那四十五分鐘，我就有那種感覺。」

如果你不高興健身課程被拿來和宗教做比較，就會知道定義「異教」是多麼困難。幾個世紀以來，學者們對於如何分類「宗教」的爭論越趨激烈。你可能覺得基督教是一種宗教，而健身不是，但即使專家也很難確實釐清理由。我喜歡伯頓看待的方式，這其實與宗教是什麼沒什麼關係，與宗教在做什麼比較有關。而宗教提供了以下四種東西：意義、目的、社群感和儀式。現在，尋求者愈來愈少在教堂裡找到這些東西了。

此外，現代的異教式團體能夠提供人們慰藉，部分是因為，這個世界提供了太多成為不同樣貌的可能性（或至少有這樣的錯覺），而這些團體有助於減輕生活在其中的焦慮與混亂。有一名治療師曾告訴我，沒有結構的靈活性，根本一點也不靈活，就是混亂而已——這就是很多人對生活的感覺。美國的大部分歷史裡，不管是一個人的職業、嗜好、居住地點、戀愛關係、飲食方式、美感，可以選擇的方向相當少。但在二十一世紀，選擇卻像芝樂坊餐館（Cheesecake Factory）的一大本菜單[14]，要人們（僅限生活條件優渥的人）從中去做決定。絕對的數量可以癱瘓人，更何況我們處在一

14 編注：美國芝樂坊餐館以提供種類繁多的餐食種類聞名，菜單本給人目不暇給的感覺。

個激進自我創造的時代。這個時代的年輕人，面對著必須打造強大「個人品牌」的壓力，士氣與基本生存的不穩定感卻比以往更甚。正如世代相傳那樣，千禧世代的父母也告訴這世代的年輕人，他們可以長成任何想成為的人，但是無窮無盡的「如果」（what ifs）與「可能」（could bes），像超市裡的早餐麥片區一樣令人難以招架。最後這些年輕人只想要一位大師，直接告訴他們該選哪一個。

「我希望每天早上有人告訴我要穿什麼。我想要有人告訴我要吃什麼。」在獲得艾美獎的影集《倫敦生活》（*Fleabag*）第二季中，菲比・沃勒-布莉姬（Phoebe Waller-Bridge）飾演的三十三歲角色向牧師（比較搶手的那個）坦白，「要討厭什麼、要生氣什麼、聽什麼、喜歡什麼樂團、買什麼票、開什麼玩笑、什麼玩笑不能開。我想要有人告訴我，要相信什麼、投票給誰、要愛誰、如何表達我的愛。我只是想要有人告訴我，如何過生活。」

從政治認同到髮型認同，只要選擇者跟隨一位提供樣板的上師，就能減輕矛盾。這個概念適用於像山達基與3HO成員等靈性極端分子身上，也適用於社群媒體名人與露露樂檬或美國美妝公司Glossier等「異教品牌」的忠實擁護者。只要說得出「我是個Glossier女孩」或「我有追蹤喬・迪斯本扎博士（Dr. Joe Dispenza）」（我們將在第六章談到的一個可疑的自我成長明星），有關你的想法與你是誰等個別選擇的負擔與責任就減輕了。原本你必須做出選擇、數量多到無法招架的答案，被減少到可以應付的數量。你只要問：「Glossier 女孩會怎麼做？」然後把你日常的決定，包括香水、新聞來源，所有的這一切，都建立在這個框架上。

從主流機構轉向非傳統團體的變革浪潮，一點都不新鮮。在人類歷史的幾個不同契機上，世界各地皆已出現過這種現象。社會受到所謂異教的吸引（包含加入的傾向以及對它們的迷戀兩種），往往在對存在產生更廣泛質疑的時期特別興盛。大多數的另類宗教領導者擁有權力，並不是為了利用信徒，而是為了引導他們度過社會與政治的動盪。拿撒勒的耶穌（Jesus of Nazareth）（你可能很熟悉）的崛起，就是在據說是中東歷史上最令人焦慮的時刻（事實不言可喻）。羅馬帝國殘暴進犯，讓人們開始尋找可以啟發與保護他們的非建制性指引。一千五百年後，在風起雲湧的歐洲文藝復興時期，冒出了數十個「異教」來反抗天主教會。十七世紀的印度，由於重心轉向農業，導致社會不和，出現反對英國帝國主義的氣氛，許多邊緣團體應運而生。

與其他已開發國家相比，美國與「異教」的關係有著一致性，讓美國不負其喧囂混亂之名。在世界各地，生活水平（教育程度高、預期壽命長）最高的國家往往有最低的宗教信仰程度，但美國卻是這方面的例外，它既高度發展，同時也充滿了信徒，而且「非宗教信仰者」與「重新混合者」也很多。探究這種不一致的部分原因，以日本與瑞典等其他先進國家為例，公民享有一系列由上而下的資源，包括全民健保以及各種社會安全網，但美國更像是一個自由放任、不受控制的地方。喬治亞格威內特學院（Georgia Gwinnett College）語言心理學家大衛・盧登博士（Dr. David Ludden）為《今日心理學》（*Psychology Today*）寫道，「日本人與歐洲人知道，在他們有急需的時候，政府會伸出援手。」但是美國自由放任的氣氛，讓人們感覺一切只能靠自己。一代又一代下來，在缺乏制度支持的環境中，人們自然蜂擁而至另類或超自然的心靈團體。

人心不安也是造成美國整個一九六〇年代與七〇年代異教浪潮崛起的起因，當時正是越戰、民權運動，以及甘迺迪（Kennedy）兩次遇襲事件導致美國人陷入不安的時期。在那時候，靈修活動正處於巔峰，傳統新教從明顯盛行的地位日漸衰退，出現了新的運動來滿足這種文化渴望。那些團體包含各種基督教分支，例如猶太人歸耶穌運動（Jews for Jesus）與上帝之子（Children of God）；到東方衍生的團契，例如3HO與香巴拉佛教（Shambhala Buddhism）；到非正統團體，例如女神的盟約（Covenant of the Goddess）與阿芙洛狄忒教會（Church of Aphrodite），到像山達基與天堂之門這樣的科學派。現在有些學者把這個時期稱為第四次大覺醒（前三次是在一七〇〇年代與一八〇〇年代，一連串激情的福音派復興活動席捲了美國東北部）。

與早期的新教覺醒不同，第四次覺醒的求道者是向東方與神祕學尋求個人開悟。就像二十一世紀的「異教追隨者」，這些求道者大致上是年輕、反文化、在政治上很分歧的類型，都認為權力讓人失望。如果你是訂閱過占星術應用程式或參加過音樂節的那種人，很可能你在一九七〇年代，就會遇上某種「異教」。

說到底，對身分認同、目的與歸屬感的需求，已經存在一段很長的時間。在文化處於不穩定期間、這些需求得不到滿足時，異教式團體就一定會如雨後春筍般跟著出現。不一樣的是，在這個由網際網路主導的時代，團體的大師可以是無神論者，進入團體的門檻也低到只要滑鼠點擊兩次，抱持另類信念的人比過去更容易找到彼此。從令人癡迷的健身工作室，到把「異教」放進「公司文化」的新創公司，非宗教的異教就像蒲公英一樣隨風到處萌芽，在這個時代一點都不奇怪。不管是好的是壞的，任何人都能加入異教。

第四章

我們都可能是異教成員

幾年前，我還在大學時，決定退出競爭激烈（而且相當異教式）的戲劇課程，以主修語言學。在一場跟我母親的對話中，她告訴我，她一點都不意外我改變心意，因為她一向認為我非常「不異教」（un-culty）。由於很明顯我不想被說成很異教，就選擇把這種說法當成一種恭維，只是那聽起來也不全然是讚美。那是因為，與黑暗元素並列的異教，同時圍繞著有點性感的成分，例如非傳統的面向、神祕主義、共同的親密感。這樣一說，這個詞彙幾乎繞了一大圈，又回到了原點。

異教不一定帶著不祥的意味。這個專有名詞的最早版本可以在十七世紀的著作中找到，當時的異教標籤純真多了。當時，這個詞彙只是意味著「對神性的敬意」，或用來爭取諸神所做的供品。「文化」（culture）與「培養」（cultivation），這兩個詞源自同一個拉丁動詞禮拜（*cultus*），算是異教構詞上的近親。

這個詞彙在十九世紀初演變，在美國這是一段實驗性宗教騷動的時期。美國殖民地建立在實踐新宗教的自由上，被認為是一處安全的避風港，各式古怪信徒可以在此隨心所欲地標新立異。這種精神上的自由也為蜂擁而來的另類社會與政治團體打開了大門。一八〇〇年代中期，有超過一百個小型意識形態集團成立又解散。一八三〇年代時，法國政治學家托克維爾（Alexis de Tocqueville）訪問美國，對於「所有年齡、所有身分、所有性格的美國人，都永久聯繫了起來」深感震驚。當時的異教團體包含了奧奈達社區（Oneida Community），一個位於紐約州北部的多元共產主義者陣營（聽起來很有趣）；和諧協會（Harmony Society），位於印第安那州，由科學愛好者組成，主張平等的夥伴關係團體（多麼可愛）；以及（我最喜愛的）位於麻薩諸塞州一個短命的素食農業異教，果園公社（Fruitlands），由哲學家阿莫斯．奧爾科特（Amos Bronson Alcott）所成立，他是一位廢奴主義者、女權人士，也是《小婦人》（*Little Women*）作者露易莎．梅．奧爾科特（Louisa May Alcott）的父親。在那時候，異教只是一種與「宗教」和「宗派」（sect）並列的教會分類。這個字眼表示一些新的或非正統的事物，但不一定是邪惡的。

第四次大覺醒開始時，這個字眼的名聲開始變得比較黑暗。當時出現了很多不墨守成規的心靈團體，嚇壞了老派的保守人士與基督徒。異教很快就和江湖郎中、騙子與異端怪人連在一起，但還沒被認為具有社會威脅或犯罪傾向。直到一九六九年的曼森家族謀殺案，以及隨後一九七八年的瓊斯鎮大屠殺（我們將在第二部進行探討）。從那之後，異教這個字眼就成了恐懼的象徵。

九一一事件之前，九百多人在瓊斯鎮慘死是美國人民傷亡人數最多的事件，讓整個國家陷入異教的意識錯亂狀態。有些讀者也許還記得隨後的「撒旦恐慌」（Satanic Panic），這是在八〇年代一段恐慌擴散的時期，崇拜撒旦的虐童者鬧得美國街坊人心惶惶。正如社會學家榮恩．恩羅斯（Ron Enroth）在一九七九的著作《異教的誘惑》（*The Lure of the Cults*）一書中指出，「瓊斯鎮得到前所未有的媒體曝光……提醒美國人注意，看似良善的宗教團體可以掩蓋地獄般的腐敗。」

然後，一如常見發展，只要異教變得令人害怕，就會同時變得很酷。七〇年代的流行文化很快就誕生了像「邪典電影」（cult film）與「異派經典」（cult classic）的術語，用來描述地下的獨立電影類型，例如《洛基恐怖秀》（*The Rocky Horror Picture Show*）。費西（Phish）與死之華（Grateful Dead）等樂團有跟隨成員到天涯海角的「異教追隨」，也廣為人知。

第四次大覺醒之後的一、兩個世代，對異教感到好奇的年輕人，為這個時代染上了一股懷舊的酷酷色彩。七〇年代的邊緣團體，在這個時期被視為是反常而時髦的復古。在這個意義上，沉迷於曼森家族就像擁有大量嬉皮時代的黑膠唱片與樂團T恤收藏一樣。我上週在洛杉磯的一家髮型沙龍，偷聽到一名女性告訴設計師，她想要一個「曼森女孩」的髮型：「長而亂、黑髮、中分。」我一個二十多歲的熟人，最近主辦了一場以異教為主題的生日派對，地點在紐約哈德遜河谷（Hudson

Valley），也就是過去許多「異教」（包括家庭〔The Family〕[15]、NXIVM，以及無數的女巫）與胡士托音樂節（Woodstock music festival）的場地。服裝要求呢？全白。那天我的 Instagram 動態充斥著用了濾鏡的照片，那些賓客穿著象牙白襯裙，帶著呆滯眼神，每個人一副「哎呀，我不知道自己被鬼上身了」的表情。

數十年來，「異教」這個字眼已經變得如此駭人聽聞、如此浪漫化，以至於我所採訪過的大多數專家甚至不再使用了。他們的態度是，至少在學術文獻中，「異教」的意義太廣泛，也太主觀，所以沒有用處了。就在最近的一九九〇年代，學者們毫不猶豫地拋出這個字眼，用來描述任何「被很多人認為異常」的團體。但不需要社會學家也能看見，這種分類中存在的偏見。

有些學者試圖讓這個字眼更準確，並找出具體的「異教」標準：魅力型領導者、改變心智的行為、性與經濟剝削、對非成員帶有「我們與他們」的心態，以及一種以目的合理化手段的哲學。加拿大阿爾伯塔大學（University of Alberta）社會學教授史蒂芬・肯特（Stephen Kent）補充，雖然不是通則，但「異教」一詞一般應用於描述有某種程度超自然信仰的團體（天使與魔鬼通常不得其門而入，比如說，化妝品傳銷計畫，除非有例外……第四部將有更多說明）。但是肯特指出，所有這些組織的結果都一樣：建立在成員奉獻上的權力不平衡狀態、英雄崇拜（hero worship），以及絕對的信任，這經常助長了不負責任的領導者濫用權力。這種信任關係之所以能夠維持地完好無缺，靠的是成員相信他們的領導者得到了罕見的超然機會，所以無論在地球上或在來世，領導者都能夠掌控賞罰制度。根據我的談話內容，這些特性似乎概括了很多普通人所認為的「真實的異教」或「異教的學術定義」。

但事實卻證明，異教沒有正式的學術定義。聖地牙哥州立大學（San Diego State University）宗教學教授麗貝卡．摩爾（Rebecca Moore）在一次電話採訪中澄清，「因為它本質上是貶義的，只是用來描述我們不喜歡的團體。」摩爾從一個獨特的地方切入異教這個主題：她的兩個姊妹就在瓊斯鎮大屠殺中喪生；事實上，吉姆．瓊斯找了她的姊妹協助完成那場屠殺。但摩爾告訴我，她絕對不會使用異教這個字眼，因為這個詞已經隱含判斷。她解釋說道，「只要有人說到這個詞，不管你是讀者、聽者或個人，馬上知道那大概是個怎樣的團體。」

15 注解：有幾個異教團體（cultish groups）隱藏在「家庭」（The Family）這個模糊的名號之下。這是一個在六〇年代出現的新時代末日公社，是由一個名叫安妮．漢米爾頓-伯恩（Anne Hamilton-Byrne）的澳洲瑜珈教練經營，她有虐待狂傾向，並自稱是救世主（常見的故事）。她綁架了十幾名兒童，以異常的方式虐待，包括強迫服用儀式性迷幻藥，在一九八〇年代晚期被逮捕入獄。

同樣的，「洗腦」是一個媒體不斷拋出來的字眼，但我為本書採訪的幾乎每一位專家都迴避或拒絕使用。摩爾說，「我們不會說士兵去殺人是被洗腦的，因為那是基本訓練。我們不會說兄弟會成員被整[16]入會是被洗腦的，因為那是同儕壓力。」大多數人對「洗腦」的理解是字面上的，像是說在被異教灌輸的期間，腦神經重新連結了之類的，但其實洗腦只是一種比喻，沒有任何客觀的意義。

就摩爾的兩個姊妹在瓊斯鎮慘劇中擔任的角色來說，她應該是會相信洗腦字面意義的不二人選。但她仍然駁斥了這個概念，因為，一方面，「洗腦」忽視了人們能為自己思考的真實能力。人類並不是無自主能力的無人機，決策能力脆弱到隨時可以被抹煞。摩爾說，如果洗腦是真的，「我們應該會看到危險人物滿街跑，策畫著各種應受譴責的陰謀。」簡單說，你無法藉由一些邪惡技巧去「洗」別人的腦，以強迫人相信原本壓根不相信的事。

其次，洗腦是一種無法檢驗的假設。一個理論若要滿足科學方法的一般標準，該理論必須可接受辯駁，也就是說，要有可能可以證明這個理論是假的。（例如，只要有一個物體的移動速度比光速快，我們就會知道，愛因斯坦（Einstein）的狹義相對論是錯的。）但你無法證明洗腦不存在，因為只要你說某人「被洗腦了」，談話就此結束，沒有任何空間去探索是什麼因素激發了這個人的行為。然而，後面這個問題更有意思。

不論是描述政治候選人支持者或激進素食者，只要我們拋出「異教」與「洗腦」這兩個字眼，好似我們就變成了帶著光環、端坐在扶手椅上的治療師。我們都喜歡不必思考就在心理上與道德上感到優越，而把一大群人稱為「被洗腦的異教追隨者」就是這樣的機會。

這種負面偏見是有害的，因為不是所有的「異教」都是墮落或危險的。事實上，從統計上來說，只有少數異教是墮落或危險的。巴克（前面提過的倫敦政治經濟學院經濟社會學家）指出，她記錄的千餘個一直被稱為或可以被稱為「異教」的另類團體，絕大部分沒有涉及任何形式的犯罪活動。摩爾與巴克注意到，只有做了一些糟糕的事的邊緣社群才會受到大眾關注，例如天堂之門與瓊斯鎮。（這些團體一開始也沒有心存謀殺與脫序。畢竟，瓊斯鎮一開始只是一個融合性的教會。直到

16 注解：有一個有趣的小故事：一九五九年，一個南加州異教（cult）舉行了一場不尋常的入會儀式。希望成為這個幫眾成員的男生，必須吃進由豬頭、新鮮大腦與生肝組成的噩夢般的自助餐，以證明他們的奉獻精神。一個名叫里察（Richard）的新人在試著完成挑戰的過程中，不斷吐出嘔吐物，但因為急切地想被接受，最後強迫自己把嘔吐物吞回肚子裡。很快的，一大塊肝臟卡在他的氣管裡，他被噎住了，等到被送到醫院時，他已經斷氣了。但這件事沒有被提起刑事訴訟，因為這實際上並不是一個「異教」（cult），而是南加州大學的兄弟會，它們制定了無數整人的入會儀式，比起大多數另類宗教更噁心、更古怪、更致命，而且牽涉到更多嘔吐物（以及其他體液）。

吉姆·瓊斯對權力愈來愈飢渴，事態才變嚴重。但是大部分的「異教」從未像那樣捲入災難性的漩渦。）醜聞的反饋迴路就這樣形成了：因為最具破壞性的異教會得到關注，導致我們認為所有異教都是具破壞性的；同時我們只承認這些破壞性的團體是異教，所以這些團體又得到更多的關注，又強化了他們的負面風評。以此類推，沒有止境。

同樣令人不安的是，「異教」這個字眼經常被當作一個許可，藉此來詆毀社會還沒認可的宗教。現今許多歷史最悠久的宗教教派（僅舉幾例，如天主教、浸信會、摩門教、貴格會、猶太教，以及大部分的美洲原住民宗教），在美國都曾經被認為是不神聖的褻瀆，別忘了美國甚至是個建立在宗教自由的國家。今天，從耶和華見證人到巫師，美國的另類宗教（不管有沒有壓迫性）被很多人認為是異教。即使法輪功的信條是和平的，包括透過靜心來得到耐心與慈悲心，中國政府也堅決譴責這個新興宗教是異教般的邪惡。巴克也指出，大多數的比利時天主教官方報告都譴責貴格會是一個「異教」（根本就是有史以來最和平的宗教）（或者實際上是指宗派〔*secte*〕，因為法語中的 culte 一直保持中性含義）。

在世界各地，拿某個宗教團體跟其他更成熟的團體比較起來，其教義可能更怪異或更有害，但那些教義是否被視為合理，與該地的文化規範有很大的關係。畢竟，哪個重要精神領袖手上沒沾上一絲血跡？正如宗教學者雷薩・阿斯蘭（Reza Aslan）所言，「宗教研究中最大的笑話就是，異教＋時間＝宗教。」

在美國，摩門教與天主教存在了夠長的時間，因此得到了我們的認可。而獲得宗教的地位，就表示享有一定的尊重，更重要的是，也能受到憲法第一修正案的保護。由於這個保護的變數，把某個團體標記為異教，就變得不只是一種價值判斷而已，而是真正攸關生死的仲裁了。引用東北大學（Northeastern University）美國另類宗教研究者梅根・古德溫（Megan Goodwin）的話就是，「將某事物認定為異教的政治後果，是真實的，也通常是個暴力。」

這些後果是什麼？研究一下瓊斯鎮就知道。一旦媒體確定瓊斯鎮的受害者是「異教信徒」，他們馬上就被降級成次等人類。「這讓大眾更容易與這件悲劇和其受害者保持距離，認為他們軟弱、容易受騙、不適合活著，死後也不值得尊重。」受瓊斯鎮事件啟發的小說《美麗的革命者》（*Beautiful Revolutionary*）作者羅拉・伊莉莎白・渥雷特（Laura Elizabeth Woollett）寫道，「屍體沒有進行驗屍。家屬想及時領回親友遺體也被拒絕。」

妖魔化「異教追隨者」而導致最嚴重的慘案，也許是大衛教派信徒（Branch Davidians）的例子，也就是眾所周知的一九九三年韋科（Waco）圍攻事件。大衛教派成立於一九五九年，是一個源於基督復臨安息日會（Seventh-day Adventist Church）的宗教運動。在一九九〇年代初期的巔峰時期，這個團體的成員大約有一百人，一起住在德州韋科的一個定居點，在自稱是先知（就像唯我論的新興宗教領袖常見的舉動）的大衛・考雷什（David Koresh）暴虐管理下，為耶穌的第二次降臨做準備。部分追隨者的家屬基於合理產生了不安，急切尋求協助，於是向聯邦調查局（FBI）透露消息。一九九三年二月，FBI 占據了大衛教派的院落。幾十名特工趕到現場，配備著步槍、坦克和催淚瓦斯，試圖「解救」這些「被洗腦的異教追隨者」。但是這次入侵並沒有按照計畫進行。相反的，它導致了五十一天的對峙，直到另外數百名 FBI 特工出現，並用催淚瓦斯將目標沖出藏身之處後，整起事件才告結束。在這場混亂中，爆發了大火，導致將近八十名大衛教派成員喪生。

在這場事件中，考雷什並不是無辜的。他瘋狂而暴力（事實上，他可能點燃了那把致命的火焰），他的固執是導致這麼多傷亡的部分原因，但圍繞在「異教」這個字眼周圍的恐懼也難辭其咎。如果 FBI 針對一個更被社會接受又受益於第一修正案保護的宗教，採取這樣過度的暴力，可能會引起更大的騷動。對比之下，FBI 對大衛教派基地的攻擊，既得到法律的許可，也得到社會的接受。

紐澳良的洛約拉大學（Loyola University）宗教學者凱薩琳．韋辛格（Catherine Wessinger）解釋，「宗教是受到憲法保護的一個類別……把韋科的大衛教派認定為異教，就是將他們置於國家的保護傘之外。」FBI可能原本要「解救」大衛教派成員，反而殺了他們，卻很少美國人在乎，因為他們不是一個教會，而是一個「異教」。唉，這就是道貌岸然的語義學。

在一九九九年一個經典的研究中，史丹佛知名心理學家亞伯特．班杜拉（Albert Bandura）揭示了，當人類受試者被貼上例如「動物」之類去人性化的語言標籤時，參與者更願意用電擊傷害他們。「異教」標籤似乎也能發揮類似的作用。這並不是說有些已經被稱為或可以被稱為異教的團體並不危險，當然，很多都很危險。相反的，因為「異教」這個詞彙充滿了情緒，並欠缺解釋，因此這個標籤本身無法提供足夠資訊，讓我們去判斷一個團體是否危險。因此，我們必須更小心，也必須更具體。

為了找到不那麼快就下道德判斷的方式來討論非主流的宗教社群，很多學者開始使用聽起來中性的標籤，例如「新宗教運動」、「新興宗教」、「邊緣化宗教」。雖然這些用語在學術的脈絡中管用，但我發現，這些用語並沒有完全掌握到混合健身、多層次傳銷公司、大學戲劇學程，以及在影響連續體上其他難以歸類的團體。我們需要一種更通用的方式，來討論某種或多或少像異教，但不一定和超自然有關的社群，這就是我喜歡「異教式的」（cultish）這個詞的原因。

第五章

異教的語言

我從小就被有關異教的一切所吸引，主要原因是我的父親：他還小的時候就被迫加入一個異教。一九六九年，我的父親克雷格・蒙泰爾（Craig Montell）當時十四歲，他經常不見人影的父親與繼母決定，要加入蓬勃發展的反文化運動。他們帶著年幼的克雷格與兩個同父異母、才剛學步的妹妹，搬到了舊金山之外一個偏遠的社會主義公社，錫納農（Synanon）。一九五〇年代後期，錫納農以一家重度吸毒者康復中心為起步，受收容的這些人被稱為「藥狂」（dope fiends），後來擴大收容非毒癮的「生活風格者」（lifestylers）。在錫納農，孩子住在離父母幾英里遠的營房，而且沒有人可以外出工作或上學。有些成員被迫剃光頭，很多已婚夫婦被迫分開並被指派新的伴侶。每一個住在錫納農聚落的人，毫無例外，都必須玩「遊戲」（Game）。

遊戲是一種儀式性活動，每天晚上，成員會分成幾個小圈子，然後接受同儕數小時惡毒的批判。這個做法是錫納農的核心，事實上，在那裡的生活在語義上被分為兩種類別：**遊戲中**與**遊戲外**。這種人與人的衝突被呈現得像是一種團體治療，但實際上是一種形式的社會控制。這個遊戲一點都不好玩，參與者會被惡意攻擊或羞辱，但他們會說那只是遊戲的一部分。事實上，這種極端的「講真話」活動在異教式團體並不少見。吉姆・瓊斯就有主持類似活動，稱為家庭會議或淨化會議。每週三晚上，所有成員聚集在主教堂裡，會議期間，曾以任何方式冒犯團體的人會被叫到大家面前，讓家人與朋友開始惡言中傷他們，來證明自己對這個理想有更大的忠誠度（第二部會有更多的探討內容）。

我從我父親的錫納農故事開始涉獵這個領域。我父親在十七歲時逃出來，後來成為一位研究多產的神經科學家。他現在的工作是不斷提出尖銳的問題，並找出證據。我父親總是縱容我的好奇心，一再為我重複相同的錫納農故事，包括陰鬱的生活營區與墨守成規的環境。我父親十五歲時，在錫納農遇到一位生物學家，他委託我父親管理公社的醫學實驗室。當錫納農外的同齡人在煩惱準備 SAT 和吵吵鬧鬧的青春期戀愛時，我父親為了結核菌，正在培養追隨者咽喉拭子與測試食品處理人員的指尖。實驗室是我父親的避難所，在錫納農的土地上，這是應用實證邏輯規則的稀有空間。矛盾的是，這也是他找到對科學之愛的地方。由於渴望在公社的封閉系統外接受教育，以及急切想得到可以上大學的合法文憑，當他不穿白色外套（或玩遊戲時），他就偷偷溜出住處，跑到舊金山一所官方認可的高中上課。他是錫納農唯一這樣做的孩子。他保持安靜，在雷達下飛行，但私下探查每一件事。

即使我還很小的時候，我父親的錫納農故事中，最吸引我的就是這個團體的特殊語言。各式各樣的專有名詞包括：「遊戲裡」和「遊戲外」，「愛的配對」（意指錫納農的婚姻）、「表現得好像」（不要質疑錫納農協議的命令，只要直接「表現得好像」你同意，直到你真正同意），「示威者」和「值班家長」（隨機挑選大人，輪流去「學校」與營房陪伴孩子），還有更多。這種奇怪的行話是進入那個世界最清楚的窗口。

作為科學家的女兒，我想有些先天、後天與錫納農故事的結合，導致我成為一個相當不願輕信他人的人。而且從孩提時代開始，我就對聽起來像異教式的措辭非常敏感，但也會陶醉於其力量。我中學時，最好的朋友的母親是一位重生派基督徒（born-again Christian），有時候我週日會偷偷蹺掉希伯來語學校，陪他們家人去福音派大教堂。沒有什麼比這些上教堂的人的說話方式，更讓我興奮著迷的了。一踏入大樓，每個人都迅速切換成「福音派」的方言。那並不是英王欽定本聖經英語（King James Bible English），它很現代，也非常獨特。每當我去參加禮拜時，我就開始使用他們的常用詞彙，只是想看看，這是否會改變會眾對待我的方式。我挑了像這樣的慣用語：「在我心裡」（我掛念的）、「愛上某人」（表達對某人的愛）、「在話語中」（讀聖經）、「謊言之父」（撒旦，「統治世界的惡魔」），以及「被感動」[17]。那就像是一個專屬俱樂部的代碼語言。雖然這些特殊用詞並沒有傳達任何不能用簡單英語說的話，但在對的時間用對的方式使用，就像一把打開這個團體的大門的鑰匙。我馬上就被認為是他們的自己人。語言就是一種密碼，一種偽裝，一種吐真劑。力量就是如此的強大。

創造特殊語言來影響人的行為與信念能夠如此有效，部分原因僅僅是因為，說話是我們願意改變自己的第一件事，也是我們放手的最後一件事。不像剃光頭、移居公社，或甚至改變服裝，採用新的術語是即時的，而且（似乎）不需要承諾。假設你出於好奇參加了一場靈性聚會，主辦人一開始就要求大家重複一段唱誦，你很可能就照做了。也許你一開始會感到奇怪與有點同儕壓力，但他們沒有要你掏出畢生積蓄或殺人，是能造成多大傷害？異教式語言如此有效（而且無形中）以大師的形式塑造了我們的世界觀，一旦嵌入，就會黏住。當你長出頭髮、搬回家、刪除手機應用程式或其他東西後，這種特殊詞彙仍然存在。本書第二部中，我們會討論一位名叫法蘭克．萊弗德（Frank Lyford）的男人，他是一九九〇年代「自殺異教」天堂之門的倖存者。在背叛與放棄天堂之門的信念系統二十五年後，他仍然稱呼兩位前領導人的出家名字，Ti 與 Do，也稱這個團體為「教室」，以及把該團體成員令人難忘的命運描述為「離開地球」，就像二十多年前他被教導的說法那樣。

17 譯注：原文 convicted 原意是被定罪，在此為被神感動去做某事。

寫這本書的念頭，是在我大學最好的朋友決定戒酒並去參加戒酒無名會（Alcoholics Anonymous）之後出現的。她住在距離三千英里之外，我一年只見到她幾次面。因此從遠處看，我無法判斷她對戒酒這件事的決心有多強，或該怎麼想這件事。直到她從酒精中清醒之後，我第一次去看她。那天晚上，我們搞不定晚餐要吃什麼，她的口中冒出了這些句子：「我整天都在**停頓**（*HALTing*），我的工作**怨氣上身**（*caught a resentment*），但盡量不要想**未來的差錯**（*future- trip*）吧。呃，讓我們先處理晚餐：就像他們說的，**要事先做**（*First things first*）！」

我像是她長有三顆頭一樣看著她。「停頓」？「未來的差錯」？「怨氣上身」？她到底在說什麼鬼話？[18]這個和我非常親近的人，我過去可以準確分辨她不同嘆氣聲的含義，現在待了戒酒無名會三個月，就忽然說起奇怪的語言了。那一瞬間，我忽然有股受到啟發的感覺，像是我看到塔莎・薩瑪在沙漠中的照片時感受到的直覺，也是我父親踏進錫納農土地上的第一天的相同反應。有一名瓊斯鎮倖存者告訴我，「他們說，異教就像色情。你一看到，就會明白了。」或者，如果你像我一樣，當你聽到就會知道了。這種專屬的語言就是最大的線索。當然，戒酒無名會並不是錫納農，它改善了我朋友的生活，但它也征服了我朋友的措辭，這一點是無法忽視的。

不過，直覺並不屬於社會科學。事實上，我當時確實不「知道」戒酒無名會是一個「異教」。但我有一股很強的感覺，戒酒無名會裡一定發生了什麼神祕的事情。我必須更深入探索，我想要理解這個團體的語言為什麼那麼快就收服我的朋友？無論好壞，語言如何讓人沉浸在不受約束的狂熱意識形態的團體？如何讓人停留在那個漩渦中？

這個研究專案始於很多人對異教傳奇故事的異常想望，但一切很快就變得清晰了。學習跨越語言、權力、社群與信念的關聯，可以合理幫助我們瞭解，在這個動盪不安的年代，是什麼因素驅使人們做出瘋狂行為。在這個時代，我們可以發現多層次傳銷騙局偽裝成女權主義的新創公司、冒牌薩滿大吹特吹糟糕的健康建議、線上仇很團體激化新成員，還有孩子們為了捍衛喜愛的品牌而互相發送死亡威脅。二十六歲的靈魂飛輪族查妮告訴我，她曾在一場洛杉磯潮牌的樣品銷售會上，看到一名青少年為了最後一雙運動鞋，忽然拿出武器威脅另一名青少年。她認為，「下一次的聖戰將不是宗教性的，而是消費主義的聖戰。優步（Uber）對抗 Lyft、亞馬遜（Amazon）對抗亞馬遜抵制者、抖

18 注解：我很快就學到 HALT 代表飢餓（hungry）、憤怒（angry）、寂寞（lonely）與疲累（tired）；future-tripping 表示為了無法控制、可能發生的事感到壓力大；caught a resentment 是指心中充滿對某人的鄙棄；而 first things first 是匿名會所使用一個自我宣示的口頭禪，就是字面上的意思。我必須承認，這些都是非常有用的箴言（無名會還有其他許多構思巧妙、機智幽默的辭彙）。

音（TikTok）對抗 Instagram。」塔拉・伊莎貝拉・伯頓說得很好，「如果異教與宗教的界線變得很模糊，宗教與文化的界線就更能互相滲透了。」

令人著迷、美麗又令人反感的真相是，不論你以為自己有多麼強烈的異教恐懼症，我們所參與的事物就是定義了我們。不論你是否出生於一個說方言的五旬節教派家庭、十八歲就離家加入昆達里尼瑜珈團體、一從學校畢業就被拉進一家鬱悶的新創公司、去年成為戒酒無名會的常客，或者就在五秒鐘前點擊了一個定向廣告，宣傳的不只是護膚產品，還有成為「某種風潮的一分子」的「無價機會」。這些意義深遠甚至永久的團體關係，搭起了支架，而我們在這些支架上建立起我們的生活。渴望這種結構的人，不一定是心碎或不安的人。如前所述，我們生來就是要與其他事物連結。但我們經常忽略的是，建造這個支架的材料，也就是編造我們的現實的真正材料，就是語言。英國學者葛瑞・艾伯利（Gary Eberle）在他二〇〇七年出版的《危險的文字》（*Dangerous Words*）一書中指出，「我們總是用語言來解釋我們已經知道的事，但更重要的是，我們也用它來接觸我們還不知道或理解的事。」我們用文字將現實注入了存在。

一個稱為表演理論的語言學概念說，語言不只描述或反映出我們是誰，也創造我們是誰。因為語言本身有完成行動的能力，因此表現出一定程度的根本力量。（表演性語言最簡單的例子就是做出承諾、舉行婚禮，或宣讀法律判決。）只要一遍又一遍地重複，語言就有了嚴肅而重要的力量，得以建構與約束我們的現實。在理想的情況下，大部分的人對現實的理解是共享的，並以邏輯為基礎。但當你融入一個使用語言性儀式的社群，例如唱頌、祈禱、詞語轉換，以重新塑造艾琳・巴克談到的「共同理解的文化」，便可以讓你遠離現實的世界。甚至在我們沒有注意到的情況下，我們對自己的理解與我們認為真實的事，都變得與團體或領導者密切相關。一切都是因為語言。

本書將探討大範圍的異教與其奇特語彙，從最知名、公然、可怕的團體開始，然後一路到看起來似乎無害、甚至沒有注意到它們多麼異教式的社群。為了讓這些故事的範圍可以應付（因為上天作證，我可以花一輩子採訪有關各種「異教」的主題），我們主要將聚焦在美國的團體。本書的每一個部分將聚焦一種異教類型，探討充斥於我們日常生活的異教式措辭。第二部專門探討像瓊斯鎮與天堂之門等惡名昭彰的「自殺異教」；第三部探討像山達基與上帝之子等爭議性宗教；第四部探討多層次傳銷公司；第五部涵蓋「異教健身」工作室；第六部深入研究社群媒體上的大師。

我們每天聽到與使用的語言，可以提供線索幫助我們判斷哪些團體是健康的，哪些是有害的，哪些是兩種都有一點點，以及我們希望與他們互動到什麼程度。翻開書頁，隨之展開的是一趟關於異教語語言的新奇（還帶有一點熟悉感）冒險之旅。

所以，套一句許多異教領袖會說的話：來吧，跟著我……

第2部

恭喜！你被選中進入下一個超越人類的進化層次

第一章

瓊斯的魅力

「喝了酷愛。」（Drinking the Kool-Aid）

這是一個常聽見的英語用語。提到日常的慣用語，這個用語至少會出現在幾十個英語生活場合。我上次聽到這個表達方式是大約一週前，某個人正在描述自己對風行的輕食沙拉連鎖店甜綠（Sweetgreen）的忠誠度，我發現對方說的是，「我想我喝了酷愛吧。」說的時候還帶著淺淺的微笑，然後打包藜麥而去。

就像任何其他熟悉的常用句：「說曹操，曹操就到」、「中肯，一針見血」、「不能以貌取人」，這句話我也曾經脫口而出，甚至在我還不知道由來之前。

如今，「喝了酷愛」最常用來描述某人盲目追隨多數，或作為質疑其理智的簡略表達方式。二〇一二年，《富比士》把這句話稱為商業領導者所使用的「最煩人的陳腔濫調」。比爾・奧賴利（Bill O'Reilly）用這個說法來貶低他的批評者（他告訴聽眾：「這些酷愛人都瘋了。」）。甚至在不經大腦或自我貶抑的上下文中，也能找到這個用語，例如「對啊，我終於買了派樂騰（Peloton）[19]健身器材。」

19 譯注：美國健身品牌。

我想我喝了酷愛！」或「他沉迷於電臺司令（Radiohead），他喝了九〇年代來的酷愛。」（當然甜綠的產品也算其中一員）。

大部分人可以面不改色地使用這個慣用語，但只有少數人掌握了這個慣用語的力道。七十一歲的提姆．卡特（Tim Carter）描述這個慣用語是「英語中最糟糕的一個用語」。在一通從舊金山來的長途電話中，提姆像連珠炮似地告訴我這些，好似害怕時間不夠他抒發反感。「那些人根本不知道自己在說什麼。」數十年前，提姆有個叫奧戴爾．羅德斯（Odell Rhodes）的老鄰居，在《華盛頓郵報》（*Washington Post*）的一則報導中表達了同樣的情緒：「整個『喝了酷愛』的說法實在太可惡了……完全錯得離譜！」認識提姆與奧戴爾的六十七歲詩人泰瑞．布福德．奧沙（Teri Buford O'Shea）對這個慣用語發表了類似的評論：「這讓我不寒而慄。」

提姆、奧戴爾與泰瑞對「喝了酷愛」這個用語有獨特觀點，是因為在一九七〇年代，這三人都是人民聖殿（Peoples Temple）的成員。這個團體有很多名稱，包括一群會眾、一場運動、一種生活方式、一個農業方案、一場實驗，一個應許之地（Promised Land）。這麼多名稱並不是偶然，因為神祕團體是重塑品牌的專家，他們混亂人心、模糊焦點、製造神祕，藉由這些難解的新標籤來煽動人，並從中受益。

人民聖殿在一九五〇年代創始時，是一個位於印第安納波里斯（Indianapolis）的種族融合教會。十年後，人民聖殿搬到北加州，演變地更像是一個追求進步的「社會政治運動」——這是根據 FBI 報告的說法。但到了一九七四年，人民聖殿遷移到南美洲一處偏遠的土地時，就成了被稱為瓊斯鎮的「異教」。

瓊斯鎮被很多人神話化，真正瞭解的人卻很少。瓊斯鎮是圭亞那西北部一座三千八百英畝大的聚落，當這個神話在一九七八年結束時，共容納大約一千名居民。這個地方以其無恥的領導人吉姆・瓊斯命名。他還有很多其他的名字。這個團體仍在印第安納波里斯時，還保有宗教傾向，當時追隨者稱呼瓊斯為「上帝」（God）或「父親」（Father）（並在他的生日五月十三日慶祝「父親節」）。當這個團體到達圭亞那並世俗化時，他的綽號變成比較親切的「爸爸」（Dad）。最後，就像國王可能被稱為「皇冠」（the crown）一樣，透過轉喻的方式，成員也開始稱呼他為「辦公室」（the Office）。到他晚年的時候，瓊斯堅持使用「創始人—領袖」（Founder-Leader）這個尊稱。

瓊斯帶著追隨者從加州紅木谷（Redwood Valley）搬到圭亞那，因為他目睹法西斯末日災難正在美國不斷進逼，因此他向追隨者保證，會在邪惡之地之外建立一個社會主義天堂。這個地方的粗糙底片相片描繪出一座名副其實的伊甸園：不同種族的孩子開心地玩在一起，他們的父母親則互相編織頭髮，並和附近的野生動物為友。在一張圖片中，一位名叫瑪莉亞・卡莎莉絲（Maria Katsaris）的二十五歲女人（瓊斯的情人之一，也是最核心圈子的成員），輕柔地把食指放在巨嘴鳥的喙尖上，裂嘴笑著。撇開歷史背景，瓊斯鎮看起來就像一處不起眼又自備水電的極樂淨土。感覺我很多追求進步又想逃離川普政府的洛杉磯朋友會出現在那裡，而且養一隻巨嘴鳥當寵物，也聽起來不錯。

如今，大部分美國人都聽過瓊斯鎮，如果沒聽過，也看過這些影像：一個在叢林中的公社、一名瘋狂的傳教士、下了毒的飲料、堆在草地上的屍體。一九七八年十一月十八日，瓊斯鎮因發生九百多名追隨者大規模謀殺與自殺事件而聲名大噪。大多數的受害者，包括三百多名兒童，喝下致命的氰化物與微量鎮靜劑混合物而步上死亡之路。這個混合物被混在好幾大桶葡萄風味的果汁飲料裡，是從一種名為 Flavor Aid 的水果濃縮粉末調製出來的。「喝了酷愛」就是從這場悲劇事件衍生出來的一個比喻說法。酷愛就像一個通用的商品名稱（就像有些美國人把所有面紙統稱為 Kleenex，但明明還有 Puffs 和 Angel Soft 其他品牌），我們的文化誤把這款靈藥記成是酷愛（Kool-Aid），而不是正確的 Flavor Aid。瓊斯鎮民在瓊斯的強大壓力下，攝入這款更便宜的開架商品而死。大多數人用口服的方式，有些人用注射的，很多人是違背自己意願的，因為瓊斯聲稱，為了「抗議不人道的世界」，「革命性自殺」是他們的唯一選擇。

那些人搬去圭亞那並不是為了要死得奇異壯烈，而是為了追求更好的生活。他們想嘗試社會主義是否行得通，也許他們家鄉的教會正在崩壞，也許是為了逃離種族主義的美國警察（有沒有聽起來很熟悉？）。藉著這塊應許之地，吉姆．瓊斯保證為各行各業的人提供解決方案。這種話總是說得很好聽，那些人沒有理由不相信。

瓊斯的性格被認為具備危險大師的所有典型信號，已有數十本書以他為主題。表面上，他看起來是一位先知型的政治革命家，但在骨子裡，他是一個瘋狂、謊話連篇、偏執的自戀者。就像一般的劇情發展，他的信徒都沒有發現這一點，直到為時已晚。不只一位倖存者對我發誓，一開始的時候，一切看似無可挑惕。

瓊斯在印第安納州出生與成長，二十多歲時，成立了第一個自己的教會，成為一位前途無量的新牧師。他是個堅定不移的種族融合主義者，他與妻子是美國第一對收養黑人小孩的白人夫妻，而且很快的，他們又迎接了更多非白種人的孩子。瓊斯把自己的家稱為「彩虹家族」（Rainbow

Family），並藉由這個名稱傳遞一個訊息：關於種族正義，他不只在教會說到做到，在私人生活中也是如此。

不過，瓊斯不僅僅有著進步與虔誠的形象，他長得也很英俊，年輕時長得很像貓王。就我個人而言，我並沒有看到他的吸引力（這點可能很多人反對，但瓊斯壯碩、卡通人物似的特徵，總是讓我想起電影《回到未來》〔*Back to the Future*〕中的惡霸角色畢夫．天南〔Biff Tannen〕）。我想，精神錯亂的殺人犯可能不是我喜歡的類型，但我也理解會受到野蠻犯罪吸引的戀犯罪癖（hybristophilia）是真實存在。畢竟，瓊斯、泰德．邦迪（Ted Bundy）與查爾斯．曼森（Charles Manson）[20]都有狂熱追星族。就連知名心理學家、以史丹佛監獄實驗聞名的菲立普．金巴多（Philip Zimbardo），也公開評論過瓊斯有令人無法抗拒的「性吸引力」。

但性吸引力不僅僅是外表，還是一種能與粉絲製造親密錯覺的能力。瓊斯鎮的流放者都記得這件事。每一位跟我談過的流放者，都稱讚這個男人有著不可思議的魅力，從中上層的白種波希米亞人到活躍在教會裡的黑人都說，瓊斯具有與任何人都能無縫連結的巧妙手法。當面對二十幾歲的舊金山進步人士，瓊斯就聊社會主義，還用教授級的尼采名言引誘他們；當面對年長的五旬節教派教徒，瓊斯就用他們熟悉的牧師語調談聖經經文。多位倖存者告訴我，他們第一次和瓊斯談話時，感覺就好像瓊斯對他們瞭若指掌，而且他還會「說他們的語言」。這種強力的肯定（validation），往後將以控制作為交換，這就是某些社會科學家所稱的「愛意轟炸」（love-bombing）。

瓊斯鎮倖存者的萊絲莉・瓦格納・威爾森（Leslie Wagner Wilson），同時也是公共演說家、回憶錄作者，解釋說，「瓊斯可以隨時吸引任何階層的人。他可以引用經文，然後轉身又去宣揚社會主義。」大屠殺那天清晨，萊絲莉逃進叢林而逃過一劫，而她活下來不僅僅是為了講出瓊斯鎮的故事。當時她只是一名二十二歲的年輕黑人女性，戴著圓框眼鏡，有著天使般的臉頰。她用床單揹著三歲的兒子，穿過粗糙的樹叢，長途跋涉了三十英里。她的母親、手足與老公，都沒能生還。

再倒敘到九年前：當時萊絲莉還是名國中生，母親獨力撫養一整屋子的孩子，為了尋求支援，加入了紅木谷的人民聖殿。由於萊絲莉只有十三歲，人民聖殿就是她的全部世界。對她來說，瓊斯就是父親與爸爸。瓊斯說萊絲莉是他的「小安吉拉・戴維斯」（little Angela Davis）[21]。剛談到「愛意

20 編注：泰德・邦迪與查爾斯・曼森皆為美國著名連續殺人犯。
21 譯注：一九六〇年代的美國共產黨領袖。

轟炸」，對身分認同仍在成形的青少年來說，瓊斯將她比擬為激進運動人士與楷模，強化了她對瓊斯的信任。瓊斯每用一次這個綽號，就加強了萊絲莉的忠誠。《白色夜晚，黑色天堂》（*White Nights, Black Paradise*）一書的女權作家希姬芙．哈欽森（Sikivu Hutchinson）寫道，「瓊斯一直是一位精明的表演者。當時年輕非裔美國人正因黑色力量運動褪色的承諾而深受打擊，而他成功操控了年輕非裔美國人的革命願望。」很自然的，萊絲莉開始相信，自己就是下一個安吉拉．戴維斯。她積極認為自己可以為社群帶來那種希望，也是可以理解的。

這種方式下，讓人上鉤的並不是瓊斯的長相、家庭光圈，或甚至構想，而是他說話的方式。萊絲莉說，「他是一個了不起的演說家。他說話的方式可以打動你，啟發你……我就是被迷住了。」瓊斯並沒有用某種形式的神祕心靈魔法，去說服所有萊絲莉所愛的人，也就是那些聰明、以家庭為重，客觀上和瓊斯毫無共通點的人，追隨他到天涯海角。另一名瓊斯鎮倖存者激動地告訴我，「就是語言啦，那是他取得並維持控制的方法。」

吉姆．瓊斯是一隻語言上的變色龍，擁有一大堆像怪物武器庫般的精明修辭策略。他擁有浸信會傳教士的語調與熱情、亞里斯多德哲學家的複雜理論、鄉村寓言家的民間機智、精神錯亂暴君的殘暴激情，以吸引和約束形形色色的追隨者。這就是最狡猾的異教式領袖所做的事：不是堅持一套固定詞彙來表達統一的教義，而是根據眼前的人來特別訂製自己的語言。他引用的名言有「目前為止，社會主義比聖經更久遠」與「在這個已經很稠密的生存層面上，資本主義心態是一個人可以運作的最低振動頻率」。瓊斯科學怪人風格的演說，經常一口氣接著引用政治理論與形而上思想。前人民聖殿成員暨詩人葛瑞．藍伯雷（Garry Lambrev）回憶在紅木谷的日子，「他可以從偏遠地區樸實無華的詞彙，快速切換到相當具有知識水平的詞彙。他有無窮無盡的字彙量，閱讀量也不可思議地大。我不知道他哪裡來那麼多的時間。」

這是一種用來取得社會資本、可以快速切換的詞彙能力：語言學家可能會說，瓊斯是一個狡猾的語碼轉換（code-switching）實踐者，可以在多種語言之間流暢轉換。在不害人的情形下，語碼轉換是應用所有可用語言資源，以最有效能的方式應付口頭交流的一種方式（而且通常是無意識的）。一個人可能從一個環境到下一個環境之間，就在方言或語言之間進行語碼轉換；或甚至在一次談話中，為了表達一種特殊的心情、強調某個聲明、適應某個社會習俗，或傳達某種特定身分，而進行語碼轉換。語碼轉換牽涉到的利害關係，就和尊重甚至生存一樣事關重大，就像某些被邊緣化的民族主義演講者一樣，例如非裔美國人可能因為受到評判或處在迫害的環境中，學會轉向說「標準英語」。利用相反的方式，語碼轉換也可以用來暗中取得他人信任，這就是吉姆．瓊斯的專長。就像我十二歲時溜進朋友的福音派大教堂，瓊斯像是我的馬基維利主義版本，他學會如何根據每一個追隨者的語言程度會見每一個人，就此立刻傳送出一個信號：他是唯一瞭解他們與他們背景的人。

瓊斯自幼用心研究知名民粹牧師與政治人物的演講風格，其中包括小馬丁路德．金恩博士（Dr. Martin Luther King Jr.）、戴維恩神父（Father Divine）（黑人精神領袖，是瓊斯的導師）到希特勒（Hitler）等人。他偷學了最好的部分，並加進屬於自己的瓊斯風格。他學會調整自己的聲音以符合五旬節教派傳教士的風格，也學會了白人通常不會知道的慣用語，例如「傑克．懷特布道家」（Jack White preachers），這個圈內人才知道的標籤，是黑人教會團體用來批評透過電視或廣播來布道的白人騙子。當人民聖殿搬到圭亞那時，團體內大約有四分之三是非裔美國人，但瓊斯的核心圈子幾乎全部是年輕白人女性（就像瑪莉亞．卡莎莉絲），這也是濫用權力的一種模式：頂層是一位年長男人，他身邊是一群皮膚白皙的二、三十歲女人，默許以白皮膚與性來交換更多權力。

透過引用政治化的流行語，例如瓊斯發明「資產階級婊子」這個詞，用來禁止白人追隨者參加某些聚會；以及「教會廢話」（churchianity）這個混成詞，以譴責虛假的白人基督徒，最後創造了一種黑人多數擁有比實際更多權力的錯覺。瓊斯鎮倖存者勞拉・強斯頓・柯爾（Laura Johnston Kohl）回憶說道，「他會參觀黑人教會，站在後門，看著那個使一百個人為他著迷的傳道士。」七十二歲的勞拉有一張漂亮的斜臉與一英寸長的銀髮，但那雙充滿希望的相同眼睛，在五十年前遇見吉姆・瓊斯時是想著：**這個男人正在做一件了不起的事**。當然，現在回想起來，勞拉把瓊斯看得更清楚了，「吉姆對宗教不感興趣，」他研究這些人是因為他認為「這就是我想要的工作，而且我要的更多。」

勞拉・強斯頓・柯爾發現人民聖殿時，還是一名二十二歲的民權運動示威者。她出生於一個追求進步、政治上非常活躍的單親母親家庭，住在仍有種族隔離措施的華盛頓特區郊區，從小就目睹周遭的種族不公現象。勞拉在一九六八年從大學輟學，移居加州，成為全職的民權運動者。我們通了很多次電話，勞拉在一次電話中告訴我，「我想住在一個融合所有種族、財務與經濟水平人士的社區。我是為了政治的理想加入了人民聖殿。」她渴望社會平等，也願意參與實驗。瓊斯到海外鄉下定居的計畫，讓她的眼睛一亮，覺得充滿了可能性，於是打包了一個行李袋，急切地搬到圭亞那。

大屠殺那天，她人不在瓊斯鎮，因此現在可以活著講述自己的故事。她是少數的幸運兒，被派到圭亞那的首都喬治敦（Georgetown）執行任務。勞拉的任務是迎接國會議員里歐・瑞恩（Leo

Ryan）。瑞恩是一名加州代表，收到成員家屬的檢舉訊息說瓊斯鎮很可疑，便前來調查。勞拉當時仍然是人民聖殿的忠實擁護者，毫無疑問要幫瓊斯鎮留下好印象。在瓊斯鎮以東一百五十英里處，勞拉逃過了這場屠殺事件。你會以為，僥倖逃過這場慘劇的人應該會對偏遠的烏托邦失去興趣，但兩年之後，一九八〇年，勞拉又加入了另一個偏遠的烏托邦：錫納農，也就是時隔八年我父親逃離的同一個團體。

雖然勞拉參與過兩個聲名狼藉的異教，不過當我們談話時，她聽起來非常鎮定。她充滿活力與好奇心，讓我想起文理學院的那些同學女孩。她談到自己在童年時期是個受歡迎的女孩、有個理智的家庭、在自家廚房主持黑豹黨（Black Panther）[22]會議的日子，以及對共同生活的熱愛。勞拉告訴我，「在七〇年代，我們有一句話說：一個人只能竊竊私語，你需要在團體裡才能站穩立場。」所以，當勞拉二十出頭搬到舊金山，遇到一個叫吉姆的熱情組織者，然後吉姆告訴她，他痛恨白人至上主義，想要打造一個沒有白人至上主義的社會主義避風港，勞拉想的是：**哪裡可以報名加入？**勞拉從沒預料到，她的政治英雄會在「革命性自殺」的幌子下，殺了她所有朋友。

「革命性自殺」是瓊斯為了在情緒上看管追隨者，所扭曲的眾多詞彙之一。事實上，「革命性自殺」是在他們就死之前，瓊斯所說的最後一句話。一九六〇年代晚期，黑豹黨領袖休伊・紐頓（Huey Newton）發明了這個字眼，一開始是用來描述示威者死於壓迫者之手的行動。其概念是，如果你走上街頭反對某個人物，那個人可能會把你射倒在地，但你後面的反叛者將會撿起抗議橫幅，繼續前進。後繼的反叛者也可能會被射倒在地，但運動將持續下去，直到有一天，你的後繼者會帶著那條橫幅一路走向自由。就如紐頓所指，「革命性自殺」是大部分人民聖殿追隨者可以接受的一個詞語，所以瓊斯慢慢地扭曲這個詞的意思，並根據他對追隨者的需求而定，把它應用在不同情境中。在某些場合中，瓊斯把革命性自殺描述為被抓進監獄或被奴役之外，另一種適當的替代方案。有時候，他用這個詞來描述綁著一枚炸彈走進一群敵人之中並引爆的行為。但是最知名的一次，瓊斯在大屠殺那天引用這個詞語，把追隨者之死捏造成抵抗**隱藏的統治者**（Hidden Rulers）的政治宣言，而不是一場他們沒有話語權、被強迫接受的命運。

一九七八年十一月十八日，許多瓊斯的追隨者已經失去信心，原因包括瓊斯的心理與身體健康一直在惡化。他一直在濫用混合藥物，也罹患一大堆疾病（由於他誇大並謊稱很多疾病，包括告訴

22 譯注：一九六〇年代一個爭取黑人權力的激進政治組織。

助手他有肺癌，但他自己「治癒」了，所以無從證實）。更不要提瓊斯鎮嚴酷的生活條件了，追隨者後來發現，他們期望在圭亞那找到的「應許之地」，並不利於生長作物。孩子在挨餓，孩子的父母親也在承受殘酷的過度勞動，還無法睡覺，因此迫切想要離開。這就是國會議員瑞恩來到鎮上的原因。

瑞恩收到追隨者家屬的提示，說追隨者在違反意願下遭到俘虜，瑞恩因此決定飛到圭亞那一探究竟，他還帶了幾名記者與代表同行。如同一位劇場導演，瓊斯為國會議員上演了一場秀（一頓豐盛的晚餐、充滿自信的談笑），試圖掩飾這個地方已腐敗的真相。但瓊斯心知肚明，這場秀沒有辦法讓他脫身。參訪結束時，瑞恩與機組人員回到瓊斯鎮的小型機場要離開，幾名想逃走的居民跟著他們，但瓊斯早已命令武裝人員尾隨那些叛逃者。開始登機時，叛逃者正以為阻礙都排除了，武裝小隊就開始朝他們開火。武裝人員開槍打死了五個人：一名瓊斯鎮叛逃者、三名記者，以及國會議員瑞恩。

這一事件引發了眾所周知的「自殺」事件。與普遍認為相反，這場悲劇並不是預謀的，至少不是媒體所描繪的樣子，大多數受害者都不是志願受死的。普遍的瓊斯鎮報導編造了一個故事，說瓊斯定期舉辦稱為「白夜」的恐怖自殺排練活動，那些心智受到控制的奴才會像腦葉被切除的領受者一樣，排成一列，並吞下一杯果汁調味飲料，目的是為一九七八年十一月十八日的「真正的」自殺做好準備。但這根本不是實際發生的狀況。

倖存的人民聖殿信徒聲稱，真正的白夜指的是更微妙的事，而且不必受到「心智控制」也可以參加。一開始，瓊斯用「白夜」這個詞來表示任何形式的危機，以及因為那場危機而死亡的可能性。他選擇這個特殊的詞彙來顛覆語言傾向於把黑色與負面等同的事實，例如黑名單、勒索（blackmail）、黑魔法（black magic）等。他決定用「白夜」這個詞來動搖這個概念。這個點子不錯，但卻是出自一個非常惡劣的動機。隨著時間過去，瓊斯愈來愈瘋狂，也愈來愈渴望權力，這個用語就演變成一連串暗中危害的事情。有人說，白夜描述的場合是，瓊斯說服追隨者，以湊合的武器武裝自己，連續熬夜幾天，以誓死保衛這塊應許之地，並對抗那些瓊斯保證會發生卻從未發生的攻擊。有些人則記得，這個詞指的是十幾次會議，人們走向一支麥克風，宣布在那個晚上，如果必要，他們願意為了理想（the Cause，人民聖殿的專有名詞，為團體而非自己而活）赴死。還有一個故事說，白夜是一週一次的活動，瓊斯會讓整個團體整晚不睡覺，以討論社區議題。也有些人說，只要瓊斯在會議中提到死亡，就是白夜。

國會議員的來訪證實了瓊斯長久以來的懷疑：這件事不能永遠繼續這樣下去了。瓊斯鎮是一場敗局。太多人試圖離開，瓊斯注定會被揭穿並廢位。他把大家召集到大帳篷，然後告訴他們，敵人正在路上準備伏擊。「敵人將射殺我們的無辜嬰兒……敵人會折磨我們，折磨我們的長輩，我們不能讓這件事發生。」他宣稱，來不及逃了，「我們不能走回頭路。他們不會善罷干休。那些人會回去扯更多謊言，表示會有更多國會議員過來。沒有辦法了，我們沒有辦法生存下去了。」然後他說出了自己的願望，「我的看法是，我們要善待孩子、善待長輩，像古希臘人一樣服用一劑，然後安靜地跨過這一步，因為我們不是自殺，而是一種革命性行動。」一如既往，這段話說得很流暢，差別是此刻居民正被武裝警衛包圍著，他們只有兩種選擇：被毒死[23]或試圖逃跑而被槍殺。

這就是歷史上六個「自殺異教」的首腦都在做的事：採取世界末日即將來臨的立場，並以他們為中心，認為他們即將面臨的死亡意味著其他人也必須跟著死。對這些首腦來說，追隨者的生命是賭桌上的籌碼，反正都要輸了，乾脆就全部都下注。但是親手殺戮是一件骯髒的事，他們做的是一件機會主義與操控人心的事，而不是謀殺。所以一旦覺得所掌握的權力開始動搖，首腦就會做出預測，說世界即將進入一個可怕、無法阻擋的下場。首腦就會開始講道，說唯一的解決方法就是自殺，如果在特定時間以特定方式自殺，最差的情況會讓你成為烈士，最好的情況還能直接把你帶進神的國度。其他忠實擁護者支持呼應著首腦，並逼迫任何懷疑者要聽從。

回到那天，有幾位勇敢的信徒試圖與瓊斯爭論。其中之一是克莉絲汀・米勒（Christine Miller），她是經常反抗瓊斯的一名黑人資深成員。她是一個貧窮的德州女孩，長大後順利成為洛杉磯郡的職員，曾經多次捐助瓊斯，對瓊斯有堅定的信心，但對瓊斯的妥協也有限度。當她抵達圭亞那，那裡的成員理應過著簡樸與財產共有的生活，但六十歲的克莉絲汀拒絕放棄配戴她辛辛苦苦工作賺來的珠寶與皮草。她以坦率且不屈不撓的態度著稱，因此和瓊斯又愛又恨的關係也經常擦槍走火。在一次會議上，克莉絲汀的反對態度激怒了瓊斯，瓊斯就用槍指著她。她的應對是：「你可以開槍打我，但你必須先尊重我。」瓊斯就退下來了。如果瓊斯有機會再聽聽克莉絲汀的話，那就是一九七八年的十一月十八日了。克莉絲汀走向大帳篷前方的麥克風，試著捍衛同伴的生存權利，建議他們尋找替代方案，放過孩子，也許一起逃到俄羅斯。「我不是怕死，而是……我看著這些小嬰兒，我覺得他們值得活下去，你懂嗎？」她向瓊斯提出異議，「我仍然認為，作為一個人，我有權利說出我的想

23 注解：瓊斯何時又在哪裡買到這些氰化物？根據美國有線電視新聞（CNN）報導，他多年來都在祕密儲存這個東西，以備不時之需。據稱，瓊斯為了買這些化學品，還去取得珠寶商執照，因為那個化學品可以用來清洗黃金。

法和感覺……作為一個人，我們都有權利決定自己的命運……我覺得，只要還有生命，就有希望。」

瓊斯讓她說話，甚至稱讚她很「慷慨激昂」。但最後，已經為她做了決定。他說，「克莉絲汀，沒有了我，生命是沒有意義的，我就是你生命中擁有過的最美好事物。」那天下午稍晚，那頂帳篷下的所有人，包括克莉絲汀、守衛、最後是瓊斯本人，他拿著一把手槍對準自己的頭，大家都死了。

有一段被稱為瓊斯鎮的死亡錄音帶（Death Tape）音檔中，抓到了瓊斯強制性講道風格中最細微的感覺。這四十五分鐘的錄音捕捉了瓊斯在大帳篷中的最後一場演講。他在講臺上宣稱，「死亡並不可怕，生存才是受詛咒的。」接著，在他的命令下，父母親把充滿液體的注射器注入嬰兒的嘴裡，然後別無選擇地飲下毒藥，或是讓別人為他們完成。吞下苦澀的果汁調味飲料之後，追隨者一一被押送到戶外，也就是他們的葬生之所。他們的身體抽搐、倒下，然後在草皮上安靜下來。

瓊斯到死那一刻都是一隻開屏的孔雀，他親自錄製了這支死亡錄音帶，現在已經是公開的紀錄，任何人都可以在線上收聽。當天逃過毒殺的人只有三十三人，奧戴爾・羅德斯是其中之一的倖存者（他躲在一個建築物下方，直到天黑），他堅稱，瓊斯竄改了錄音帶的內容。瓊斯為了抹去不時爆發的抗議與騷動，以及痛苦的呼喊聲，不時按下停止與開始的按鈕。這卷死亡錄音有著強大的魅力，包括宗教學者與FBI調查員，至少有六組不同人馬試著抄寫這卷錄音帶。他們雙眼緊閉，耳機音量一直往上調，努力聽取並確認每一行，直到最後一行。

這場著名悲劇發生前的那幾分鐘，混雜著近千人在與瓊斯、與彼此爭吵的聲音，如果這還不夠令人毛骨悚然，背後的配樂也讓這卷錄音帶比恐怖小說更恐怖。在那些談話聲之下，播放著一段微弱的音樂，聽起來好像是為了效果後來加上去的，但最後發現，這片磁帶原本就包含了一系列靈魂音樂。瓊斯在這段音樂上錄音，導致了如「鬼錄音」一般低沉、節奏扭曲的旋律。在錄音帶最後，演講結束之後，可以聽到靈魂樂隊（the Delfonics）於一九六八年所演唱的R&B歌曲〈我很抱歉〉（I'm Sorry），像教會管風琴以一半的速度播放著。

光是這段來自死亡錄音帶的簡單摘錄，就可以看到瓊斯那種節奏重複與虛幻誇張、令人心寒的印象：

> 如果我們不能平靜地活，那就讓我們平靜地死吧……我們被背叛了。我們被徹底背叛了……我從來沒有欺騙過你們……我們能做出的最好見證就是離開這該死的世界……我今天以先知的身分發言。如果我不知道自己在說什麼，我不會坐在這個位子上說這麼嚴肅的話……我不想

再看見大家經歷這個地獄，不、不、不……（死亡）不必害怕，不必害怕。它是朋友，它是朋友……走吧，走吧，走吧……死亡比在這裡多活十天更好……快，我的孩子們……姊妹們，很高興認識你們……現在不痛了，不痛了……終於自由了。

死亡錄音帶是一首詩、一個詛咒、一段咒語、一場背叛，令人難以忘記，也是語言擁有致命力量的證明。

第二章

天堂之門

我是個在異教故事中長大的詭異小孩，自我有記憶以來，就一直注意瓊斯鎮的報導。我爸爸經常拿吉姆．瓊斯與錫納農的瘋狂領導人查克．戴德里奇（Chuck Dederich）來做比較。雖然戴德里奇從未帶著大家「集體自殺」，但我父親同父異母的姊姊、在錫納農度過小學時光的芙蘭西（Francie）告訴我，如果戴德里奇掌權的時間更長一點，可能就會看見那種事發生。當我爸爸還在錫納農的時候，錫納農並沒有身體上的暴力行為，但是就像瓊斯，隨著時間過去，戴德里奇變得更加嗜血。一九七〇年代末期，戴德里奇任命了一個名為帝國海軍（Imperial Marines）的軍事聯盟，負責執行數十起暴力犯罪，包括集體毆打叛逃者。戴德里奇稱叛逃者為分離者（splittees），其中一名分離者被狠狠揍了一頓，打到頭骨骨折，後來感染細菌性腦膜炎，並陷入昏迷。就在一九七八年瓊斯鎮發生大規模死亡事件的幾週之前，一位名叫保羅．莫倫茲（Paul Morantz）的律師，因為幫助幾名分離者起訴錫納農，被一隻響尾蛇咬了，那是戴德里奇的帝國海軍事前放進他家郵箱的。那件事情之後，戴德里奇就被逮捕了，然後錫納農破產。到了一九九一年，錫納農便分崩離析。就像大多數邊緣公社領導者一樣，戴德里奇從來沒有走到瓊斯那一步。

但在瓊斯鎮事件十九年之後，有人做了接近瓊斯所做的事。一九九七年三月下旬，另一件異教自殺事件成為頭條新聞，讓大家想起了圭亞那的悲劇。這場痛苦的事件發生在加州的蘭喬聖塔非（Rancho Santa Fe），一群相信幽浮的末日世界論者，天堂之門的三十八名信徒，在三天的時間，以有計畫的方式結束了生命。他們的死因是攝取了蘋果醬、伏特加、巴比妥類藥物的混合物，再把塑膠袋罩上頭部。他們於九千二百平方英尺的共享豪宅內，在祖父一般的領導人物馬歇爾·艾波懷特（Marshall Applewhite）的命令之下，完成了這個行動。艾波懷特也以一樣奇特又戲劇化的方式，隨著追隨者一起死去。艾波懷特六十五歲，曾從神學院輟學，之後又取得音樂劇碩士學位。他頂著雪白的削短平頭、圓圓的眼睛，對科幻故事充滿熱情。跟這一類的其他權力濫用者一樣，艾波懷特宣稱自己有先知的身分，更具體的說，他說自己和當時已過世的共同創辦人邦尼·奈托斯（Bonnie Nettles，一九八五年因肝癌過世），都是高貴的外星靈魂，只是暫時居留在地球的軀體上。

瓊斯的九百多名追隨者死亡那時，其中很多人已經失去了對吉姆·瓊斯的忠誠，但艾波懷特直到最後，依然沒有失去這一小群信徒的堅定支持。天堂之門集體自殺那天，全體三十八名追隨者仍然相信：有一艘從天而降、尾隨海爾–波普彗星（Comet Hale–Bopp）的太空飛船，即將在一九九七年三月繞過地球，給追隨者一個離開這個「短暫而易朽的世界」的機會。他們可以登上飛碟，將自己傳送到一個遙遠的空間維度，艾波懷特發誓說，那就是上帝的國度。

艾波懷特用一種柔和但堅定的家長式語氣，談著一長串深奧的太空話題與源自拉丁文的語法，讓那一小群偽知識分子追隨者覺得自己是菁英分子。根據他自己的信條，我們所知的地球即將被回收或**抹平**，如此一來，地球就可以被**翻新**。天堂之門的網站宣稱：「人類『雜草』占據了花園，已被破壞到無法修復的地步。」截至二〇二〇年，該網站仍由兩名倖存的追隨者持續維護著，不過看起來維持著原來的設計（網站保有強烈的早年雅虎地球村〔GeoCities〕風格，姑且就說有一些櫻桃紅色的手寫字體吧）。

不過，艾波懷特找到了一條解決之道：為了「克服基因的振動頻率」，所有追隨者必須「退出載具」，這樣他們的精神體就能重新出現在太空飛船上，並將他們帶到一個身體與精神在人類進化層次之上的國度。地球上的軀體只是「容器」，為了更高的存在，可以捨棄這個容器。沒有和他們一起「畢業」的靈魂，一定會到達「某種程度的腐敗」，最後會啟動「時間終結時的自我毀滅機制」（又稱世界末日）。對於獨特的離開小組（Away Team）來說，死亡不僅「沒有什麼好怕的」，還是一個「千載難逢的機會」，可以進入一個「永恆而不朽」的世界。

就像瓊斯一樣，奈托斯與艾波懷特也有很多名字，最有名的就是「那兩位」（the Two）、波

（Bo）與皮普（Peep），以及 Ti 與 Do（發音為 tee 與 doe，就像音階上的音符）。在天堂之門，每位學生也要選擇一個新名字（並放棄姓氏），每一個都要根據艾波懷特的指示，以 *ody* 作結。這些名字有舍斯托諾帝（Thurstonody）、席爾薇奧帝（Sylvieody）、伊蓮奧帝（Elaineody）、奎斯托帝（Qstody）、斯洛帝（Srrody）、葛諾帝（Glnody）、伊凡諾帝（Evnody）等等。學者們推測這個後綴詞是 Ti 與 Do 的類似綜合詞，以作為一種語言上的證明，從修辭學的角度，這些成員已經從領導人那裡重生了。

「語言象徵著我們正在成為什麼樣的人。」法蘭克．萊弗德回憶說。法蘭克又名安多帝（Andody），在天堂之門待了十八年。法蘭克一開始加入這個團體時，是一個頭髮亂糟糟的二十一歲大男孩，當時跟著穩定交往的女友艾瑞卡．恩斯特（Erika Ernst）在進行一趟心靈旅程。女友的名字後來變成查克帝（Chkody）。他們兩人體現了天堂之門加入者的典型：白人、前基督徒、新時代思想、中產階級、未婚。法蘭克待在那裡的前半期，Ti 與 Do 宣稱，當團體中所有人都活得很好的時候，「人類層次」（human level）將轉變成「下一層次」。「那會是一場意識的轉變，」現年六十五歲的法蘭克在接受我的採訪時說，「一切都沒有什麼改變，直到 Ti 過世之後。」根據法蘭克的記憶，Ti 的死對 Do 造成了創傷，他變得更想掌控一切，而他對如何畢業到下一層次的想法也慢慢改變了。這就是結束人類生命的想法悄悄進入想像的時候。

到了一九九〇年代，法蘭克開始產生了懷疑。當時，天堂之門成員被允許在蘭喬聖塔非豪宅外做正常的工作，以賺錢給團體。法蘭克當時的工作是軟體開發工程師，他喜愛這個工作，因為工作本身富有創意，也很刺激，而且每當他在工作上表現傑出，老闆也會給他充分讚賞。但是，在「離開小組」之外，另外有一個獨立的工作目標，完全違反了天堂之門的教條。這二十年來，法蘭克壓抑自己的身分認同以服務 Ti 與 Do，他逐漸意識到，作為一個輪子上的齒輪，尤其是天堂之門這個輪子，並不是他在尋找的答案。一九九三年他決定叛逃，懇求查克帝一起離開，但是她沒有被說服。兩年後，查克帝和其他離開小組成員一起「退出載具」了。

現在的法蘭克年紀大了很多，有一張憂傷的瘦削臉龐，載著一副無框的長方形眼鏡，住在堪薩斯州，擔任遠距個人生活教練。從舒適的家中，他分享著無疑非常獨特且進行中的心靈冒險的收穫。他告訴我，「我相信，我們所有人來到這裡都有一條特定的道路，一個在靈魂層次學習事物的目的。」他的聲音柔和中帶著一種焦慮不安的音調。法蘭克對說話有點苦惱，不完全是口吃，但他發出的音常常卡在嘴巴軟顎與空氣之間。他把這個障礙歸因於天堂之門：有一次，艾波懷特嘲笑法蘭克早上沙啞的聲音（他才剛起床），態度非常鄙夷、嫌棄，長期下來，他開始出現「嚴重到無法說話」的毛病。即使過了這麼多年，這個針對語言的挖苦經驗依然困擾著他。不過，他繼續說，「我們的經歷看起來可能很可怕或像創傷，但無論我們經歷過什麼，都長了一些知識。」

像吉姆・瓊斯一樣，Ti與Do強烈譴責主流基督教與美國政府，說這兩個機構「已經完全腐敗」。他們也和瓊斯有共同的主張，說他們是唯一可以拯救滔天大禍的人。滔天大禍指的是地球上的現代生活。但他們的相似之處也僅止於此。到了天堂之門的時代，反抗權威的七〇年代早已過去，相較之下，艾波懷特的言論深受一九九〇年代幽浮熱的影響。這是一個受到像X檔案（*The X-Files*）與福斯（Fox）外星人屍體解剖騙局等電視節目影響的十年。人們剛剛開始掌握數位科技，但網際網路與手機還不普及，不是每個人都能接觸到，所以數位科技帶有一點神祕感。對天堂之門的追隨者來說，數位科技能替生命中最古老的問題帶來新的答案。艾波懷特沉迷於電視系列影集《銀河飛龍》（*Star Trek: The Next Generation*），特別是影片中稱為博格（Borg）的外星敵人所擁有的蜂群心智。博格人最喜歡的一句話就是：「抵抗是徒勞的，你將被同化。」法蘭克・萊福德回憶道，「Do超喜歡那個，他擁護那種蜂群心智。」

為了符合自己的信條，艾波懷特編造了一整套符合利基又具科幻風格的天堂之門詞彙。豪宅內的日常生活有嚴格的管制，還有一套行話以助於維持秩序。廚房稱為「營養實驗室」（nutra-lab）、洗衣房是「纖維實驗室」（fiber-lab），而餐食則稱為「實驗室實驗品」（laboratory experiments）。整個團體就是「教室」（the classroom），追隨者是「學生」（students），而像 Ti 和 Do 這樣的老師則稱為「老成員」（Older Members）與「臨床醫師」（clinicians）。如果追隨者離開豪宅到正常社會中做某件事，就稱為「艙外」（out of craft），如果他們待在共享的房子裡，就叫「艙內」（in craft）。湖森林學院（Lake Forest College）宗教學教授班哲明．澤勒（Benjamin E. Zeller）分析天堂之門時指出，「這種特別的說法，是在修辭上，把他們放進一個地方，讓他們可以想像自己正待在一個想去的特別世界。」追隨者每天浸泡在這種主題性的特別日常語言中，幾年下來，就會開始想像在太空飛船上向神之國度漂移的生活。澤勒說，「這不是什麼無意義的自創語言，而是在做真正的宗教工作。」

他們自殺那一天，離開小組不僅對即將畢業感到平靜，也感到興奮難耐。自殺行動前幾個小時，艾波懷特門徒拍攝了一系列道別採訪，稱為「退出聲明」（Exit Statements），並發布在他們的網站上（我在 Youtube 上找到的影片已經被剪輯在一起）。這些影片中，天堂之門成員全部留著一公分長的短髮、穿著飄逸的長袍，擺出一副寧靜的表情，背景是田園詩歌般的戶外環境。鳥兒在鏡頭外任意鳴叫著。在鏡頭前，追隨者先回顧在天堂之門的生活經驗，接著說明自己已經準備好進入下一個層次的理由，看起來並不害怕，也沒有困惑，而是真誠愉快地進行著他們的計畫。「我只是想……

說我有多麼感恩與感謝能在這個班，」一個怕鏡頭的新人對著攝影機說，「感謝我的老成員 Do 和他的老成員 Ti……提供我們戰勝這個世界的機會……進入真正的神之國度，超越人類的進化層次，成為下一個層次的成員。」

這些影片錄製之後將近一週，警察找到了所有三十九名成員的屍體，包括艾波懷特。屍體在雙層床上，整齊地擺好姿勢，已經開始腐化。每個人都穿著相同的制服：黑色的寬鬆套裝、新穎的黑白色耐吉十年鞋款，還有一塊臂章補丁，上面寫著「天堂之門離開小組」。每位成員的口袋裡都裝著一分不差的現金：一張五美元的紙鈔，還有三個二十五美分硬幣（顯然是「通行費」）。紫色的裹屍布罩住了每具屍體的身體與臉部。

瓊斯鎮與天堂之門是兩個完全無關的團體，其成員在政治、宗教、年齡、種族與一般生活經驗上，幾乎沒有相同之處。每一位領導者為其追隨者編造出來的世界也截然不同，連論述這個世界的措辭也大不相同。但這些團體怪異的結局把他們放在異教這個相同的獨特類型中，還讓全世界為之著迷，乃至學者、記者、藝術家，以及一般圍觀者，全都急於理解，為什麼一個人可以被「洗腦」得如此徹底，甚至到自我了斷的地步。終於，有了一個答案……

第三章

語言的致命誘惑

不管是在異教式環境內部或之外，語言都有能力完成真實、生死攸關的事。我在青少年自殺生命線做志工時，親身學到當我們以謹慎的方式使用語言時，語言可以幫助一個人不去自殺。相反的，語言也可以驅使一個人了結生命。二〇一七年，在爭議性的蜜雪兒．卡特（Michelle Carter）案件審理期間，司法上已經證實，魅力型人物的演說與另一個人的自殺行為之間有因果關係。該案件中，一名年輕女性因為透過簡訊說服高中男友自殺，而被判過失殺人罪，這種行為稱為「強迫自殺」（coerced suicide）。蜜雪兒．卡特的案子啟發美國全國上下，第一次針對語言的致命性進行了嚴肅辯論。

年復一年，我們不斷提問：什麼因素讓人加入像瓊斯鎮與天堂之門等異教？什麼因素讓他們留下來？什麼因素讓他們出現瘋狂、莫名其妙，甚至有點駭人的行為？答案從這裡開始：使用系統性的技巧來轉換（conversion）[24]、制約（conditioning）與強迫（coercion）他人，而語言就是他們終極的操縱手段。語言讓瓊斯與艾波懷特在追隨者身上，造成令人無法抹去的暴力，而無需親自動一根指頭。

24 譯注：conversion 也有皈依、改變信仰的意思。

在影響連續體之中，異教式語言可以做到三件事：第一，它讓人感到特別，而且被理解。這就是愛意轟炸的作用：大量傾注看似對個人的關注與分析、鼓舞人心的時髦語彙、叫喚出內心的脆弱，還有這種：「你，只是透過存在，已被標記可加入菁英離開小組，前往神之國度。」對有些人來說，這種語言聽起來就像一種詐騙警訊；對另外一些人來說，可能只是沒什麼共鳴；但少數人會經歷一種顛覆的體驗，好像那一瞬間，忽然明白了什麼事情。接著，他們心中充滿一種感覺：這個團體就是他們在尋找的答案，不能回頭了。這個狀況往往發生在一瞬間，而這就是讓一個人「加入」的原因。這稱為「轉換」。

接著，再用一套不同的話術讓人依賴領導者，例如一種已經不可能在這個團體之外生活的感覺。這是一種更漸進的操作，叫作「制約」，讓人下意識地習得對某種刺激做出特定行為反應的過程。這就是那些團體能讓人堅持待在團體裡，久到外部的人無法理解的原因。最後，語言能說服人採取的行動，與過往的現實、道德與自我意識完全矛盾。他們被植入一種目的可以合理化手段的價值觀，然後在最糟糕的情況下，這種價值觀可以導致極大的破壞。這就稱為「強迫」。

異教式語言的第一個關鍵元素是什麼？就是「創造一個我們與他們的二分法」。如果極權領導者指望取得或維持權力，一定得使用語言在追隨者與非追隨者之間劃出一種心理上的分裂。勞拉・強斯頓・柯爾，前瓊斯鎮成員，解釋說，「戴維恩神父說，一定要建立出『我們／他們』：一個『我們』，以及一個外部的敵人。」目的是讓自己人感覺好像擁有所有答案，而世界上的其他人不只愚蠢，還低人一等。只要說服他們感覺自己凌駕於其他所有人之上，這就能幫助你，一來讓他們和外人保持距離，二來還可以虐待他們。因為，你可以把任何事，從身體上的攻擊、無償勞動到言語攻擊，都描繪成特地為他們保留的「特殊待遇」。

這就是異教一開始就要有自己的術語的部分原因，那些術語包括難以捉摸的縮寫詞、圈內人才知道的咒語，甚至像「纖維實驗室」這樣的簡單標籤。這些術語會激發一種好奇感，讓潛在的新人想深入一探究竟。這個新人一旦加入了，又會創造出一種同僚的親密感，於是開始瞧不起不知道這種專屬語碼的局外人。這種語言還可以凸顯任何抗拒新詞彙的人，暗示這些人可能沒有完全接受團體的意識形態，所以被視為潛在麻煩人物，應該特別關注。

但對於大多數投入的成員來說，這種特殊的語言讓人感覺有趣又神聖，就像一件時髦的新制服。追隨者熱情地擺脫原有的舊詞彙。「因為日常概念的詞彙可能會讓人想起以前的身分，所以這些術語的目標就是要替代掉日常概念的詞彙。」前天堂之門成員法蘭克・萊弗德告訴我，「在我看來，這是一件好事。」把追隨者與外人隔離開來，同時讓他們彼此緊密連結，這個目標也是幾乎所有異教式團體（以及大部分遁世的宗教）為成員重新命名的部分原因，例如Ti、Do、安多帝、查克帝。儀式意味著成員脫去了之前的皮囊，並且對團體完全服從。

不只是追隨者得到了新名字，外人也有。瓊斯與艾波懷特的詞彙塞滿了情緒激動的暱稱，用來表揚奉獻者與汙名化其他人。天堂之門成員可能被稱為「天堂國度的學子」、「辨識真相的天賦接收者」，或「超越人類層次成員的子女」。與天堂之門相較起來，主流的基督教徒則屬於「路西法計畫」（Luciferian program）以及「偽神」（counterfeit God），屈服於「較低的力量」。Ti和Do鼓勵學生疏遠還沒收到「知識置入」（deposit of knowledge）的靈魂。根據天堂之門的教義，僅僅是擁有「真相」（the Truth），就「一定」能與社會中其他人切割開來。

在人民聖殿，瓊斯賜給順從的支持者一個令人垂涎的頭銜「我的孩子」，而「外部力量」自然就用來指那些不跟從的人。「外部力量」之外還有其他更重的用詞，「叛徒」指的是叛逃者，例如葛瑞・藍伯雷，他已經看到光，但轉身離開了。「隱藏的統治者」指的是有些人後來稱的「深層政府」

（deep state）。可惡的「天神」（Sky God）（虛假的基督教神）指的是對抗「身體中的神」（God in the Body）的敵人，身體中的神也就是瓊斯父親。

但是詞彙本身只完成了一半的工作，另一半的工作是表演。每一個參加過吉姆．瓊斯布道會的人都清楚記得，這傢伙有戲劇的天賦。在講壇上，瓊斯會連續丟出簡短誇張的短語，讓會眾燃起熱情。只要團體的能量高昂，語言就會發揮作用。瓊斯講道時，總會挑選一件新聞或歷史事件，然後小題大作。瓊斯鎮倖存者尤蘭達．威廉斯（Yulanda Williams）回憶，瓊斯對紅木谷的會眾展示了一部有關納粹集中營、名為《夜與霧》（*Night and Fog*）的影片，她說，「他說，『這就是他們為有色人種擬定好的計畫，我們必須在瓊斯鎮那邊建立自己的土地，我們必須過去，我們必須快速行動，我們必須迅速行動，我們必須集中資源。』」葛瑞．藍伯雷忘不了瓊斯洛可可式的講道風格，「他會說，『沒用的紙張（他對聖經的稱呼）對一件事有用。』然後指著自己的屁股——衛生紙。」葛瑞說，「他會在講壇上誇張地撕掉聖經，讓紙張滿天飛，然後說，『所有人都不准碰聖經，這會下地獄的。』然後他就咯咯笑著走開，其他人也都在笑。」

舉凡義大利的西爾維奧．貝魯斯柯尼（Silvio Berlusconi）、斯洛伐克的弗拉基米爾．梅恰爾

（Vladimír Me iar），唐納・川普（Donald Trump）等有問題的民粹統治者，經歷過這類統治者的人很容易把毫不掩飾的誠實（這當然不是真正的誠實，只是缺乏過濾），誤以為是反建制異議的清新聲音。我認為，不提一下川普與瓊斯兩人演說上的相似之處，是不負責任的。比如說，他們都喜歡為對手取一些勁爆又有煽動性的綽號（川普的「假新聞」與「騙子希拉蕊」就和瓊斯的「隱藏的統治者」與「天神」類似）。即使他們發表的意見沒有任何理性的實質內容，這些琅琅上口的用語與激情的表達方式，就足以贏得觀眾的歡心。大部分人即使在最親近的朋友面前也不會講那種毫無教養又充滿獸性的話，但看著講臺上的某個人那樣說話，就有種吸引人的效果。正如《大西洋》（*Atlantic*）特約撰述喬治・佩克（George Packer）在二〇一九年寫到，川普民粹風格語言的優點在於其開放性，「那種說話方式不需要專業知識……抑制劑藥效失效的時候就是那樣說話的。」

時間一久，那些琅琅上口的綽號和圈內人才知道的術語就產生了一種強烈的情緒作用。當一個詞彙或短語帶著這樣的情感包袱，一旦被提起，就能激起恐懼、悲傷、害怕、歡欣、尊敬或任何情緒，這時領導者就能用這些情緒來駕馭追隨者的行動。有些心理學家把這種術語稱為既定觀點用語（loaded language）。

有時候，既定觀點用語透過扭曲字詞的現有意義，直到新的意義蓋過舊的意義。就像3HO把「老靈魂」從讚美重新定義為可怕的事物，或我小時候去大教堂時那些人如何談論「被定罪」（convicted），或吉姆．瓊斯扭曲「革命性自殺」與「理想」的意義，或是他把「意外事故」（accidents）定義為「除非我們活該，不然不會發生」。根據大多數講者所同意的現實與語義學的共同規則，如果瓊斯說的是，「我們必須盡一切所能，去防止意外事故發生」，聽者對該句子的理解就不會包含任何有害的意義。對瓊斯的追隨者來說，這句話帶來的情緒作用就會遺失，因為對大多數的人來說，「意外事故」是一個簡單的詞語，沒有附加身分認同或龐大風險。

其他時候，既定觀點用語出現在誤導性的委婉語形式裡。當然，當權威人士使用太多模糊字眼時，可能是缺乏邏輯的跡象，或是潛臺詞裡藏有什麼不祥的事，這不是什麼祕密。委婉語可以用來緩和令人不快的事實，而不是刻意要害人，這也完全沒問題。日常說法就有很多委婉語，用來描述禁忌的概念，例如死亡（「過世」、「失去生命」、「沒撐過來」），藉此表達禮貌、避免不安，或帶有某種程度的否認。

但瓊斯與艾波懷特使用的委婉語，是把死亡改成某種主動的志向。瓊斯提到這個可怕的現實時用的詞是「轉變」（the transition），或者在他最狂躁不安時則是說「大翻新」（the Great Translation）。在死亡錄音帶中，他稱死亡是一件「安靜踏向下一個層面」的小事。艾波懷特也從未用過「死亡」或「自殺」等字眼，他提到這些事的時候是說「退出載具」、「畢業」、「完全轉變」或「克服容器以繼承下一個層次的身體」。這些用語都是制約的工具，用來讓追隨者適應死亡的想法，以消除他們對死亡根深蒂固的恐懼。

既定觀點用語還有一個配套工具，在每一個異教式領導者的戲碼中都可以看到：這稱為思考終止格言（thought-terminating cliché）。精神病學家羅伯特・利夫頓（Robert J. Lifton）在一九六一年發明了這個詞彙，指的是琅琅上口的流行語、口頭禪，目的是透過阻止批判性思想，讓某個論點不會繼續發展下去。自從知道這個概念以來，現在我在政治辯論中、在塞滿我 Instagram 動態消息的主題標籤上，到處都聽得到。異教式領導者經常動用的思考終止格言，同時也叫語義停止信號（semantic stop signs），來倉促地駁回異議，或合理化有缺陷的推論。利夫頓在《思想改造與極權主義心理學》（*Thought Reform and the Psychology of Totalism*）一書中指出，有了這些俗語，「對人影響最深遠與複雜的問題，就被壓縮成簡短、高度選擇性、聽似肯定的短語，讓人容易記憶，也容易表達。這些詞語就成為任何意識形態分析的起點與終點。」因此，既定觀點用語是強化情緒的暗示，語義停止信號則是停止思考的暗示。用最簡單的方式來說，兩者一起使用的時候，追隨者的身體會高喊「領導人說什麼就做什麼」，同時大腦則低語「不要去想接下來可能會發生的事」，而這就是一個致命的強迫組合。

思考終止格言絕對不只專屬於「異教」。令人意想不到的是，說某個人「被洗腦了」，也可以產生語義停止信號的作用。如果有人說「那個人被洗腦了」或「你待的是異教」，你就根本沒辦法和對方對話了。那個對話是無效的。每次我看到這樣的對話發生在社群媒體上，那個爭論就會陷入停頓狀態。一旦有人用到這些短語，就扼殺了談話空間，不用指望去弄清楚信念背後的巨大裂縫是什麼。

即使先拋開有爭議的辯論，思考終止格言也充斥在我們的日常對話中，例如以下這種表達方式：「事情就是這樣」、「男孩就是男孩」、「每件事的發生都有其原因」、「這都是上帝的計畫」，當然還要算上「不要想太多」，這些全部都是常見的例子。在新時代類型的語言中，我也聽過語義停止信號出現在詭譎的至理名言形式中，例如「真理是一種建構」、「在宇宙的層次上，這一切都不重要」、「我為多重現實保有空間」、「不要讓自己受到恐懼的支配」，並將任何焦慮與懷疑貶抑為「限制性信念」。（我們將在第六章探討更多這類措詞。）

當人同時抱持兩種互相衝突的信念時，會產生認知失調的不適感，而這些精闢的座右銘可以有效緩解這種不舒服的經驗。例如，我有個最近被裁員的熟人，她最近對我訴苦，當人們聽到她的壞消息卻回應「每件事的發生都有其原因」，聽起來的感覺有多麼離譜。造成裁員是因為各種糟糕、複雜的因素，例如受到重創的經濟情況、公司經營不善、檯面下的性別歧視，以及老闆善變的性情，根本不是單一個「原因」。但她的室友與老同事不想去思考這些事情，因為仔細思考會讓人感到焦慮和忽然意識到人生本質上就是朝向混亂無序的現象，而這就牴觸了表現同情的目的。所以那些人就拋出一句話：「每件事的發生都有其原因」，來簡化情況，並解決認知失調的問題。「思考是要費力的，特別是你不想思考的事情。」黛安・本斯柯特（Diane Benscoter）坦承。黛安・本斯柯特曾經是統一教（Unification Church）信徒。（統一教又名 Moonies，是一九七〇年代一個風評不佳的宗教風潮。）「不必思考，是一種解脫。」而思考終止格言就像一劑暫時作用的心理鎮痛劑。

每當瓊斯的追隨者提出質疑或擔心，而瓊斯想要他們閉嘴時，他就有一套類似這樣的短句，在需要時可隨時掏出來用。每當有人提到對瓊斯不利的新聞，瓊斯的首選回應是「都是媒體的錯，不要相信他們」。在悲劇發生那一天，瓊斯發表了包括「事情失控了」、「我們現在沒有選擇了」以及「每一個人都要死」一類短句，來讓克莉絲汀・米勒等異議人士閉嘴。

在天堂之門，Ti 和 Do 經常重複一些死記硬背的話，像是「任何宗教都不如真理」，以阻止信徒去思考其他信念體系。每當有人指控 Ti 和 Do 的理論不合理，Ti 和 Do 為了箝制指控會提出這種論點：如果「你還搞不清楚人類以上進化層次的真相，那不是他們的錯。你只是沒有被『賦予辨識真相的天賦』。」[25]

這樣的思考終止格言意味著，每當出現困難的問題，例如：如果我們都在挨餓，瓊斯鎮怎麼會是我們唯一的好選擇？或是，有沒有不把我們都殺死就能開悟的方式？就會出現一個包裝動人的簡單答案，告訴你不要擔心。對權力濫用者來說，挖掘更多資訊像是一種毒藥，而思考終止格言可以粉碎獨立思考的心靈。這不只讓追隨者明白自己的位置，也讓權力濫用者擺脫責任。如果你的腦海被刻上「都是媒體的錯」這句話，你很快就會開始把媒體當成代罪羔羊，而不去思考讓你受苦的其他可能原因。如果提出太多問題代表你沒有得到辨識真相的天賦，你最後就會停止問問題了，因為辨識真相的天賦是這世界上你最想得到的東西。

在最受壓迫的異教式環境中，即使追隨者注意到這些伎倆並想公開反對，也有其他策略來堵他

25 注解：在錫納農，任何想挑戰戴德里奇或奇怪規則的衝動，都會被「表現得好像」（act as if）這個格言扼殺。

們的嘴。艾波懷特與瓊斯都阻止追隨者與人交談，不僅不能與外部世界交談，也不能彼此交談。在定居瓊斯鎮後不久，人民聖殿的信徒就發現，這個應許之地是假的，但追隨者當然也不能因為共同的悲劇而凝聚。瓊斯為此執行了一條「安靜規則」，每當他的聲音透過營地擴音系統播放出來時（很常發生），所有人都不准說話。在天堂之門，追隨者的談話也受到嚴密監控。法蘭克・萊弗德記得，所有人都被要求小聲說話，或根本不要說話，才不會打擾到其他成員。沒有溝通，就無法團結，也不會有想出逃脫辦法的機會。

第四章

領導之聲音

異教式語言不是靈丹妙藥或致命毒藥，更像是一種安慰劑。這種語言在某些人身上可能「發揮作用」，另一些人身上卻沒用，也有很多理由。我們將在本書中探討其中一些因素，不過其中之一與大部分人體驗過的一種制約類型有關：被制約自動相信中年白人男性的聲音。

幾個世紀以來，人們都相信吉姆．瓊斯風格的聲音傳達了一種與生俱來的力量與能力，聽起來就像是上帝的聲音。事實上，在電視廣播的全盛時期，有一種被稱為「上帝的聲音」的播送方式，聽起來就像新聞播報員沃爾特．克朗凱特（Walter Cronkite）與愛德華．莫羅（Edward R. Murrow）那種低沉、帶有回聲、誇張的男中音。不需要太多分析就能發現，歷史上最具破壞性的「異教領袖」大致上都符合這個描述。那是因為，當一個白人信心滿滿地公開談論神與政府這類龐大主題時，大部分聽眾的預設狀態就是去聆聽，去聽這種低沉的聲調與「標準的」英語方言，而且沒抱著什麼質疑就相信了。即使訊息本身是可疑的，聽眾也不會去挑剔傳達的方式或內容。

在琳迪．魏斯特（Lindy West）的散文集《女巫來了》（*The Witches Are Coming*）中，有一章的標題是〈泰德．邦迪哪裡迷人，你醉了嗎？〉（The Ted Bundy Wasn't Charming— Are You High?），這篇文章批評了美國人對男性魅力的標準低到恐怖，即使是「宇宙誕生過最明顯裝模作樣的騙子藝術家笨蛋」，魏斯特寫道。不管是粗魯、平庸又兇殘的泰德・邦迪，可笑的 Fyre 音樂節（Fyre Festival）詐欺犯比利・麥法蘭（Billy McFarland），種族歧視的厭女法西斯主義者唐納・川普，專橫的惡魔吉姆・瓊斯，只要是白人男性，說出自己需要其他人的注意，我們就會聽從。

不可否認，認為唐納・川普（或任何有問題的領導者）等同於吉姆・瓊斯，這樣以偏概全的說法並沒有用。主要是因為，這不是評估其具體危險最有用的方法。研究異教的學者都同意，瓊斯鎮是一場天大的悲劇，前所未有，直到今天也沒有再度發生。然而，從善待動物組織（PETA）成員和墮胎權利活動人士，到反善待動物組織與反墮胎抗爭人士，所有不同政治立場的政策制定者與媒體人士，都在濫用「瓊斯鎮」與「酷愛」這些字眼當作預言，去警告他們不認同的事。我不是第一個指出瓊斯與川普相似之處的人，但我強調他們演說風格的相同之處，是希望邀請大家去仔細思考，什麼樣的特定語言形式促成川普的欺騙與暴力魅力，而不是想引起大家開始害怕這個男人是否能策劃一場圭亞那大毒殺事件（我甚至懷疑川普說不說得出圭亞那所在的大陸）。但簡化思考這個問題會導致一種錯誤的兩刀論法（dilemma）：跟瓊斯鎮不一樣，就完全沒問題。事情顯然不是這樣，其中是有細微差異的。但即使利害關係不如瓊斯鎮那麼大，難道就不值得審視一下異教式措辭嗎？

生活中各個角落，我們如何詮釋某個人的演說方式，正好反應出我們認為他們應該擁有的權力。談到「自殺異教」領導者時，我能想到的只有一個女人，一個已經得到相當多關注與權威的女人。她的名字是蒂爾・史旺（Teal Swan），而且在撰寫本書期間，她還活著。史旺是一位三十多歲的自我成長大師，主要活躍於社群媒體。她被忠實擁護者稱為「精神觸媒」（spiritual catalyst），被批評者視為「自殺觸媒」（suicide catalyst）。在異教式連續體上，史旺似乎落在葛妮絲・派特羅（Gwyneth Paltrow）與馬歇爾・艾波懷特的中間，也就是為自己牟利的健康保健影響者（wellness influencer）與貨真價實的社會病態者的中間。

大部分人從 YouTube 開始認識史旺。在 YouTube 上，史旺以「個人轉變」為題的影片提供了許多教學，主題從如何克服成癮，到如何打開第三眼，無所不包。她從二〇一七年開始發布影片，截至目前為止，這些影片共獲得數千萬次瀏覽量。史旺應用了搜尋引擎最佳化策略，瞄準在網路上搜尋寂寞、苦於憂鬱症與有自殺念頭的人。如果有人搜尋「我孤身一人」或「為什麼這麼痛苦」，這些關鍵字就會把他們引到史旺的內容。雖然不是每個「追蹤」史旺的人都變成她的**追隨者**，但真的變成追隨者的人可能會收到加入蒂爾部落（Teal Tribe）的邀請，那是她最忠實擁護者的專屬臉書社團。最後，他們可能會參加跟史旺的面對面工作坊，或飛到史旺位於哥斯大黎加的昂貴僻靜中心，以體驗完成過程（Completion Process），也就是史旺的招牌創傷療癒技巧。

史旺沒有取得任何心理健康認證，卻使用了各式各樣可疑的心理健康療法，例如「恢復記憶療法」（這是一種挖掘「被壓抑的記憶」的爭議作法，在撒旦恐慌期間非常盛行。史旺聲稱在孩提時代，為了拾回已經遺忘的「撒旦儀式虐待」經驗，親身經歷過這種療法）。大多數的當代心理學家指出，這種做法實際上會植入錯誤記憶，對患者造成嚴重創傷。

但是史旺獨特的「蒂爾學說」（Tealisms）語彙，幫助她把自己打造成一個值得信任的精神與科學權威。就像吉姆．瓊斯用聖經宣揚社會主義，史旺引用東方的形上學來診斷心理健康失調問題。她模糊了「同步性」、「頻率」與「阿卡西紀錄」等神祕話題，以及精神疾病診斷與統計手冊（DSM）正式用語之間的差別，例如，邊緣型、創傷後壓力症候群、臨床憂鬱症。對於那些苦於自己的心理健康問題，還沒在傳統療法與藥物找到解決方案的人來說，史旺神祕且充滿心理學術語的品牌，打造了一種比科學更高力量的印象。（不過，把醫學術語和超自然言論結合起來，也不是什麼新鮮的策略。山達基的L．羅恩．賀伯特〔L. Ron Hubbard〕和NXIVM的基斯．拉尼爾〔Keith Raniere〕等有問題的大師已經使用了數十年。在社群媒體時代，一大群不正當的線上先知已經跟隨著史旺的腳步，運用這種演說風格，從西方文化對新時代重新燃起的興趣中獲得利益。我們將在第六部探討更多與史旺同時代的爭議性人物。）

史旺沒有導致任何大規模的自殺，但至少有兩名學員結束了自己的生命。批評者將這些悲劇歸咎於史旺在談論自殺時，使用非常容易觸發情緒的一系列用語：「我可以看見你的振動，你正在消極自殺」以及「醫院和自殺求助熱線沒有用」，就是她招牌的思考終止格言。雖然史旺宣稱沒有支持或鼓勵自殺，卻宣揚這類情緒性的比喻，例如「死亡是你給自己的禮物」或「自殺是按下重新設定按鈕」。正如史旺在其部落格上的貼文，自殺會發生是因為「我們在直覺上（如果不是心理上）都知道，死後等著我們的，是源頭能量的純粹正向振動。」她寫到，自殺是一種「解脫」。

二〇一〇年代初期，史旺有位名叫萊絲莉．旺斯高（Leslie Wangsgaard）的長期學員，停止服用抗憂鬱藥，也開始有自殺的念頭，於是向史旺尋求指引。這位萊絲莉信任多年的大師史旺，說萊絲莉似乎不「想要」史旺的方法發揮作用，那麼萊絲莉要不是選擇「全心全意投入生活」，就是選擇「全心全意投入死亡」。萊絲莉在二〇一二年五月自殺了。後來，史旺表示，「沒有任何治療師可以為（萊絲莉）這種振動類型做什麼。」不是她，也不是任何人。

和她「自殺觸媒」的風評不符的是，蒂爾．史旺和吉姆．瓊斯一樣，也成了性感的象徵。無數文章在書寫有關史旺「女神般」的美麗，例如她長長的黑髮、銳利的綠色眼睛、護膚程序等（《紐約》（*New York*）雜誌上一篇文章中還寫到，「我無法停止想著她的毛孔」）。最重要的是聲音，當史旺在影片中說著死亡「感覺很可口」，聽起來就像是一個女妖唱著昏昏欲睡的催眠曲。她典型的女性化聲音令人感覺舒緩，這種接近母親的聲音，也帶著一股私密又溫馨的力量，更何況你通常是獨自在家裡時聆聽她的聲音。Podcast一個調查型節目「通道」（The Gateway）的主播傑尼斯．布朗（Jennings Brown）說，「我曾經和整晚聽她講話的人談過話。」史旺絲毫不想接近男性權威，恰巧有助於她培養「個人轉化」大師這個特殊品牌。她不是理想型的政治人物或先知，而是教你DIY自我實現的媽媽。史旺正在尋找的，是一位美麗的三十幾歲白人女性可接受的異教式領導類型。她要的不多，也不少，達到了剛剛好的程度，人們就會跟了。

第五章

洗腦迷思

把一個人從開放又有社群意識的人士，轉變成異教式暴力的受害者，有三個關鍵話術：「我們與他們」的標籤、既定觀點用語，以及思考終止格言。但重要的是，這些人並沒有被「洗腦」，至少不是按照我們所認為的洗腦方式。

當然，吉姆．瓊斯曾試圖用語言對追隨者洗腦。他研究過各種話術，包括新語（Newspeak），這是喬治．歐威爾（George Orwell）在反烏托邦小說《一九八四》（*1984*）所發明的虛構語言。在書中，新語是權威領袖作為「心靈控制」，來強迫人民使用的一種委婉的宣傳性語言。依照新語的方式，瓊斯要求，即使勞務繁重、食物短缺，追隨者仍每天要為美食與工作對他表示感謝，藉此方法試圖控制追隨者的心靈。

《一九八四》是一部小說，但是藉著新語，歐威爾嘲諷了二十世紀很多人抱持的一個真實信念：「抽象詞彙」是第一次世界大戰的爆發原因。這個理論是說，「民主」等抽象字眼的誤用，對全世界人類造成一種洗腦的效果，光是這樣就引發了戰爭。

為了阻止這樣的事再次發生，有一對名叫奧古登（C. K. Ogden）與理查茲（I. A. Richards）的語言學家拍檔，寫了一本叫《意義的涵義》（*The Meaning of Meaning*）的書，並推出一項計畫，要把英語刪減到只剩下非常具體的名詞。沒有委婉語、沒有誇張，這樣就沒有曲解或心靈控制的空間。他們把這稱為「基本英語」（Basic English）。

不過，你可能沒聽過「基本英語」，因為它從來沒有流行起來，也不曾實現原先想達成的目的。這是因為，語言無法操縱人們去相信不想相信的事；相反的，語言給了人們自由去相信已經抱持開放的觀念。不管是字面或比喻性語言、善意或惡意、政治正確或不正確的語言，只有當處在一個鼓勵重塑意義的意識形態中，語言才有辦法重新塑造現實。

我不是要讓雄心壯志的異教領袖洩氣，但語言與思想之間，的確有一個稱為語言相對論（Sapir–Whorf hypothesis）的語言學理論。該理論指出，雖然語言會影響我們構思想法的能力，但語言不會限定想法。這就是說，我們仍然能夠想像並不符合我們既有語言的想法。舉例來說，一個人可能不知道「青色」（cyan）與「蔚藍色」（cerulean）（都是鮮艷的藍色）這兩個顏色專有名詞，並不表示他的視覺系統無法實際感知這兩種顏色的差異。一個非常有魅力的人可以嘗試說服這個人這兩個顏色是相同的，並把缺乏語言當成一種證明，但如果這個人本能上知道，這兩個沒有名字的藍色看起來不一樣，就不會「被洗腦」去相信這是兩個相同的顏色。

所以，當瓊斯在死亡錄音帶中引用「革命性自殺」這類字眼，只能提醒那些對瓊斯還有信心的人，他們所做的是正確、善良的事。但對克莉絲汀・米勒就不再管用了。只可惜，那個時候要活著離開已經太晚了，但抗拒從來不會太晚。

針對這一點，不斷有研究顯示，「即使有一把槍抵著你的頭，但如果你想反抗，還是可以抵抗。」這句話來自前面提過的英國社會學家艾琳・巴克。過去半個世紀以來，巴克一直在分析異教成員，且是首位公開質疑「洗腦」的科學效度的學者。「心靈控制」最早出現在一九五〇年代的新聞報導中，北韓據稱在韓戰中使用了這種酷刑。到了一九七〇年代，洗腦成為一種主流觀念，用來替草率的解除編程（deprogramming）行為護航。因為當時有些改變信仰的人，經常參與非法綁架或其他犯罪行動，而解除編程便是試圖「解救」那些人。[26]

巴克說，「他們以那些人不能依照自由意志離開團體，作為實行解除編碼的藉口。」但相反的，她發現，在一千零一十六位曾經參與過統一教的研究受試者中，百分之九十因感興趣而參與所謂洗

26 注解：有些七〇年代的「反異教」（anti-cult）運動和所對抗的團體一樣精神錯亂。一個叫做異教警覺網絡（Cult Awareness Network）的組織在二十年內，綁架與折磨過數十名「異教信徒」，企圖對他們解洗腦。異教警覺網絡的其一創始者泰德・派翠克（Ted Patrick）後來也惹禍上身：一對父母親擔心成年女兒捲入左翼政治，支付派翠克二萬七千美元去綁架她，並銬在床上兩週。

腦研討會的人，事後都認為整件事並非他們所好，於是很快結束了統一教的生涯。他們無法被轉換。其餘百分之十的加入者之中，在幾年內，有一半的人也自己離開了。

那麼，什麼原因讓其他百分之五的人留下來呢？一般認為，只有智力不足或心理不穩定的人，才會長久支持「異教」，但學者們也反駁了這一點。巴克在研究中比較了最忠誠的統一教皈依者和對照組，對照組成員曾經歷過一些生活經驗，讓他們非常容易「受到暗示」（suggestive）（她說，「例如童年非常不快樂，或智商非常低」）。但最後的結果，對照組不是根本就沒加入，就是一或兩週後就離開了。一般相信，異教灌輸者想找的是「心理有問題」的人，因為比較容易受騙。但前異教招募人員指出，理想的候選人實際上是心地善良、有服務精神，而且精明的人。

加入過統一教的史蒂芬．哈山（Steven Hassan），曾經為統一教招募人員，所以知道一點有關異教所找的人選類型。在他一九九八年所寫的《打擊異教的心靈控制》（*Combatting Cult Mind Control*）一書中，他寫道，「我在統一教當招募長時，我們選擇性地招募……堅強、有愛心、積極的人。」由於徵召一名新人要花很多時間與金錢，他們會避免浪費資源在看起來很快就會崩潰的人身上。（同樣的道理，多層次傳銷的高層也同意，讓他們最賺錢的新人並不是急需現金的人，而是有決心、樂觀，可以打持久戰的人。第四部將有更多內容。）艾琳．巴克針對統一教的研究證實，最聽話的成員都是聰明又充滿幹勁的人，例如活動人士、教育家、公務員的子女（和像我父母親那樣的謹慎科學家相反）。這些人從小被養成要看人的優點，不管情況是不是對自己不利。

因此，不斷把人吸進剝削團體的並不是絕望或精神疾病，而是過度樂觀。異教式環境可以吸引情緒面臨動盪的人，並沒有錯。而且對於經歷過生活轉型壓力的人來說，愛意轟炸感覺起來特別好。但這種吸引力通常比自我（ego）或絕望更複雜，而是與當初承諾的利害關係比較相關。

舉瓊斯鎮的例子來說，在一九七八年那個決定性的日子中，黑人女性的死亡人數比例特別高，但原因並不是因為她們很絕望，導致更容易「被洗腦」。身為一場複雜政治風暴的目標，七〇年代黑人女性的聲量總是很難超越白人（通常不太歡迎黑人女性）的第二波女權主義活動人士，以及絕大部分是男性的民權運動領導者。因為吉姆．瓊斯和所有對的人物有關係（包括安吉拉．戴維斯、黑豹黨、美國印地安人運動、反動的伊斯蘭國、多位舊金山左傾黑人牧師，更不用提他自己的『彩虹家族』），看起來似乎可以為黑人女性提供罕見的發聲機會。希姬芙．哈欽森解釋說，「由於性別／種族剝削的歷史，以及在教會帶頭爭取社會正義活動的悠久傳統，黑人女性特別脆弱。」這麼多的黑人女性喪失性命，是因為她們想在一場運動中得到很多東西，只是這場運動最後成了一個謊言。

勞拉・強斯頓・柯爾坦率承認，沒有人強迫她去相信吉姆・瓊斯所說的話，她心甘情願聽到自己想聽的時髦詞語與思考終止格言，並對其他部分置之不理。她告訴我，「我（在瓊斯鎮）是為了政治理由，所以瓊斯想：『只要看到勞拉出席會議，我就要談一下政治。』我認為只要他有處理我最關心的事，我就可以對其他事情視而不見。」

讓人只說出我們想聽的話是人之常情，也是典型的確認偏誤（confirmation bias）。確認偏誤是一種根深蒂固的人類推理缺陷，指人們為了驗證（與強化）既定信念，去尋找、解釋、接受與記得資訊，同時忽略或排除否定既定信念的一切。專家一致認為，即使是邏輯極強的腦袋，甚至科學家，也無法完全擺脫確認偏誤。常見的人類非理性行為，例如疑病症、偏見、妄想症，都是確認偏誤的形式。在這種情況下，每一件小事都會被解釋為疾病，或是嘲笑整個族群的理由，或是每個人都想找你麻煩的證明。這個現象也解釋了，只要你願意傾聽，即使是模稜兩可的星座運勢和通靈解讀，甚至千篇一律的「貼近生活」（relatable）的社群媒體貼文，都能引起獨特的共鳴感。

所有異教式領袖都仰賴著確認偏誤的力量，只提供支持其意識形態、以及追隨者想聽到的片面資訊版本；在那之後，確認偏誤就會為其所用。確認偏誤也解釋了異教式領袖的措辭為什麼如此模糊——既定觀點用語與委婉語都被刻意說得很不確定，以掩蓋意識形態中令人不快的細節（並留下改變意識形態的空間）。而在同時，追隨者則把想獲得的一切投射到這種語言上。（舉例來說，每當瓊斯使用「白夜」這個字眼時，像勞拉這樣的追隨者就把這個詞理解成他們所期望的事，而忽略了這個詞包含暴力意義的可能性。）對大多數人來說，確認偏誤的結果並不是瓊斯鎮等級的嚴重事件，也不是說天真或絕望的可憐人才會走到這個下場。在很多情況下，是因為極端的理想主義。

在離開公社後的歲月裡，勞拉成為一所公立學校的老師、貴格會教徒、無神論者，以及移民權活動人士。她在二〇一七年告訴一名記者，「我還是一樣熱衷政治，但我變得比較沒那麼著迷於別人所說的話了。」儘管如此，勞拉從未停止尋找實現人民聖殿最初承諾的方式。即使經歷過瓊斯鎮的暴力事件，她仍然抱持著希望。「如果今天出現一個讓我可以住在某個社區的方法，我一定馬上去做。」她告訴我，「只是這個公社必須沒有領導者，也必須是多元的。」想像比找到更容易，勞拉發出了傷感的嘆息，「我只是還沒找到一個安全的社區，並具備所有我想要的事物。但我是一個社區主義者，一直都是。我過著一種狂野的生活，但我不想和同樣狂野的人坐在一起。所以我真的很喜歡住在人民聖殿裡。瓊斯鎮是我人生中的亮點。」

法蘭克・萊弗德因為馬歇爾・艾波懷特失去了青年期與心愛的另一半，但他也沒有後悔。他坦白，「我對這段經歷的看法是，我帶著體驗天堂之門的目標而投生。我們像彈弓一樣，投入黑暗愈深，就會回到愈高的光明。如果我沒有經歷過黑暗與壓迫、自我貶抑，我就不會有動力轉變到現在所擁有的自我覺知。」確實，雖然愛意轟炸可以吸引心碎的人，但卻是像勞拉與法蘭克這樣的人，受到了足夠的理想主義鼓舞，相信全心全意投入團體會帶來奇蹟與意義，相信這值得縱身一躍，這些才是會留下來的人。

「我為了對人生有積極的展望，我對自己洗腦。」勞拉不帶感情地告訴我，「你看看這些新聞。我現在正在與癌症對抗。每個人的生活中都有一些鳥事，都有一些讓我們只想癱在床上、不想反擊的事。我絕對相信洗腦，或者我猜，在某些環境中可以稱為『正面氛圍』（positive vibes）。但我認為，我們全部都在洗自己的腦。有時候，我們是不得已的。」

從上一次採訪之後，勞拉和我就保持聯繫，透過電子郵件來回通信，交換關於錫納農的故事。有一天晚上，她和一些錫納農的老戰友一起晚餐，並和一個名叫弗蘭基（Frankie）的人，列出了她所記得的那些日子的特殊行話。「弗蘭基認為他記得你的父親，他在錫納農那時也是個年輕人。」她寫郵件給我，還附上了詞彙表。「真有趣，人生的同步性總是在沒有預期的時候出現。」兩個月後，勞拉因癌症過世，身邊圍繞著她在狂野人生中所聚集的許多同伴。

我可以想到很多動機，可以解釋為什麼有人會加入像人民聖殿或天堂之門這樣的社群。也許是因為生活很艱難，想讓生活變得更好，剛好有人承諾可以幫忙；也許想讓待在地球的時間更有意義；也許厭倦了孤單的感覺；也許想要新朋友，或一個新的家，或換個風景；也許某個所愛的人加入了；也許每個人都在加入中；也許這看起來像一場冒險。

大多數的人在情況變得有生命危險之前就會離開，但沒有離開的原因可能也聽起來很熟悉，可能和拖延不肯分手的原因一樣：否認、提不起勁、社會壓力、害怕被報復、缺錢、缺乏外部支持、懷疑自己能否找到更好的，以及強烈希望現狀可以改善，如果再堅持幾個月，再多投入一點點，就能回到一開始的樣子。

行為經濟學理論中的損失規避（loss aversion）說，人們通常對損失（時間、金錢與自豪感）比獲得有更強烈的感覺。所以在心理上，我們願意費盡心力去避免失敗，也因此會不理性地傾向待在負面情況中，例如糟糕的關係、不良投資、異教等等，然後告訴自己勝利就在眼前。這樣一來，我們就不必承認，事情沒有成功，應該停止損失。這是沉沒成本謬誤（sunk cost fallacy）的一個情緒性的例子，也就是人們往往認為，既然已經投入資源了，投入更多是合理的。我們已經參與了這麼久，不妨繼續下去。與確認偏誤一樣，即使是最聰明理智的人，也無法對損失規避心態免疫，這是根深蒂固的心理。我經驗過很多有害的一對一關係，並注意到施虐伴侶和異教式領袖之間的相似之處，講好聽一點，就是他們都會貶低人。

所以，雖然有毒的果汁調味飲料和紫色裹屍布也是權力濫用表現出來的模樣，但關鍵是權力濫用聽起來的樣子。如果某種語言提示你要出現立即情緒反應，同時又阻止你提出進一步問題，或讓你覺得出席就表示「被選中」，或允許你在道德上將比你低一維的人分開，這種語言就值得多多檢視。這些標籤與委婉語可能不會殺死你，但如果你追求的不只是生存，那麼最充實的人生肯定是你為自己述說的人生。

「我們的內在指引是最好的導航。」法蘭克．萊弗德告訴我。這並不意味著我們不能向外（或向上）尋求協助以走過混亂局面。「但對我來說，」他繼續說，「一個好教練不是在指導你，而是在照亮你最深的渴望與障礙。」不需要嚮導，不需要先知，不需要一位大師告訴你該說什麼話，你需要的是昏暗的圖書館裡的一根蠟燭，因為你想找的那本書會隨時為你翻開。

第3部

即使是你，
也可以學習說方言

第一章

許諾更好的人生

我很愛講一個自己被山達基綁架的故事。

當時我十九歲，在洛杉磯度過了一個孤單的夏天，做著一份糟糕的兼職工作，還有輕度憂鬱症，除了和一個我在城裡認識的人做朋友之外，我自己打不起勁做太多事。這個朋友是位胸懷大志的年輕女演員，名叫瑪妮（Mani），我們在紐約大學一年級時相識。學校放假時，瑪妮和她媽媽與小妹住在山谷（The Valley）[27]裡的一間公寓，平常會去試鏡廣告機會，也會參加南加州大學學生電影的演出。瑪妮非常有魅力，留著一頭長長的金髮，像貓一樣的烏克蘭特徵，穿著網眼布寬鬆T恤，還養了一條蛇當寵物。她的全名和我一樣叫亞曼達，但她如此的自由奔放、不受束縛，於是取了一個更有異國情調的別名：瑪妮（Mah-nee）。我們在一起的時間都在做她想做的事。瑪妮會丟出一個想法，我像是沒安全感的青少女總被自信滿滿的人迷惑，不管她說什麼我們都會去做。我會開著我的本田Civic，從聖塔莫妮卡到斯圖迪奧城（Studio City）去接她，然後我們會去舊貨店採買，或到處吃東西，或在週二下午到山丘上騎馬（兩小時十二美元）。或者，有一天，違反了我平常不算差的判斷力，在好萊塢的龐大山達基教會裡，接受了做「人格測驗」的邀請。

27 編注：應指洛杉磯都會區內的都市化山谷，聖費爾南多谷（San Fernando Valley）。

在那個特別的七月下午，瑪妮和我正在市中心閒晃。在去買堅寶果汁（Jamba Juice）的路上，有兩個二十幾歲的人站在日落大道（Sunset Boulevard）上，穿著像是要去參加高中管絃樂隊表演（白色扣領襯衫、黑色寬鬆長褲）。他們拿出兩本小冊子，然後問我們，「你們要不要做人格測驗？」我當時是個很自戀的年輕人，最喜歡翻閱少女雜誌《十七》（*Seventeen*）與《柯夢波丹》（*Cosmopolitan*）的測驗單元，找出誰是我的《吉爾莫女孩》（*Gilmore Girls*）[28]萬人迷，或根據我的星座分析，應該嘗試什麼秋季流行趨勢。但我和瑪妮已經在紐約市度過兩個學期，一般來說我們應該霸氣地走過站在街頭的這兩個人，好像他們屬於低於人類的物種，但瑪妮竟然停下腳步，還笑著說，「聽起來**很有趣**。」可以想見我當時有多驚訝。

我和瑪妮檢視了小冊子，發現上面印了山達基的標誌。我以為瑪妮一定會同意避開這些怪里怪氣的東西，繼續去買冰沙，然後開車回家，結果不是。瑪妮很酷很美麗，也無所畏懼，所以山達基的事只是讓她更好奇。她說，「我們必須去做。」長長的睫毛眨呀眨的。

我試著像瑪妮一樣對任何事情都感興趣，所以我同意了。我們暫停了尋找冷凍果糖之路，爬回我的本田 Civic，開了四個街區，轉進L・羅恩・賀伯特大道（L. Ron Hubbard Way）。在寬敞的停車場停好車之後，我和瑪妮漫步到這棟我以前只在遠處看過的三十七萬七千平方英尺大教堂。你可能在某部紀錄片或某個維基百科黑洞中看過這個地方的照片，這棟知名建築物有著古希臘式外觀，還有一個一層樓高的山達基十字架浮雕（特色是八個角，而不是四個角）。這個地方是美國二萬五千名山達基信徒[29]心目中的聖地，這些信徒大部分居住在我目前洛杉磯住家方圓十二平方英里內（真是令人不安）。

在洛杉磯這裡，山達基信徒隱藏在眾目睽睽之下，可能是你的咖啡師、你的瑜珈老師、你最喜歡的CW[30]劇配角，還有特別是所有想在花花世界[31]大放異彩、眼睛閃閃發亮的移居者。想成為電影明星的人會在《後臺》（*Backstage*）雜誌上找開創娛樂職涯的速成保證班廣告，或者參加由山達基祕密支持的藝術家工作坊。也有些人會接受街頭小組的邀請，去做人格測驗；有些人花一個下午參觀這個令人印象深刻的園區（那是對外開放的），或輕輕鬆鬆地參加介紹課程；有些人帶著真正開放

---

28 譯注：很受歡迎的美國影集。

29 注解：這個統計數字來自普林斯頓高等研究院（Institute for Advanced Study），只是山達基公司（Corporate Scientology）宣稱全世界有上千萬名信徒。

30 譯注：美國一家免費電視聯播網。

31 譯注：原文 Tinseltown 指好萊塢。

的心態去做，而大部分的人在真正加入之前，早就快快離開了。但就有少數人會看著山達基的吉祥物，例如湯姆．克魯斯（Tom Cruise）、約翰．屈伏塔（John Travolta）與伊莉莎白．摩斯（Elisabeth Moss）等名人，然後告訴自己：**那可能是我**。

你無法看到一個走在街上的人，並根據穿著與行為方式就看出那人是不是山達基信徒，只能藉由他們說話的方式，而且只有當你知道要聽什麼的時候，才能聽得出來。曾經加入過山達基的凱西．申克伯（Cathy Schenkelberg）在一次採訪中告訴我，「如果你曾經待過山達基，你可以在和某個人交談時，透過他們說話的方式，知道他們是不是山達基成員。」凱西現年四十多歲，已經離開山達基將近二十年，有部分時間住在愛爾蘭，當一名不是太出色的小演員。二〇一六年，她主動提起了一件山達基往事，因此得到一些媒體的關注。凱西曾經去為一支影片試鏡，她以為那是一部山達基訓練影片，後來才知道是在為湯姆．克魯斯物色女友的面試。媒體看似隨意地問起她對這位電影明星的看法，她坦率地說，「我受不了他，我覺得他是一個很自戀的巨嬰。他和妮可（Nicole）分手，真的讓我很失望。」不用說，她並沒有得到這個機會，而且不久之後，凱蒂．荷姆斯（Katie Holmes）拿到了那個角色。

這些日子以來，凱西演出一齣關於她的山達基經驗的喜劇表演，稱為《擠壓我的罐子》（*Squeeze My Cans*）。該表演名稱是在嘲笑賀伯特知名的電儀表（E-Meter）測謊器，其外形就像九〇年代的超大型可攜式CD播放器。即使山達基教會承認，電儀表「本身沒有作用」，這臺設備仍被用來「聽析」（audit，即精神諮詢）PCs（待清新者〔pre-clears〕或聽析對象）。幾年前，在逃離山達基教會的五年後，凱西在為麥當勞做配音工作，遇到一位叫葛雷格（Greg）的導演，交談不到五分鐘，她腦中的警報器就響了起來。「他在下指示給我時用了某些字眼，」例如「心煩意亂」（enturbulated），意思是不安；以及「Dev-T」，代表發達的交通（Developed Traffic），意思是「延誤的原因」。「所以我對他說，『葛雷格，你是山達基信徒嗎？』他回我，『是啊，我對你也有相同的納悶。』他後來自殺了，但那是另一個故事了。是的，他失去了一切。」

擁有遠大夢想會讓你變得脆弱，山達基深知這一點，因此聲稱他們擁有幫助你釋放潛能的鑰匙。凱西在從高威（Galway）打來的電話中告訴我，「他們把這稱為基本原理（postulate）。」這是山達基對個人決心的特殊標籤，或者一位普通的洛杉磯占星師可能會將之稱為「顯化」（manifestation）。即使在凱西深入山達基的會員層級，失去所有房子、存款帳戶與人際關係，教會占據太多時間，以至於她幾乎不再參加任何試鏡之後，她從未放棄實現夢想的野心。「我只是想要完成升級，然後回到紐約，成為一名音樂劇女演員，」她哀怨地說，「但這當然沒有發生。」

山達基用許諾一個非凡人生作為引誘凱西的圈套，讓她待在教會十八年，之後她就迫不及待想離開。一九九一年，凱西二十三歲，是一名正在芝加哥崛起的藝人。她當時開始安排一些大型的廣告與配音工作（她在電話中表演這些臺詞給我聽：「不知道你有沒有聽過『莊臣〔SC Johnson〕，一個家族企業』或者『蘋果蜂〔Applebee〕，離家不遠的美食』。」）那一年，凱西遇到一位可愛的女演員同業，她說自己參加了一個很棒的藝術家團體，裡面全是像她一樣的後起之秀。那個團體稱為「山達基」。凱西從沒聽過這個團體，但那名字聽起來是正派的。畢竟，名稱裡面還有「科學」兩個字。凱西開始陪這名女演員去當地的聚會，她後來才知道，這些聚會都是由教會安排的。「比如，『看到了嗎？我們沒有那麼瘋狂，我們是藝術家。』」凱西解釋了她們的動機。「L・羅恩・賀伯特說，藝術是宇宙的溶劑！」

一開始，凱西似乎是完美的新人，她眼睛明亮、投入、日子過得很好，並渴望為世界做好事。「就像很多二十出頭的人，我想加入和平工作團（Peace Corps）[32]與仁人家園（Habitat for Humanity）[33]，用某種不以自我為中心的方式去貢獻的團體。」於是她一直在尋找，精神上的尋找。

凱西來自內布拉斯加州的一個天主教家庭，一出生就是天主教徒，家裡有十個小孩。她十三歲那年，因為一場意外車禍，凱西失去了一個哥哥。「那對我是個轉捩點。」凱西說，人們試著說服她，因為她哥哥已經「準備好與上帝同在」，所以上帝「揀選」了他，從此之後凱西就再也不去家鄉的教堂了。那是一種思考終止格言，但凱西並不買帳，「我想，『好吧，我不想和這種上帝有任何關係了。』」接下來的十年，她嘗試在其他地方尋找更高的力量，從水晶冥想工作室到說方言的教會，可以嘗試的地方都去了，沒有一個地方讓她停下尋找。

一開始，山達基告訴凱西，他們是一個非宗派團體（nondenominational group），主要目標是「為人類散播希望」。凱西回憶說，「每一個與我交談的人都告訴我一樣的話，『哦，你可以做任何喜歡的事』，然後我相信了。他們表現得很輕鬆。」但一加入團體，凱西很快就發現，參加別的宗教是絕對不被允許的。「他們稱那是『松鼠的行為』（squirreling）。」她告訴我，「有一天，你抬起頭，就發現自己已經在一間有五百人的房間，對著前方的L．羅恩．賀伯特青銅半身像喊口號了。」

32 譯注：派遣志工到貧窮國家服務的美國政府組織。
33 譯注：為窮人解決住房問題的非營利組織。

第二章

山達基的「綁架」技術

把場景轉回到洛杉磯，瑪妮輕快地跳進（我是費力地走進）山達基總部的宏偉大廳，有位四十多歲、笑容誇張的白人男士在迎接我們。他穿著一套清爽的矢車菊藍色西裝，帶著一條細緻的銀色頭巾，對著主要是拉丁裔的員工說著一口流利的西班牙語。「感謝你們的加入，跟我來。」他說，接著把我們帶往這棟建築物的更深處。我正嘗試記住每一個附近的出口時，瑪妮丟給我一個無憂無慮的微笑。

在山達基的圍牆內，我和瑪妮加起來總共花了三個多小時，才通過他們充滿誘騙技巧、錯綜複雜的介紹程序。首先，我們在博物館廳花了四十五分鐘，欣賞電儀表設備展示，以及把世界宗教領袖對L·羅恩·賀伯特的模糊說法剪輯起來、把他描繪成上帝給人類的禮物的宣傳影片之間閒晃。然後我們被帶進一間教室，那個穿著藍色套裝、裂嘴笑的男人遞給我們一人一個厚紙袋、一張掃描電子表和一支小小的高爾夫球鉛筆。我們用這些東西完成了一份耗時九十分鐘的人格評估。完成時，瑪妮和我筋疲力盡地退出那個房間，在評估結果製成表格之前，我們又等了半個世紀那麼久。下午過了一半左右，藍色西裝先生忽然出現，並把我們兩人分開，分別遞送我們的測驗結果。瑪妮先去，我無所事事地又等了難以忍受的半個小時，然後換我再度進入那間教室。

當瑪妮坐在五碼之遠，被轉交給另一名員工進行一場我聽不見的談話時，藍色套裝先生開始揭示我的性格。我的測驗顯示出哪些缺點阻礙了我的人生發展，包括固執、害怕脆弱（還算中肯，只是我靜靜納悶著瑪妮的結果）。每一次批評之後，那個男人就會眼睛發光並重複一句話：「山達基可以幫你改善。」當他冗長的演講結束後，他帶我加入瑪妮與另一名員工那邊。接下來就是強迫推銷了。第二個傢伙好像是一個把皮膚噴黑的D咖演員，他繼續向我們推銷一系列的自我提升課程，一些書與工作坊等，與宗教無關，只是幫助我們過上更好生活的「工具」。為了我們這些充滿希望又努力的學生，每堂課只要三十五美元。如果我們今天就下決定，他馬上就可以帶我們去大樓的另外一側，讓我們預覽一下之後的課程內容。

與山達基這次的約會經驗八年後，凱西向我解釋，「他們就是用這種小型基礎課程吸引你，這就是一切的誘餌與開關。他們讓你從『溝通』或『生活的起起伏伏』這種課程開始，然後你會說，『哇，這真的很有幫助。』」凱西不像我，我的成長過程中有一個公開談論他被迫加入異教的爸爸。凱西思想開放、個性樂觀，最重要的是，她在參與之前，對山達基一無所知。「那是一九九一年，Google還沒出現，所以我無法查核。」她說明了當時的處境，「我只是因為我喜歡的那個女演員有加入。」在凱西開始支付課程費用，生活與山達基更進一步交織在一起之後，因為明令禁止，她當然沒有再做任何獨立的挖掘。「我被告知不要看網際網路、報紙，或任何有關山達基的『黑色公關』（black PR）。」凱西說，「那些人與記者只是想要摧毀山達基，因為他們知道，山達基是人類的唯一希望。」當時，凱西每一次進入諮商交談（當然，費用都是預付的），最先被問的問題就是：你有上網嗎？有人對你說有關山達基的任何壞話嗎？你有外遇嗎？你磕藥嗎？你和記者聊過嗎？你在大使館、政府和政界、律師圈子中，有認識的人嗎？「這太瘋狂了。」凱西回想起來說。只是在當時，這些看起來只是例行的預防措施。

很快的，凱西的新圈子就用「我們與他們」的話術，把她和外面的人隔離開來。「他們有各種方式讓你把非山達基人看成次等人。」她記得。任何對組織的批評都會被貼上「隱藏罪行」標籤。以某種方式威脅到山達基的人或行為，例如和一名壓抑者（SP，suppressive person，會帶來不好影響的人，例如記者或持懷疑態度的家人）來往，就會立刻被貼上 PTS 標籤，就是潛在麻煩來源者（potential trouble source）。在山達基，有一長串的潛在麻煩來源類型。有 1-3 型，也有 A-J 型，這些分類指的是教會的不同敵人，例如懷疑者、罪犯、曾經公開譴責或控告山達基的人、和壓抑者太密切往來的人、經歷過「精神崩潰」的人。潛在麻煩來源類型包含了一系列潛在的「他們」，用來合理化誹謗或迫害任何行為不守規矩的人。

「我的山達基朋友葛雷格，還記得那個很有創意的麥當勞廣告片導演嗎？他自殺之後，山達基說他是潛在麻煩來源第三型，意思就是說他精神崩潰。」凱西告訴我，「但真實的狀況是，葛雷格花光了自己的錢和爸爸的錢，還賣了房子、丟了工作。他已經身無分文了。」他根本不是「潛在麻煩來源」，山達基毀了這個人的人生。凱西對著話筒嘆了口氣。「現在想想，我在那個地方浪費了二十年的生命。」但在那時候，凱西以為那是她的永恆。「有了這些知識，我下輩子回到人間時，就能處理別人無法應付的事，你懂嗎？」

山達基的運作邏輯是，因為L・羅恩・賀伯特的「技術」（信仰系統）是完美無瑕的，所以如果你在教會裡不開心，顯然是你做了什麼「招惹」（pull in）來的。這是山達基典型的思考終止格言，意味著你正在體驗的任何負面經驗，不是任何人的責任，而是你自己的責任。「是你讓事情發生的，」凱西說明，「如果我在人行道上絆倒，扭傷了腳踝，這不是人行道上的裂縫造成的，而是我**招惹來的**。」因為你可能心存懷疑或與壓抑者往來過於密切。在山達基，如果你在婚姻、朋友圈或工作中遇到問題，你不是要中斷往來或「處理」（handle，意思是說服他們同意山達基的教義），就是要「讓他們上橋」（get them on the bridge），亦即讓他們改信山達基。

瑪妮對著那個皮膚黝黑的半個名人點頭表示同意的時候，我們面前擺了一桌子的書籍與DVD。我想起高中時，媽媽對我上的一課。我們接受某個家人朋友邀約，前往墨西哥一處海灘度假勝地過春假。「我們一到那裡，他們就會把我們帶進一個小房間，然後試著推銷分時度假房[34]給我們，」媽媽非常嚴肅地警告我，「他們會給我們零食吃，讚美我們，把分時度假房講得很棒。但你**絕對不會**想要一間分時度假房，那會毀了你的人生。所以我們要不厭其煩地說『不用了，謝謝』。然後他們會試著帶我們進入另一個小房間，讓我們看一支影片簡報。無論如何，我們**不能**讓他們帶我們進入那個隔壁房間。我們要站起來，然後離開。」

當時我十九歲，已經在山達基總部門後待了接近四個小時，我並不知道這個「教會」在以三十五美元的自我提升工作坊開始的虛假承諾下，已經從一般人身上壓榨了數百萬美元，還造成心理創傷。我所知道的是，這感覺就像在推銷分時度假房，因此我們不能被帶進隔壁房間。

於是我站了起來，接著說，「**不用了，謝謝。我們不是你的目標對象。請讓我們走吧。瑪妮，我們要走了。**」皮膚黝黑先生和藍色西裝先生交換了眼神，吐了一口氣，並朝著門做了個手勢。我拉著

34 譯注：一種房產使用權利，在每年的特定時間對某個度假資產擁有使用權。

瑪妮的手，然後跑出教室，正確說法是衝刺，穿過博物館大廳、穿過前廳，然後跑出門，衝進我的本田 Civic，並加速離開，永遠不再開進L．羅恩．賀伯特大道。

用「綁架」描述我們與山達基的互動有點過頭了，但他們從事這樣的活動，我並不會覺得驚訝。多年之後，我才知道，如果我讓他們更進一步，答應購買其中一門課程，我就會被帶進一間電影廳觀看一支山達基的歡迎影片，而身後的門是上鎖的。如果我從那裡繼續與山達基往來，報名更多課程與一對一諮商，我就會為了這個教會的承諾，砸進沒有百萬也有數千美元，不管我有多少錢。

因為作為山達基信徒的終極目標就是「淨化」（go clean），以提升到L．羅恩．賀伯特的最高開悟等級。教會用這個眾所渴望的追求來誘惑所有成員，但其錯綜複雜的層級結構又祕密地無限延續下去，以確保淨化是實際上不可能發生的事。凱西在山達基待了幾年之後，達到一個稱為戴尼提清新者（Dianetic Clear）的等級，就她所知，那就是終點線了。「我想，『喔，天啊，太棒了，我淨化了。我不再有反應式的心靈，我將帶著這個新發現的覺知走入世界。』」她回憶道。但是在山達基，只要你抵達一個一直被引導到的所謂最高等級，他們就會表明上面還有更多等級。而且這其實只是起點，因為你已經打開了一連串棘手的靈性問題。現在你沒有選擇，只能爬到下一個等級，再下一個等級。在此之前，為了提升，你可能已經花了五千或一萬美元，現在可能是十萬美元或更多。

當我繼續穿越山達基這座橋樑，通往完全自由（Total Freedom），通向淨化的道路時，將會學到超自然的概念，例如茲努（Xenu）[35]，以及無形的希坦靈體（body thetans，附身在人類身上並造成破壞的古代外星人靈體）。那很瘋狂，但我必須繼續走下去。沉沒成本謬誤與損失規避告訴我不能放棄，不能在走這麼遠的時候放棄。另外，我的上級堅稱，如果我在一個較高的聽析等級中途離開，將會招惹不幸；我會招惹疾病，甚至死亡。一位名叫瑪格麗・威克菲（Margery Wakefield）的前山達基信徒，長期擔任特勤辦公室（Office of Special Affairs，簡稱 OSA，山達基的「情報機關」）的官員，寫出她在八〇年代初期如何因為感知到自己的精神狀態衰退，而被解雇（被踢出門）的事。瑪格麗因為已經經歷了十多年的會員生涯與強烈制約，堅信在她目前等級的中間被解雇非常危險，她一定會在十二天內死亡。（當她活下來時，她其實非常震驚。）

如果我已經像瑪格麗一樣深入，並加入了特勤辦公室或海洋機構（SEA-Org，山達基的準軍事小組），我就要簽一份為期十億年的精神效忠合約，並接受訓練以幫助教會執行聯邦罪行，例如破門而

35 譯注：七十五萬年前把子民送到地球的銀河系霸主。

入、竊取政府文件、竊聽、銷毀犯罪證據、作假口供等等所有為了保護教會而被認為有必要的事。瑪格麗聲稱，有一次，她親眼目睹教會官員在策劃謀殺兩個人。一個是叛逃者，他被特勤辦公室抓到，並被囚禁在一家汽車旅館的房間裡。她在一九九〇年的一份宣誓書上寫道，「他們第二天要帶他出海，然後把他丟包，就是在他身上綁重物，然後丟到海裡。」另一個是記者，寫了一本批評山達基的書（我盡量不去想這件事）。

因為，正如我最後瞭解的那樣，山達基法則大於 wog 法則（「wog」意思是外人，這個字可能與一個過時的種族侮辱性用詞有關，但詞源學家並不確定）。根據多位前山達基信徒的說法，有一整套課程在教如何對外人說謊。這套課程稱為 TR-L，代表例行說謊訓練（Training Routine Lie）。據說，在例行說謊訓練中，山達基信徒會學到即使在極端壓力下，仍然能以堅定不移的自信去說謊的能力。在宣誓書中，瑪格麗．威克菲詳細說明了她在特勤辦公室中發生的某件事，當時她被迫對一位法官做出性行為不檢點的不實指控。因為這名法官被預定主持一件與山達基有關的案件，但是據說，山達基教會不喜歡他，希望他被調走，所以指派瑪格麗去放話，說法官對她性騷擾。在作證之前，瑪格麗記得自己問過一位上司有關作假口供的事，得到的回答是賀伯特政策的一句話：「為最大數量的動力提供最大的利益。」[36]這意味著，為了確保山達基的生存，可以採取一切必要的措施；

這意味著，用上她的例行說謊訓練，並服從；這意味著，為達目的，不擇手段。

到了那時候，我將會全心全意接受山達基的教義，甚至無法與教會以外任何人溝通。「不知道你有沒有聽過兩個山達基高層之間的對話。」參加過統一教的心理學家史蒂芬·哈山告訴我，「但你一定完全聽不懂他們在講什麼。」因為對山達基來說，以及對所有異教式宗教來說，語言是一切的開始與結束。在某種意義上，語言就是上帝。

36 注解：在山達基，「動力」指的是宇宙的某些元素，從自我開始，然後延伸到家人、社群、整個物種，一直到上帝或無限。賀伯特描述了八個全部動力，並用字母縮略詞來稱呼，所以你可以稱呼配偶為「2D」，朋友圈為「3D」。

第三章

語言的儀式

這就是宗教語言的力量：無論是我們從小到大就非常熟悉、讓我們從未考慮過不同觀念的聖經語言（上帝、誡命、罪），或是來自較新風潮的另類用語（聽析、待清新者、通往完全自由之橋），宗教說法就是具有一種獨特的感染力。記得語言表演理論嗎？那個有關語言不只反應現實，還主動創造現實的那個理論？有些學者說，宗教語言是一種表演風格最強烈的演說類型。葛瑞・埃伯勒（Gary Eberle）在其著作《危險的語言》（*Dangerous Words*）寫道，「許多宗教語言是在『表演』，而非『告知』，（以激勵我們）做出人性中最好或最糟的部分。」

宗教的話語以一種讓信徒感到無比深刻的方式引發事件。艾比・蕭（Abbie Shaw）說，「我們用聖歌來表現事物、讓事情發生、讓自己相信。」艾比是一名二十七歲的社會工作者，前香巴拉成員。香巴拉是具爭議性的一個藏傳佛教分支。我在洛杉磯一次聚會上遇見艾比，幾天後採訪了她。「有些語言我喜歡並沿用到現在，但有些語言導致了我所經歷過最離奇的創傷。」

仔細想想所有在宗教場合中出現的表演性動詞：祝福、詛咒、相信、告白、寬恕、發誓、祈禱等，這些字眼可以引發重大的後續改變，這是非宗教語言做不到的。例如，「以上帝之名」這句話可以讓說出來的人結婚、離婚，甚至可以驅逐某人。「以凱莉・詹納（Kylie Jenner）之名」就做不到

（除非你真的在凱莉．詹納的祭壇上做崇拜儀式，相信她是你此生與來生的唯一管轄者，這樣我就承認我錯了，我也希望能為這本書去採訪你。）你也可以以一種非宗教的方式說「以上帝之名」（當然也可以說「以凱莉．詹納之名」）。只要想想像「祝福」（blessed）等以聖經為主題的俚語，就知道聖經用語遍布日常世俗生活中。但是在宗教語境中，由於說話的人是在引用自己所相信的力量作為最終權威，以讓自己說出的話具有意義，這些表達方式就承載了一種特別的超自然力量。

「宗教語言把我們捲入最龐大的語境中。」埃伯勒寫道。宗教語言超越了工作場所或政治範疇。如果有人真的相信，宗教語言也可以超越空間與時間。埃伯勒繼續寫道，「當棒球裁判在球場上喊出『你出局了』，這是一句在比賽語境下的一種表演性語言。但在宗教語言下，『你出局了』則關乎一個人的自我與存在的全面表現。」

大多數宗教都鼓勵祈禱有其原因，因為語言可以強化信仰。心理人類學家譚亞．魯爾曼在她的當代女巫與「魅力型基督徒」（charismatic Christians）（如果他們真的這樣稱呼自己[37]）研究中發現，如果有人想認識更高的力量，想讓那個神像真的一樣，就必須開口跟那個神說話。魯爾曼所觀察到的基督徒與女巫的神學詞彙截然不同，但兩者都會透過反覆祈禱與說咒語，讓接收端的圖像變成「清晰的心像」。只要一次又一次對著一個精神上的權威講話，假以時日，你就會召喚來這樣的體驗：耶和華或外星霸主，或任何你聊天的對象，開始回應你了。最後，在這樣的對談中（或魯爾曼所謂的「想像的對話」），當某些自發性的想法突然出現在你的腦海，例如，某個臉孔或某個場景似乎可以回答你一直在思考的某個問題，這些想法看起來不像是自己主導的，反而更像是直接來自更高的力量。魯爾曼告訴我，人需要某些東西的幫助，好讓超自然的感覺變得真實，而語言的作用正是如此。

為了讓宗教語言的強大力量保持健康與道德，一定要局限在一段有限的「儀式時間」內使用。這指的是一個隱喻的領域，在這個領域中，使用例如「盟約」（covenant）這樣的聖經字眼或藏傳佛教的梵唱，忽然之間一點也不違和。要進入儀式時間，通常必須發生一些象徵性的行動，例如唱一首歌、點一根蠟燭或扣上靈魂飛輪鞋（沒騙你）。像這樣的儀式所表達的訊息就是，我們把正在從事的這件宗教活動，與日常生活中其他事情區隔開來。然後，結尾時通常也有一個動作（吹熄蠟燭、

37 注解：魅力（charisma）一詞其實和基督教有數百年的淵源。它源自古老的希臘詞彙「禮物或恩惠」（gift or favor），到了一六〇〇年代中期，意思變成了「上帝賦予的能力」，比如教學與治療。直到一九三〇年代，這個詞演變成意味著一種世俗的領導才能，直到五〇年代末期，才用在更普通的「個人魅力」意義上。

重複「namaste」、脫下飛輪鞋），以擺脫儀式時間，回到日常的現實中。「神聖」（sacred）一詞字面上的意義是「擱置一旁」（set aside），是有理由的。

但是壓迫性的團體不會讓你離開儀式時間。沒有區隔，就不會回到現實。在現實中，你知道在午餐時唸誦真言或背誦十誡，違反了為人處世的潛規則，但你必須與不同信仰的人共處。對於破壞性團體，像山達基、統一教、大衛教派、3HO、國際之道（The Way International，一個基督教基本教義派的異教，稍後將會談到）以及更多其他團體，其神聖語言不再有一個「神聖空間」。像「憎恨」、「詛咒」、「較低的振動」或團體使用的任何獨特詞彙，無時無刻都掌握著那股萬能的力量。

在美國文化中，宗教語言（特別是新教語言）無所不在，甚至在我們沒注意到的情況下，告訴我們應該做什麼世俗選擇。我最近發現一個低脂起司通心粉冷凍餐點，包裝上就印著「無罪」（sinless）的字眼。把魔鬼召喚出來談論微波麵條，感覺有點誇張，但這就是宗教語言多麼深入美國文化的現象：有罪人，也有聖人，而聖人會選百分之二乳製品的產品。

宗教與文化之間互相滲透的現象，也是讓許多資本市場角落呼求上帝來推銷產品的因素，尤其是多層次傳銷產業（將在第四部深入探討的一個異教類型）。基督教附屬的直銷公司，如玫琳凱化妝品公司（Mary Kay Cosmetics）與三一禮品公司（Thirty-One Gifts），在激勵新人時的說法是，上帝主動「提供」這個「機會」讓他們去賣化妝品與小擺飾，也讓他們帶著其他人跟著一起賣。身價十億美元的女商人玫琳凱・艾許（Mary Kay Ash）曾在一次採訪中談到同名品牌的出名主張：「上帝第一，家庭第二，玫琳凱第三。」當她被問到，是否認為自己利用耶穌作為一種行銷策略，她的回答是：「不，反而是他在利用我。」

第四章

語言的煤氣燈效應

如果用上世界各地異教式宗教用來轉換、制約與強迫追隨者時，所使用的思考終止格言、既定觀點用語，以及我們與他們的標籤，一定可以寫出一本比這本更厚的書。

先從香巴拉開始看起吧，他們把思考終止格言偽裝成睿智的佛教真理。二〇一六年，在本來應該是個輕鬆閒散的夏天，前香巴拉信徒艾比・蕭搬到該團體充滿田園風光的佛蒙特公社，一邊做櫃檯工作，一邊學習冥想。艾比剛從加州大學畢業，並搬到紐約市從事公關工作，但她仍懷念在加州大學聖克魯茲分校就讀時住過的一個合作型社區。在她二十五、六歲的時候，很想為自己的靈性按下重設按鈕。就是那個時候，她參加了一場西藏的正念課程，並很快愛上了課程的「本初善」（basic goodness）教義，這個觀念是說，萬物生來都是完整無缺而有價值的，但是在途中迷失了方向，這就是我們要冥想的原因，找回我們的本初善。

艾比渴望繼續學習，但長期的靜心靈修營非常昂貴。有一位輔導員告訴她，有個免費機會可以在香巴拉待三個月，而且是在一座鄉下小鎮工作與生活，這聽起來就像她在尋找的「旅程」。香巴拉在世界各地有數十處靜心中心與僻靜中心，佛蒙特州這個是最大的。艾比迫不及待想離開城市，就訂機票去了。

很快的，艾比發現香巴拉有很多值得喜愛的地方，不只是夥伴情誼、慷慨與接納的教義，連樹木都長得特別好，好到不像真的。「我記得抵達佛蒙特州那時候，第一次看見這麼多綠蔭。」在叛逃兩年後，艾比邊喝咖啡邊告訴我。

香巴拉於一九七〇年代成立，創辦人是西藏僧人暨禪修上師邱陽・創巴（Chögyam Trungpa）。創巴算是把藏傳佛教帶入西方的人，他曾經在牛津大學（Oxford）研讀過比較宗教，並因身為開悟的天才，贏得了一些名望，甚至非香巴拉的人也知道他的大名。他把詩人艾倫・金斯堡（Allen Ginsberg）、作家約翰・斯坦貝克（John Steinbeck）、大衛・鮑伊（David Bowie）與瓊妮・米雪兒（Joni Mitchell），都視為他的門徒。「我現在很困惑要如何看待他，因為他的書真的很棒。」艾比坦白說道，「他是一位語言大師。一個詩人。」

但創巴也有嚴重的酗酒問題，這件事所有人都知道，但都默默接受。酗酒造成的併發症最後導致他的死亡，享年四十八歲。之後，他的兒子，人稱薩姜（Sakyong），取代了他的位子。創巴並未嘗試掩飾他的酒癮，事實上，他還找到把飲酒行為應用到教義的方法。香巴拉的慶祝活動充滿豪飲與放蕩行為是眾所周知。「在佛教界中，香巴拉被稱為派對佛教徒（party Buddhists）。」艾比的回憶充滿矛盾的情緒。創巴出名的事蹟還包括與很多學生上床，有些人後來還成為艾比的老師。「那件事不一定是雙方合意的，」艾比的眉頭皺了一下，「但每個人就只是說，『哦，那就是七〇年代啊。』」

創巴是香巴拉「曼陀羅」的核心。該組織的指揮鏈是一大群平民修行者，上面有各種等級順序的老師。創巴對軍隊與階層非常沉迷，特別是在英國停留一段時間之後，他開始在言詞中注入戰爭的隱喻，追隨者也學會稱自己為「香巴拉戰士」。然而，權力金字塔結構是非常違反佛教思想的，所以創巴將之偽裝成一個圓，一個曼陀囉，沒有「頂層」，只有一個舒適的中心。

身為成員，如果有質疑或疑慮，就不會跳級。艾比記得一位接近曼陀羅中心的阿闍黎（acharya，高級教師），是一個富有的白人，而他的妻子，用艾比的話來說是「一個徹頭徹尾的混蛋」。這名妻子搾取了可以拿到的有限權威，沉醉於讓像艾比這樣的工蜂執行瑣碎的任務，例如用手清洗餐巾紙或在她面前重複繁瑣的儀式。每次艾比試著把這名妻子的行為告訴一名學士教師（shastri，低級教師），她都得到相同的思考終止格言：「你為什麼不接受呢？」

這是一種敗壞佛教關鍵教義的說法，其意思是「罪咎都歸一」（drive all blames into one）。基本上，這是說，如果你正在經歷一件壞事，此時你無法改變外在的世界，你必須向內看，才能解決這個衝突。（所以很多不正當的新時代大師，從NXIVM的基斯・拉尼爾到蒂爾・史旺等所有自我成長引導類型的人，都扭曲類似的教義，在「內在工作」與「克服恐懼」的幌子下，指責追隨者要為自己受到不當對待負責。）艾比繼續說，「人們所掙扎的是，你如何挑戰社會不公？而這也是佛教中一個重大的哲學問題。」你要如何在遵循佛教的原則下，解決顯然不是根源於你自身情緒的外在問題？「這有很多非常有趣的答案，」艾比說，「但是在香巴拉，我們沒有得到任何答案。」在佛蒙特州，提出來的「解決方案」永遠是千篇一律的：「你為什麼不接受呢？」

香巴拉用異教式語言來操控人心的方式非常怪異……完全不像山達基，其創辦人一點也不隱諱。一開始，L・羅恩・賀伯特比較不像一個精神領袖，反而比較像一個把粉絲帶得太遠的科幻迷。賀伯特對太空幻想與喬治・歐威爾非常癡迷，曾創作數百則科幻故事，這些都是山達基文件的前身。就像托爾金（J. R. R. Tolkien）的中土語言，在虛構語言（人造語言）的風格中，賀伯特出版了不是一本，而是兩本山達基辭典：技術辭典與管理辭典。兩本加在一起共包含超過三千個詞條。至於賀伯特的書寫，網路上可以查到技術辭典的部分詞條，仔細從A查到X的詞條絕對讓你查到鬥雞眼。賀伯特在這些書上，填滿了現有的英文詞彙（「動力」〔dynamic〕、「稽核」〔audit〕、「清除」〔clear〕等等），卻讓這些詞承載了山達基的特定意義，同時虛構出了新詞彙，其中最知名的就是戴尼提（Dianetics）與希坦（thetans）。

賀伯特喜歡心理學與軟體工程學領域技術性術語聽起來的聲音，所以選擇並重新定義數十個技術性的專有名詞，以打造一種山達基的信念系統是以真實的科學為基礎的印象。例如「價」（valence）這個字，在語言學、化學與數學上有幾個定義，通常指的是某個東西的價值。但在山達基中，「價」表示被某個邪靈或人格所控制，例如「你一定模仿了不少壓抑者的價了」這個句子。對神經心理學家來說，「記憶痕跡」（engram）是大腦中一個與記憶儲存相關的假設變化，但對山達基信徒來說，「印痕」（engram）代表待清新者一段痛苦的無意識經歷被記錄下來的心理印象。印痕被儲存在反應式心靈（reactive mind）中，如果這個待清新者有一絲想要淨化的希望，就必須進行聽析（如果你能理解這個句子，真是恭喜，你正在講著流利的山達基語言）。

賀伯特所創造的語言世界聽起來是如此的合理，如此具有啟發性與全面性，因此引起一大群「異教領袖」的模仿。NXIVM 創辦人基斯．拉尼爾直接從山達基中挖出了各種專有名詞，例如「壓抑者」、「技術」與「課程」，以及虛幻的偽學術頭字語，例如 EM（exploration of meaning，NXIVM 版本的聽析）與 DOS（Dominus Obsequious Sororium，即拉丁語的 Dominant Submissive Sorority，意思是掌控順從聯誼會，是 NXIVM 內部一個全女性的祕密俱樂部，組成者有所謂的「主人」與性販賣的「奴隸」。）就像山達基，拉尼爾知道，追隨者的動力來自一股對專屬和淵博智慧的渴望，而他對賀伯特那幫人的仿效，有助於他利用了這一點。[38]

以新話的風格，賀伯特拿了數十個常見單字，將它們原本帶有的一連串豐富英語含義，減少到一種無可爭議的山達基定義。「Clear」在日常英語中至少有三十種不同意義（容易理解、空的或暢通無阻的、無罪、沒有面皰等等）。但在山達基，只有一個單獨的定義：「一個完成清除課程的人」。如果把這個詞使用在任何其他地方，就表示你對賀伯特的文字資料不夠理解。你將被視為潛在麻煩來源，變成對教會的威脅，你必須不惜一切代價避免這件事。

山達基知道，如果沒有了山達基的異教式語言，就沒有力量，但擁有這種語言也意味著，這個團體是有危險的異教式團體。所以，為了盡量保持隱密與受到保護，這個教會針對它的著作、術語、名稱，甚至符號保有很多版權。山達基好興訟的惡名在外，經常在毫無根據的訴訟下埋葬外人與叛逃者，因為他們過度公開（哎呀，真是糟糕）評論或諷刺山達基的語言；還會做出抽象的威脅說，只要讓未受訓練的人聽到茲努與其他較高層次的山達基概念，將會帶來「毀滅性和災難性的精神傷害」。

我在電話中告訴凱西，我在那年夏天，在洛杉磯山達基總部的經驗裡，不記得藍色西裝先生有談到邪惡的銀河霸主與希坦。「哎呀，當然不會，」她回我說，「他們不會一開始就跟你講那些東西，不然你就會跑了。如果我第一次到那裡，他們就告訴我外星人的事，我一定馬上走掉，那會幫我省下很多錢。」由於這個原因，山達基的介紹課程主題都很廣泛，例如克服生活中的起起伏伏與溝通等，並以簡單的英語傳達。為了讓你輕鬆進入他們的意識形態，山達基的內部語言是一點一點導入的。

「他們從縮短很多字開始。」凱西告訴我。確實，山達基辭典裡充滿了內部使用的頭字語和縮寫字。只要一個字可以縮短，他們就縮短，例如 ack（acknowledgment，致謝）、cog（cognition，認可）、inval（invalidation，無效）、eval（evaluation，評估）、sup（supervisor，督導）、R-factor（reality factor，現實因素）、tech（technology，技術）、sec（security，安全）、E-Meter（electropsy-chometer，心靈電儀表）、OSA（office of special affairs）和 RFP（Rehabilitation Project Force，康復計畫部隊）、

38 注解：但拉尼爾沒有賀伯特的視野，他在建立一個山達基等級的帝國之前，就因敲詐勒索與性販賣而被逮捕與控告。二〇一八年，律師與宗教學者傑夫・崔克斯勒（Jeff Trexler）在《浮華世界》（*Vanity Fair*）中指出，「不是所有有野心的『異教領袖』（cult leaders），都和 L・羅恩・賀伯特有相同程度的才華……（他）是個大師。」崔克斯勒開玩笑說，NXIVM 不是一場「運動」，更像是一個失敗的金字塔騙局，就像是「性的安麗」（the Amway of sex）。（不過我認為，多層次傳銷巨人安麗對社會的危害，比 NXIVM 更大。我將在第四部探討這一點。）

TR-L 及 TR-1（training routines，例行訓練）、PC（待清新者）、SP（壓抑者）、PTS（潛在麻煩來源），諸如此類。

在這個教會花了十或二十年的時間之後，你的詞彙將整個被賀伯特那幫人的詞彙取代。看看以下這段對話，這是山達基信徒之間一個完全合理的對話例子。這段對話是瑪格麗・威克菲為一九九一年所出版的書《理解山達基》（*Understanding Scientology*）所寫的。括弧中是翻譯（是我譯的）。

兩名山達基信徒在街上相遇。

「最近怎麼樣啊？」一個問另一個。

「好吧，老實告訴你，我有一點 ruds（rudiments，基本原理：疲倦、飢餓或沮喪），因為在我第二動力（浪漫伴侶）公寓裡，與我的 MEST（Matter, Energy, Space, and Time，即物質、能量、空間與時間，在物理宇宙中的某個東西）有關的某些忽視的電量（重新浮現的舊的負能量），我們有一個 PTP（present time problem，當前時間的問題）。當我搬進去時，我給了她一個 R-Factor（reality factor，現實因素，一次嚴厲的談話），而且我以為我們是在 ARC（affinity, reality, and communication，親密、真實的溝通；一種好的狀態）的狀態中，但是最近，她似乎有一點像PTS，所以我建議她去見AO（Advanced Organization，高級機構）的MAA（海洋機構的一個主管），以吹走一些電量（去除記憶痕跡的能量），讓她的道德可以達標（非常熟悉山達基的教義）。他給她做了一個F/N（floating needle，浮針，完成聽析的信號）與VGIs（very good indicators，非常好的指標）評估（聽析評估），但她的狀況像雲霄飛車（情況時好時壞），所以我認為，她的線條（lines，聽析與訓練的衡量指標）中的某個地方有某個SP。我試著自己幫她做聽析，但她的針很髒（電儀表讀數不規則）……而且行為真的很1.1（暗中敵對），所以我最後只能把她送到Qual（Qualifications Division，資格部門），以找出她的線條中的記憶印痕（如果你最近看過「黑色公關」就會發生）。除此之外，一切都很好……

一開始的時候，學習說這些私有的術語讓人覺得，嗯，很酷。「在早些時候，那真的很好玩，或我們會說很『希塔』（theta）。」凱西說，並將山達基的專有俚語描述為「很厲害」。誰不喜歡祕密的語言呢？「它讓你感到優越，因為你有這些別人沒有的詞彙，而且你費了一番苦心去理解這些詞彙。」

不是只有宗教性的異教領袖會用語言灌輸追隨者一種虛假的菁英感，生活中有些更異教的領域，也讓我發現有使用類似我們與他們的措辭。曾經有幾年，我受一家集團的線上時尚雜誌聘為撰述，那些時髦的新同事讓我注意到的第一件事就是，他們的對話幾乎完全是難以理解的縮寫字。他們甚至編出了和完整字母長度的字一樣長的縮寫字（例如，他們一直把稱為 The Ritual 的網站，稱為 T. Ritual），單純只是因為聽起來更有專屬感，並讓「不酷的人」更難理解。對我來說，很顯然這種語言的功能是一種檢測系統，可以辨識自己人與外人。另外，這也是一種得到掌控的方式。當上司哄騙下屬去學習行話和去符合標準，而下屬也希望被「選中」，以得到特殊機會與升遷，就會迫切地去做了。

在山達基，很難看清一些有趣的頭字語如何造成重大的傷害。但是在這個表象之下，這些縮略詞的作用就是故意要讓人模糊理解。在任何特定專業領域中，為了讓交換訊息更簡潔和具體，專門行話通常是必要的，它會讓溝通更清楚。但是在異教式氣氛中，行話的作用剛好相反：它讓說話的人感到困惑與智力不足。如此一來，他們就會服從。

這種困惑就是這個把戲的一部分。你如此的迷失，以至於開始懷疑：已經說了一輩子的語言，是否可以讓你更效忠於一個保證要幫你引路的魅力型領導者。「我們想要理解現實，所以我們用文字對自己解釋正在發生的事。」史蒂芬．哈山解釋道。當你的論述方式受到威脅，是很痛苦的事，人在天性上厭惡如此高層次的內在衝突。在困惑的狀態下，我們聽從權威人士告訴我們，什麼才是真的，以及我們必須做些什麼，才會感到安心。

不管是在職場或是在教會，當語言讓你質疑自己的感知時，就是一種煤氣燈效應（gaslighting）的形式。我在關於施虐情侶的文字中，第一次看到「煤氣燈效應」這個詞，但它也能出現在更大規模的關係中，例如老闆與員工之間、政治人物與支持者之間、精神領導者與虔誠信徒之間。整體來說，煤氣燈效應是一種在心理上操縱某人（或很多人）的方法，讓他們懷疑自己的現實，以作為一種獲得與維持控制的方式。心理學家一致認為，雖然情感操控者看起來很有自信，但他們的行為通常是受到極度的不安全感所驅使，他們無法自我調節自己的想法與情緒。有時候，情感操控者甚至沒有百分之百意識到，自己所做的事是在操控別人。然而，在異教式情況中，這通常是一種刻意破壞真相基礎的手法，如此一來，追隨者要相信什麼，將完全仰賴領導者的指示。

「煤氣燈」一詞來自一九三八年的一齣同名英國戲劇，在劇中，一名施虐的丈夫讓老婆相信她自己瘋了。丈夫所用的其中一個方法是把屋子裡的煤氣燈調暗，並在每一次老婆指出煤氣燈光的變化時，堅稱是老婆的妄想。一九六〇年代以來，日常對話中就常用到「煤氣燈效應」，來指一個人嘗試欺騙別人，讓別人不相信自己的實際經驗。[39]「有時候，有些用字讓人無法完全理解時，也會發生煤氣燈效應。」社會學家艾琳・巴克解釋，「聽者會感到困惑，覺得自己很蠢。有時候，有些詞彙指的是和你以為的意思完全相反。撒旦團體就是這樣做，惡意味著善，而善卻意味著惡。」既定觀點用語與思考終止格言（就像香巴拉的「你為什麼不能接受呢？」），可以導致追隨者漠視自己的直覺。巴克說，「文字可以讓你不太知道自己身在何處。」

在山達基中，最詭異的煤氣燈效應形式出現在一個稱為「清字」（Word Clearing）的程序。當我第一次讀到這個令人頭昏的練習時，我簡直無法相信自己的眼睛。透過這個做法，追隨者要刪除所有教會所謂被誤解的詞彙（misunderstood words），或稱 MUs。「根據教會的信條，閱讀這篇文章的所有人，在此時此刻沒有坐在山達基教室裡，就是因為你有 MUs。」前山達基信徒麥克・林德（Mike Rinder）在他的部落格上寫道，「LRH 的技術完美無瑕，無庸置疑，他所寫的一切都很容易理解，也完全合理。如果有什麼地方無法理解，單純就是某個人忽略了一個MU。」

在進行課程或聽析諮詢期間閱讀山達基文件時，成員必須證明，自己已經完全根據教會標準，理解了文字資料中的每一個字。你要拿一本山達基許可的辭典（由他們支持的某些出版社所出版），查閱每一個你遇到的MU。如果有任何新的MUs出現在原來的MU詞條上，你也必須查閱，然後你才能繼續閱讀下去，這個可怕的過程稱為字串（word chain）。從最艱澀的多音節字詞到最小的介係詞[40]，每一個MU都必須清字過。如果你查了一個MU，但仍然無法清字，就必須追查它的字源，把它用在一個句子裡，然後用黏土塑出一個句子的具體展示。這些令人厭煩的步驟都是賀伯特的教學方法「研讀技術」（Study Tech）的一部分。

但聽析員如何決定你對一個詞彙有誤解？蛛絲馬跡可能包括表現出不感興趣或疲勞（也許是打呵欠），以及質疑某個讀到的內容。有一次，凱西在閱讀《生存的科學》（*Science of Survival*）一書時，就陷入了清字的噩夢。在那本書中，有一整章譴責同性戀的內容。「我當時就像，『我想不通』，

39 注解：雖然，我發現特別是在社交媒體上，「煤氣燈效應」這個詞被隨便使用在各種情況上（例如，過度誇大單純的溝通不良，並不是操控），這就很可惜了，因為這個詞的原來意義既具體也很好用。

40 注解：山達基提供了一個名為「生命之鑰」（Key to Life）的昂貴高階課程，你可以在課程中把所有的語法基本用字，包括連接詞、限定詞、單字母詞，完成清字程序。凱西問我，「你能想像必須去查『of』這個字嗎？」（身為語言學家，我實際上可以，是的，只是肯定不是在山達基的專有名詞上。）完成生命之鑰課程的人因為已經投入這麼多單調乏味的時間在教會中，因此有高聲望。

所以他們就要我把全部內容做一遍清字，但我不同意，最後我就被送進道德部門。」她回憶道。整個過程既昂貴，又令人挫敗。「你能想像嗎？」凱西繼續提到，「想像你在進修一門課程，一週有一或兩個晚上在那裡，但你卻被一個詞彙卡住，然後那個詞彙要花你三個小時去清字？清到某個時間點，你就不會想再質疑了。你的心態會變成『只要撐過就好，只要同意就好了』。」

第五章

講方言的力量

就我個人來說，每當我想到異教式的宗教語言時，我想到的不是古怪的頭字語或咒語或清字，我想到的只有這件事，就是講方言（speaking in tongues）。

從我十四歲第一次看了《耶穌營》（*Jesus Camp*）紀錄片開始，我就迷上講方言，並迫切想瞭解這種做法。《耶穌營》是在北達科他州拍攝，簡要介紹五旬節教派教導小孩學習「如何為基督奪回美國」的夏令營。我父母親在二〇〇六年租了這支DVD，我連續看了兩次，像瘋了一樣看東看西，我就是想確認，這些成年人對著才剛到閱讀年紀的小小孩，講著演化、公立學校、哈利波特、同性戀與墮胎的邪惡，並不是我的幻覺。在一個場景中，一名五十多歲、汗流浹背的男性傳道者反覆說著蘇斯博士（Doctor Seuss）的《荷頓奇遇記》（*Horton Hears a Who*）中的一句話，「無論多小，人就是人。」以如此強烈的情緒傳達捍衛生命權的訓誡，讓好多年幼的露營學員流下了眼淚。「耶穌啊，我懇求你的寶血遍布我的罪與我的國家的罪。上帝啊，請終止墮胎，並把復活帶到美國吧。」在大聲的吟唱聲中，這名傳道者召喚孩子們加入他的行列。他鼓動孩子們要求上帝，要舉行公正的審判，推翻《羅訴韋德案》（*Roe v. Wade*）[41]，孩子們圍繞在這個傳道者的身邊吼叫著：「公正的審判！公正的審判！」他在孩子們的嘴上貼上紅色膠帶，潦草地寫著「生命」（Life），然後孩子們把小小的手掌懸在空中，懇求著。

這一切讓十四歲的我目不轉睛，不過這部電影我最喜歡的部分，是孩子們說方言的時候。學者傾向用 glossolalia 來描述說方言這個做法，意思是指，一個人在非常虔誠的狀態中發出令人難以理解的聲音，聽起來像是某種已知的外國語言的相近語詞。除了更邊緣、更爭議性的宗教團體，例如國際之道，有些基督教教派，例如五旬節教派，也常常可以看到。

在信徒的心目中，通常認為說方言是上天賜下的才能。他們認為，從說話者嘴巴中冒出來的「話」，是一種天使或古代神聖的語言，然後，需由另一個人來「翻譯」，因為解釋是另一種才能。羅格斯大學（Rutgers University）語言學家，也是世界上少數研究方言的當代學者保羅・德・拉西（Paul de Lacy）評論道，「有趣的是，說方言的人對翻譯的反應，因為有時候你可以發現，他們不喜歡翻譯者的解釋，但他們還是繼續說下去。」

德・拉西等研究人員已經發現，說方言的人所說的話實際上並不是那麼陌生。他們說的方言不是你會在字典裡找到的字，但往往會遵循說話者母語的發語與音韻規則，所以你不太可能聽到一個說英語的說方言者，以複輔音 /dl/ 來開始一個詞，因為這個聲音在英語中並不存在（但是可以在其

41 譯注：美國最高法院案例，裁定憲法保障孕婦選擇墮胎的自由。

他語言中找到，例如希伯來語）。你也不可能聽到一個說保加利亞方言的人用美式的 /r/ 音。另外，來自英國約克郡的人在說方言時，也不會突然改掉英格蘭北部腔的輕快特徵。

說方言是一種基於信仰的做法，所以無法以任何科學方法來解釋說方言究竟是什麼。但說方言在做什麼，倒是很明顯。「說方言的主要作用是團體的團結，」德・拉西解釋，「這個人在展示自己是團體的一分子。」其他的科學顯示，說方言單純就是感覺很好，這和搖晃身體作為一種放鬆方式，有異曲同工之妙。《美國人類生物學期刊》（*American Journal of Human Biology*）在二〇一一年有一份報告發現，說方言和降低皮質醇與升高 α- 澱粉酶活性有關，這是壓力減低的兩種典型跡象。說方言還被發現可以降低壓抑與增加自信，這也是宗教性唱誦的一個副作用。（香港在二〇一九年有一個小型研究發現，對比於非宗教性的唱誦與休息狀態，佛教徒誦經時所產生的腦部與心臟活動，會伴隨著無我意識和超然的幸福感。）

若在脫離現實的環境中，講方言並沒有實際上的危險，但在實務上，則有不好的一面。一九七〇年代中期，心理學家暨《說方言心理學》（*Psychology of Speaking in Tongues*）作者約翰・基爾達（John P. Kildahl）觀察到，說方言似乎可以激發比較強烈的信仰，尤其當第一次說方言直接發生在一段個人創傷期之後（而且基爾達發現這種情形經常發生）。當一個人在生活經歷翻天覆地的變化之後，第一次發生了說方言的情形，通常會對那種經驗形成一種依賴感。基爾達說，「幾乎成為一個人存在的理由。」也就是說，說方言可以引發強而有力的轉變。

由於多種原因，說方言可以讓一個人變得相當容易受到暗示。《美國人類生物學期刊》某個研究的作者克里斯多夫・林恩（Christopher Lynn）堅稱，說方言基本上是一種解離的形式，這是一種有意識的覺知領域分離的心理狀態。在解離的情況中，一個人的行為或經驗看起來像是自發的，已經超出了他們的控制，就像出神恍惚一樣。被學者歸類為解離行為的範圍很廣，從嚴重的解離性身分認同障礙（dissociative identity disorder），一直到常見的疏離感，例如手機明明在手上卻到處去找手機，或是在盯著篝火時走神。但是解離也可能表現在自我欺騙上，也就是儘管證據顯示是相反的，意識中卻表現像是真實的。在心存不良的領導者的壓力之下，說方言可能會損害那個人釐清抽象經驗的能力，而這些抽象經驗通常來自於大師的影響。

最後，說方言是一種強大的情感工具，是既定觀念詞語的終極形式，因此有些宗教性高層人士一定會善加利用。「國際之道」是一個暴力控制的福音派基督教團體，眾所周知，他們教導成員，真正的信徒都能夠、也應該說方言，因為說方言是「一個人重生唯一看得見與聽得見的證明。」一位匿名的前國際之道成員，在「是與是」（Yes and Yes）部落格上，回憶了她童年時代一次與說方言有關的創傷經驗。「我當時十二歲，我……被要求在所有人面前說方言，但我很害羞，我做不到。」她說，「主持課程的人……把他的臉貼近我的臉，基本上是在脅迫我說方言。」那女孩的父母親從房間對面看著這個互動，卻因為認知失調而呆若木雞。「我哭了，」她繼續說，「那個男人的臉距離我只有幾公分……以最可怕又最脅迫人的方式說著愛的語言。」

假設你是一個從國際之道倖存下來的孩子，或耶穌營的孩子，在一個壓迫性的宗教環境中成長，又只知道那種語言，你會認為，這些孩子注定在劫難逃。如果「洗腦」可能發生在任何人身上，一定會發生在這些容易受影響的孩子身上。但事實是，即使你的年紀非常小，並且缺乏描述的機會或許可，你的心裡還是有可能產生質疑。

來看看芙洛兒．愛德華茲（Flor Edwards）的故事，她現在是一名三十多歲的作家，曾在現代史中最惡名昭彰的基督教世界末日異教「上帝之子」中成長，並將其成長經驗記錄在回憶錄《天啟之子》（*Apocalypse Child*）中。這個團體於一九六八年在加州成立，後來（由於「品牌」的原因）改名為「國際家庭」（Family International）。其領導人大衛・伯格（David Berg），人稱大衛神父（Father David），相信西方國家會「率先在地獄之火中燃燒」，便命令追隨者搬到開發中國家。連同父母與十一個兄弟姊妹，芙洛兒在泰國度過了她八〇年代的大部分童年時光。

上帝之子最知名的一件事，可能就是把基督教、愛與性令人不安地疊加在一起。伯格的教條之一就是，鼓勵成年男性信徒與任何人發生性關係，即使是未成年女孩。他把這條規則委婉地命名為「愛的法則」（Law of Love）。上帝之子也因挑逗釣魚（flirty fishing）這個特殊作法而聲名狼藉。這個字眼符合頭韻法，聽起來很天真無邪，好像可以作為某個 iPhone 遊戲的名稱。但相反的，這是一道命令，要求女性成員以性來引誘男性加入團體。「媒體現在把這種作法稱為『為耶穌賣淫』。」芙洛兒在採訪中告訴我，聲音裡有些微惱怒，「聖經裡有一節說『來跟從我，我會教你們得人如得魚（fishers of men）。』我猜，這是耶穌呼召門徒丟下漁網，跟著他走的時候。」但是伯格自認為是一名有預知能力的詮釋者，決定了這一節的意思是，女人必須到外面，利用身體來「釣男人」。對上帝之子來說，「上帝是愛，愛是性」是每個人都知道的一則標語。

帶著嬉皮心態的伯格教徒覺得，把色情與宗教並列是很激進的教義。「他會爆粗口，也會咒罵。

他非常隨意。他不會像『我親愛的追隨者，我想花點時間來談談巴拉巴拉巴拉。』」芙洛兒描述。伯格堅定的反資本主義及反教會立場，引起了很多七〇年代尋求者的共鳴。這些人很欣賞伯格的哲學，同意基督教需要改造，新的教會必須取代舊的教會。「就像舊老婆需要由新老婆取代，」芙洛兒轉述道，「他會直接說我們就是耶穌年輕又性感的新嫁娘。」

芙洛兒在這樣的語言氛圍中長大成人，但她仍然能夠抗拒，至少可以在腦海裡抗拒。「我在上帝之子中出生，但總有一部分的我一直感到懷疑，只是別人不准我說出來。」她說。芙洛兒的懷疑從何而來？「我的直覺，」她告訴我，「有時候，只是憑著邏輯，例如，『等一下，你說這樣，但我們做那樣？為什麼我們要一直躲起來？為什麼我們要假裝在學校？』但更大的理由其實是一股想保護兄弟姊妹的本能。當我看到他們被對待的方式，我知道那是不對的。你才六個月大，是不應該受到紀律處罰的。你還那麼小的時候，不應該被訓練為上帝『給耶穌的妓女』。不管你怎麼稱呼。」

所以說，並不是每一個加入或留在有虐待情形的宗教的人，都是腦袋混亂或不聰明的。但是，「發現自己深陷在異教式困境」這件事，不可能發生在「任何人」身上，也是正確的。我們將在第四部更深入探討，為什麼有些人會有像芙洛兒那樣的直覺，其他人卻沒有。

第六章

奪回自己的語言

我聽過有些人用「性怪咖」（sexual nerds）這個字眼來形容有特殊性癖的人，例如喜歡腳或鞭子之類東西的人。這些人被認為是「怪咖」是因為，他們真正在做的，是在通常不被認為很酷或有魅力的性文化角落上做實驗。類似的道理，我想把某些異教式虔誠的類型視為「精神怪咖」（spiritual nerds）。這些人熱衷於研究別人不會注意到的極小眾神學理論，發現自己在人生的旅途中猜測著人生意義，並願意跳出傳統思維框架，以新的眼光去找出答案。「我一直對社會的邊緣感到好奇，」前香巴拉信徒艾比．蕭告訴我，「我在優渥的家庭、傳統的猶太會堂、大城市中成長。現在，我是個在 Skid Row[42] 工作的佛教徒。」

精神怪咖在本質上並沒有錯。探索不同的信仰系統、不把主日學所教視為理所當然，並做出自己的決定，這是二十一世紀很多年輕人在不同程度上都在做的事。就像艾比所說的，「在遇到香巴拉之前，我已經尋找了很長的一段時間。我到香巴拉時是這樣想的，『就來看看是什麼狀況吧！』」但是，艾比仍然非常掙扎自己必須對老師投入多少堅定的信心。有時候，她會突然想起之前必須每天唱誦的讚美歌，名稱是〈給薩姜的祈請文〉。這首讚美歌祈求佛陀延長創巴繼承人薩姜的壽命，藉以強化成員對領導者永無止境的效忠。艾比對薩姜一直有股不安的感覺，所以對於用儀式吹捧薩姜的義務，感到非常憤怒。但在同時，她對這個社群的愛足以讓她往好處想，並隨機應變。現在回頭看，她對於自己付出那麼久的信任感到不安，她坦承，「那不應該花上我兩年的人生。」

沿用剛才關於性癖的比喻，在使用鞭子與綑綁式性交時，只有一個方法能讓體驗有建設性且不會造成創傷，也就是具備關鍵的「同意」。你必須有一個安全詞彙（safe word）可以用，這樣你的伴侶才確實知道，你什麼時候想要退出。如果沒有這個機制，特殊性癖根本就行不通。在比喻上，參與宗教也需要一個安全詞彙。當你在試驗對團體的信任與信念時，不管是在初期或深度投入成為會員的期間，都必須要有提出問題、表達疑慮，並尋求外部資訊的空間。史蒂芬．哈山告訴我，「要記住最重要的是，如果是正當的，就會經得起仔細檢視。」

二〇一八年，香巴拉的爆炸性醜聞浮出檯面時，艾比也已經決定要離開香巴拉了。那年夏天，《紐約時報》（*New York Times*）刊出指控薩姜性侵行為的一系列報導。一群前香巴拉女性成員聯合起來提出證詞，而且對象不只是薩姜，還包括某些高階老師。艾比深思地吐了一口氣說，「看著整個社群分崩離析，有種超現實的感覺。」

42 編注：位於洛杉磯的貧民窟。

這個爭議事件之後不久，艾比就悄悄溜出了佛蒙特州。在影響連續體上，香巴拉的位置和山達基不太一樣，退出香巴拉的代價並沒有威脅到艾比的人身安全，也沒有毀掉她的人生；某種程度上，艾比的離開像股掃興的感覺，像一顆氣球無精打采地慢慢落到地面上。後來，艾比搬到洛杉磯攻讀社會工作碩士學位，現在的她修行一種較沒有層級的佛教形式。艾比會去參加各種冥想團體，然後回到自己的公寓，公寓裡還有三個室友（她笑著說，「所以我還是得到共住的體驗了。」）。在她的房間裡，有一個迷你祭壇，有時候她會偷偷引用在佛蒙特州學到的教導。「我試著帶走我喜歡的部分，留下其他的。」她說，「我到現在還在思考，要怎麼去看待發生的這一切。」

凱西．申克伯也淺嘗過另類的靈性團體，她與山達基保持一個安全的距離，並從那時候開始，就與所有舊的人際關係保持距離。離開組織之後，她必須把生活中的每一個人換掉，包括朋友、經紀人、經理、會計師、牙醫、整脊師等，因為那些人全都有參加山達基教會。但有時候，就在她最沒有預期的時候，還是會在山達基之外的圈子無意中聽到一個山達基術語，然後她感受到執著那麼多年的痛楚，忽然間透過神經系統迸裂開來。「當前山達基信徒用了那些術語時，我就會有一種本能反應。對我來說，這就是創傷後壓力症候群。」凱西坦承，「我會說，『基於尊重，可否不要使用山達基的語言？會讓我不舒服。』在這裡，我會用一個詞：它會**擾亂**我。」

我和老朋友瑪妮自從將近十年前，共同經歷了山達基的人格測驗「綁架」事件之後，我們並不常碰面，但我一開始寫這一章時，就聯繫了她。瑪妮還住在洛杉磯，從事表演工作。我意識到，我從來沒有去瞭解她對那天發生的事情的看法。我開始擔心，也許我的杏仁核把記憶誇大了，而她早就忘記了。「你曾經回想過那個經驗嗎？」我發了短訊給她。她很快就回我了，而且全部用大寫強調：「**我一直都在想**。」

這次恐怖的經驗中，我最清晰的回憶就是瑪妮那種莫名的平靜與耐心。她像是開心地花了幾個小時做那件事，就像全心投入一場誇張的表演；而我，只是一個乞求保釋、掃興的陪襯者。但瑪妮回憶說，當時覺得痛苦多了。「我記得他們如何把我們分開，」她回訊給我，「我記得一個女人（嚴厲地）告訴我，這個測試很短（並沒有），不要害怕對自己誠實，因為這是他們正確評估我所需協助的唯一方式。他們還告訴我，『我和朋友很快就會碰頭了。』」瑪妮透露，在過去的十年，她還碰過更可怕的山達基事件。但我們碰到的人格測驗是「真正的開場」。

我想，對於一個懷抱著雄心壯志的洛杉磯演員，或任何地方的夢想家來說，真的，這就是一種職業傷害：不論你是在尋求靈性開悟、永恆的救贖，或者想要像湯姆·克魯斯一樣名氣這麼響亮，影響力大到根本就是地球上的神，要你把人生投入在如此龐大的一件事，大到最後結果是能否進入天堂，這不只需要承擔很大的風險和堅定的決心，還要強烈地擱置現實，以便相信這件事的可能性。賭注就是這麼高。有時候，你幾個小時就能脫身，只受到一點驚嚇；在其他情形中，你可能失去一切。不論如何，那背後總有一個故事可以說。

一旦你找回自己的語言，就可以訴說這個故事了。

第4部

你想當
#老闆寶貝嗎？

第一章

多層次傳銷

玫瑰是紅色
鈔票是綠色
美國夢
是個金字塔騙局（pyramid scheme）

嘿，女孩！我好愛你的貼文。你的能量多麼令人愉悅！！你想過把這種能量轉換成副業嗎？讓我問你：如果有個事業讓你可以在家兼職，但賺取全職收入，你會有興趣嗎？因為這就是我一直在做的事。有些人對這種事相當保守，以至於限制了他們的機會，但你似乎很願意接受新事物，這恰好是成功的必要條件！！你願意多瞭解一些嗎？這週我找時間打電話給你？打字的話內容太多了，哈哈哈。我的號碼是〇〇〇—〇〇〇〇，你的電話號碼是幾號？期待你的回音，老闆寶貝（boss babe）！xoxo[43]

某天，我正掉入一個偷窺的蟲洞，沉溺地看著臉書上某個可悲的飲酒作樂場合。我發現自己耗費超多時間，在看一個我根本不認識的人在二〇〇八年的畢業舞會裝扮。然後幾個無聊的點擊，把

43 譯注：kisses and hugs，親親抱抱之意。

我帶到一則我從沒想過會去看的貼文：中學的朋友蓓卡・曼納斯（Becca Manners）正嘗試向三千四百一十六位臉書「朋友」推銷一個詐騙減重計畫。

我初次見到蓓卡是七年級排演音樂劇的時候。就我所知，她是巴爾的摩郡（Baltimore County）最自戀的青少女。我和蓓卡廝混時常講些黃色笑話，一直到十二年級，我們都整天膩在一塊。我們無視學校的服裝規定，在車裡一起嘶吼唱著艾拉妮絲・莫瑞塞特（Alanis Morissette）的歌曲，到對方家裡過夜數不清次數。而現在的我們，已經二十七歲，距離兩千七百英里遠，在社群媒體上評斷彼此的生活。我和蓓卡將近十年沒有交談，但因為我定期在網路上潛水，所以知道她已婚，不喝酒，住在父母附近，而且希望所有臉書朋友向她詢問新的#健康事業機會，包括目前住在洛杉磯，喝著標價過高的雞尾酒，又吸著汽車廢氣的我。

那是初夏時節，我這位姊妹會老友突然塞爆我的動態消息，照片上的她蹲坐在幾袋糖旁邊，代表她迅速甩掉的磅數。所有照片都附上模糊的標題，像是「感覺很神奇，而且我的旅程才剛開始！#食糖興奮效果（#sugarshotresults.）。」她從來沒有明確說出那是什麼產品，或是她在為誰工作，但從她模糊而鼓舞人心的狀態更新、不自然的驚嘆號，以及含糊的主題標籤可以看出，那無非是生動的直銷話術。「好吧，又一個人完蛋了。」我傳訊息給我現在最好的朋友艾絲特（Esther）。艾絲特在佛羅里達長大，可以說出一打和蓓卡同樣陷入多層次傳銷（Multilevel Marketing）「異教」的高中朋友。

多層次傳銷的同義字至少有半打，例如MLMs、人脈行銷、關係行銷、直銷等等，是和金字塔騙局系出同門的法律漏洞。多層次傳銷曾經是西方資本主義的一個支柱，如今被貶抑為邊緣的勞動力，這種報酬與招聘組織的動力不是來自支薪雇員，而是「附屬事業」（affiliates）。多層次傳銷大部分是由白人男性創立、白人女性運作的美容和「保健」品牌，其新成員必須推銷訂價過高的產品（從臉霜、精油到營養補充品）給朋友和家人，同時也要嘗試徵召那些顧客變成銷售者。多層次傳銷的話術經常依循一套類似的劇本：他們把談話重點放在這是「一生一次的機會」，讓你成為發揮本色的「老闆寶貝」，「開創自己的事業」和「在家工作賺取全職薪水」來獲得你一直想要的「經濟獨立」。美國有幾百家多層次傳銷公司，當中最為人所知的是安麗、雅芳（Avon）和玫琳凱，其他還有賀寶芙（Herbalife）、悠樂芳精油（Young Living Essential Oils）、LuLaRoe、LipSense、多特瑞（dōTERRA）、Pampered Chef、Rodan + Fields、Scentsy、艾薾保（Arbonne）、Younique，以及代表性的特百惠（Tupperware）。

當我想到典型的多層次傳銷會員時，就會想起像蓓卡這樣的女人。她和我上同一所高中，是個中產階級的非猶太女孩，待在我們家鄉（或是搬到佛羅里達州……總是佛羅里達），年紀輕輕就結婚，很快有了小孩，而且花了大量時間在臉書上。她們在家帶小孩一年或者好幾年後，被說服去兜售黏滑的 Rodan + Fields 精華液，像紙一樣薄的 LuLaRoe 緊身褲，或是一些類似的東西（只要你說得出來，我都在動態消息上看過）。大部分的多層次傳銷鎖定沒有工作的太太或媽媽，從一九四〇年代現代直銷產業開始後都是如此。直銷廣告總是重複著當時流行的「女性賦權」（female empowerment）專門用語。二十世紀中期的多層次傳銷使用的招募語言，例如特百惠，保證自己是「自女性有投票權以來，她們所見過最棒的東西！」在社群媒體時代，這些說詞則操弄著虛假的勵志鬼話，把第四波女性主義商品化。

現代的多層次傳銷語言以振奮人心的簡潔語句來定義，你可能會在 Pinterest 網站看到，用伴娘卡上那種寬寬胖胖的草書體寫著：「你做得到，老闆寶貝」、「引導你內在的#女孩老闆」、「建立一個女帝國」、「當一個媽媽企業家（mompreneur）」、「#居家工作讓你像女執行長（SHE-E-O）一樣賺錢，卻不必丟下小孩！！」這些話語一開始對潛在的銷售者起了愛意轟炸的作用，然而隨著時間過去，這些話語開始承載美國夢的重擔，讓追隨者相信，「放棄」這個事業就是放棄自己的生活目標。在早期，直銷員會在家裡舉辦所謂的「派對」來展示產品，親自介紹那些訂價過高、聞起來有化學味道的瑣碎雜物。不過，近來很多女性選擇新的做法，在社群媒體展示商品，而她們尖酸刻薄的舊同學看到這些貼文都會尷尬地快速滑過。我最好的朋友艾絲特現年二十六歲，是何杰金氏淋巴瘤（Hodgkin's lymphoma）倖存者，她張貼了很多遠離癌症的生活方式，傳遞的恰好是多層次傳銷喜歡利用的那種具健康意識的積極態度。艾絲特的 Instagram 一週會收到一兩則不同直銷招聘人員的私訊，嘗試引誘她加入。「嗨，女孩老闆！！！好愛你的貼文內容！！！你超厲害的！！！有沒有想過把你的癌症歷程變成一個事業？！？！」她把全部的螢幕截圖寄給我，然後刪除。44

對我來說，相對於金字塔騙局，多層次傳銷就好比星巴克的香草豆奶油星冰樂其實是奶昔一樣，只是另一個美化的版本，不過這個主張會讓忠實的多層次傳銷業者相當憤慨。他們慣用的辯解是「我**絕不會**涉入金字塔騙局，金字塔騙局是**非法的**。」如果用邏輯進一步思考，很顯然的，單是

44 注解：多層次傳銷業者試圖把所有悲劇，從癌症診斷到全球性流行病，轉換成銷售和招募的機會。二〇二〇年初期在新冠肺炎（COVID-19）蹂躪美國不久之後，多層次傳銷會員就開始公開宣稱他們的產品可以防禦病毒和財務不穩定。聯邦貿易委員會（Federal Trade Commission）對超過十五家直銷公司發出警告，包括艾薾保、多特瑞和 Rodan + Fields，其成員在社群媒體營造「增強免疫力」精油的印象，主題標籤寫著「#covid# 預防」，還有像「即使在隔離期間，Rodan + Fields 的事業機會永遠敞開！我已經居家工作超過三年，當別人沒錢賺時，我還在賺錢！這難道不是時候你該知道我在做什麼，還有這家公司實際上怎麼運作嗎？……#居家工作#財務自由。」這類用語

陳述某件事情是非法的，並不代表它不是事實，或你沒有牽涉在內，因此這種說詞就是思考終止格言，而且引人發笑。你不可以搶了銀行，然後在被起訴時僅僅以「我沒有做，搶銀行是非法的」這句話來證明你的無辜。在阿拉巴馬州墨比爾市（city of Mobile），拋擲五彩塑膠碎紙是非法的，但這不代表五彩塑膠碎紙不存在，或民眾不會這樣做。有時候，拋擲五彩塑膠碎紙的墨比爾市民並不知道這是非法的，但有時候，他們知道五彩塑膠碎紙是非法的，但依然會拿來使用，因為他們不知道那些五彩碎紙是塑膠做的。無論如何，這件事依然存在，也依然是不被允許的。

有充分的理由說明金字塔騙局是逍遙法外的。金字塔騙局有能力騙取人們幾百美元，或者讓人們完全破產，陷入絕望。他們可以動搖整個社區，甚至是國家經濟，就像曾經被金字塔騙局和龐氏騙局（Ponzi scheme）[45]重挫的阿爾巴尼亞和辛巴威一樣。然而，不令人意外的，金字塔騙局並不會表明自己是金字塔騙局，這些公司反而在光天化日之下隱藏在各種委婉的標籤後面，例如禮金循環（gifting circle，也稱為織布機〔looms〕、蓮花〔lotuses〕，或分形曼陀羅〔fractal mandalas〕）、投資俱樂部，以及最常見的多層次傳銷，又簡稱 MLMs。

和區分宗教與異教的挑戰一樣，金字塔騙局和「正當的」多層次傳銷之間有一些客觀上的差別。理論上，兩者的差異似乎在於多層次傳銷的會員，例如雅芳和安麗，主要從銷售特定產品或服務來賺取報酬，但金字塔騙局主要透過盡快招聘新銷售員來讓會員獲取報酬。但實際上，金字塔騙局本質上只是經營得不好又被逮到的多層次傳銷（馬上會有更多的說明）。

兩個組織建立的方式都類似這樣：有魅力的公司創辦人一開始先對一小群人愛意轟炸，讓他們接受邀請開創自己的事業。跟典型的企業不同，參與其中的人不需要學歷或工作經驗；工作機會開放給任何真的想要「改變人生」的人。

「沒有底薪」這種說法會讓這件事變成一份工作，把你變成一名員工，所以多層次傳銷不忘譴責這些字眼，以激發官僚的契約勞役和悲慘的印象。隨之取代的，你可以從任何脫手的產品賺取少許酬勞，讓這件事變成一個「事業機會」，而你則是一個「企業家」。聽起來好多了。

這條讓你開始走向財務自由的簡單道路，只需要兩個步驟：首先，購買花費介於五十美元到一萬美元或更多錢的入門套件，包括樣本和行銷材料。無論如何，這樣的創業成本對於新事業負責人

45 譯注：非法的金融詐騙手法，發生在二十世紀初的美國，是金字塔騙局的始祖。

來說是微乎其微，畢竟開一家商店或開創一個電子商務品牌的成本是如此昂貴，但投入這個活動呢？想想就知道，幾乎是不用錢的。

下個步驟：每個月招募十個新會員（有時候比較少，但通常不會）加入你的團隊，你會幫自己的團隊取個漂亮的稱號，像是鑽石小隊或正能量一族，或者可能直白一點，例如賺一筆或海賺一筆，好讓成員感覺關係緊密。接著，鼓勵每位會員每個月招募自己的十個銷售員，你會抽取底下所有收入的一小部分（從你吸收的會員購買的入門套件和存貨，以及他們的產品銷售額）。你底下的那一代銷售員稱為你的「下線」，而招聘你的那個人是你的「上線」。同時，位居這個四面體結構最頂端的多層次傳銷創辦人，則會全部抽成。

為了銷售商品和建立一條下線，你需要向每一個認識的人傳播你美妙的新事業。作法是，你會被鼓勵主辦很多實體和線上派對，你會買點心和酒，或是花幾個小時策劃可愛的虛擬活動來刺激出席人數。你會懇求客人翻閱手冊、試用乳液或任何東西，期盼他們買點什麼，又或者更好的，他們自己想要加入來販售產品。公司的產品好不好或是否符合市場需求，以及沒有銷售經驗就可以加盟都一樣不重要，典型的經濟規則在這裡並不適用。這個體系無論如何都確定可以運作，只要你支付購入費用（buy-in fee），準確地遵循公司的路線，不要問太多問題，美國夢就會是你的。

這種報酬與招聘的形式會在每個新團體不斷持續下去，不管是新成員、附屬事業、顧問、經銷商、督導、大使、主持人（presenter）、教練，或是任何公司挑選的、聽起來像企業家、讓入會者感受特別與精選的頭銜，只不過實際上只要付錢就可以參加。新加入成員的錢會被上線抽取，幫助上面的人符合每月或每季的銷售配額，而且這些配額會偽裝成像「目標」和「標的」這類聽起來比較友善的標籤。萬一不能達到定期的最低額度呢？那就準備被降級或踢出公司。但這是不能發生的事，因為這樣會讓所有人失望，尤其是你自己。所以最後你可能自己買下所有的庫存並吸收成本，然後眼神堅定地看著獎品：在公司組織裡攀升。那個公司組織肯定不會被描述成有階層的金字塔幾何圖形，取而代之的可能是一座有「梯級」的「階梯」。當然，到了下個月，你一定就會找到一大堆新成員，達成你的目標，最後被授予最高級的頭銜：資深顧問、總教練和銷售總監。

明尼蘇達州哈姆萊大學（Hamline University）經濟學系教授史黛西．博斯利（Stacie Bosley）分析說：「我稱為『購買希望』的這主題，還有很多可以討論。」博斯利是世界上少數正式研究多層次傳銷的金融研究人員，顯然地，由男性主導的經濟學領域不認為由#女孩老闆主導的產業會成為激起學術興趣的溫床（他們錯得離譜）。博斯利說：「有時候多層次傳銷產業也意識到，人們購買的其實是一種形式上的希望。」這是大多數多層次傳銷招聘語言如此浮誇和迂迴的部分原因，他們會避免專門術語，例如「投資」和「雇用」，而偏好渴望成功的措辭，例如「絕佳的機會」和「培力活動」（empowering activity）。

但是這些裹著糖衣的密碼字卻隱藏著一些相當粗略的數字。隨著下線一代一代成長起來，每個人和他們的母親（名副其實的）都在開採同一個已經飽和的社區，嘗試招募底下的新手卻徒勞無功，市場很快地變得過於擁擠。從少數人獲利的頂端到多數搞砸的底部，渴望獲得成功的人數呈幾何級數地擴張。如果多層次傳銷的模式完全依照計畫進行，如同你的上線和創辦人在所有事業機會發表會和百萬富翁工作坊一再保證那樣，那麼沒錯，你將會在一年內致富……但是根據基本的數學，猜猜看十二個月後你的下線會有多少人？超過一兆，那是世界人口的一百四十二倍，再加上數不盡的減肥藥。

許多研究不斷指出，百分之九十九的多層次傳銷新成員從來沒賺過一毛錢，而頂端那幸運的百分之一的獲利只是來自其餘每個人的支出。數字自己會說話，可是即使你完全赤字，銀行戶頭空空如也，儲物櫃堆滿沒人要的眼霜，至少你還是團隊——你的「家族」——的一分子，你可能和新入會的人以姊妹相稱，甚至可能稱呼領導者為媽媽和爸爸。到了這個時候，你已經和這些人發展出強烈的情感和互相依賴的連結，你整天和他們通簡訊，共同加入臉書的祕密社團，每週視訊會議，大家一起喝粉紅酒（「因為是你賺來的！」），相互傾吐心聲。為了能親眼見到你的老闆寶貝同事，存了一整年的錢去參加昂貴的公司大會。

所以你很可能會選擇忘記數學，忽略損失而堅持下去，尤其是當有人給你強力保證，這一切到最後會迎來一大筆收入。再加上每個在你上面和下面的人都要靠你來賺錢，如果現在放棄，會讓你的鑽石小隊失望，會讓你的家庭和你的「家族」失望，會讓上帝失望。你將不再是#老闆寶貝，你什麼都不是。在這樣的壓力下，無可否認地會讓事情變得像異教一樣。

多層次傳銷是騙人的，但不只是普通的騙局。多層次傳銷有自己的語言與文化，是一種複雜而消耗生命的組織。多層次傳銷強烈和滲透性的意識形態有傳教的性質，新成員尊敬他們的創始領袖，他們共同的渴望不只是經營一家成功的公司，還要以宗教崇拜的水準統治這個自由世界。知名的芝加哥大學社會學教授艾德華・希爾斯（Edward Shils）將「異教魅力」定義為「被認為與人類存在的重要問題有關的人」。依照這種程度，多層次傳銷的領導人、3HO的瑜珈士巴贊，以及香巴拉的邱陽・創巴都一樣有影響力。他們用稱讚、驚嘆語句和虛假的勵志話術讓你改變信仰，以滿滿的行話（通常會呼求上帝）制約和強迫你，利用思考終止格言讓異議消失。他們訓練你到處運用相同的技巧在每個你認識的人身上。

多層次傳銷利用我們與他們的措辭將追隨者緊密地連結在一起，並且捏造說他們比傳統上一般受雇美國人還要好。在世界最大的多層次傳銷公司安麗中，任何為「雇主」工作的人，被上線的導師輕蔑描述為擁有一個J.O.B.[46]，也就是「老闆的傻蛋」（jackass of a boss）。安麗的成員全被教導要這麼說：「當你為其他人工作，就永遠不會得到與你價值相當的薪水。」加州大學戴維斯分校（UC Davis）社會學家暨《魅力型資本主義：美國的直銷組織》（*Charismatic Capitalism: Direct Selling Organizations in America*）作者妮可・伍爾西・比格特（Nicole Woolsey Biggart）評論道，對多層次傳銷的人來說，「企業家」這個字代表的不僅是一份職業，而是「經濟體裡道德較為優越的存在」。

多層次傳銷用心理操控讓你相信，如果你遵循他們完美的體系卻沒有成功，就是你自己有問題。「每一個有意願且努力工作的人，都可以在這個事業成功……**一個好的體系永遠是有效的！**」這是一句直接擷取自安麗手冊的思考終止格言。多層次傳銷語言極端地結合了鼓舞人心的專門用語和黑暗的失敗威脅，並以此聞名。這種語言制約你去認為，如果你沒有被錢淹沒，並不是公司的錯，而是你自己的錯，是你沒有具備足夠的信心或毅力，去解鎖你的潛能，賺取本來保證會得到的金錢。網路上可以看到數不清的多層次傳銷願景版（vision board），特色都是情緒性操控的陳腔濫調，像是「人經常在還沒開始多層次傳銷之前，就已經失敗，因為方法要從頭腦開始，而不是心。」以及「我很討厭不工作的窮人抱怨貧窮。#億萬富翁心態。」OnlineMLMCommunity.com 網站上一篇標題為「史上前五十多層次傳銷名言」（Top 50 MLM Quotes of All Time）的文章列出一長串錯誤歸因（misattributed）的啟發性短句，包括這則與溫斯頓・邱吉爾（Winston Churchill）做錯誤連結的格言：「悲觀者在每個機會中看到困難，樂觀者在每個困難中看到機會。」好像英國政治家的成功與直銷有什麼關聯，即使這句名言真的是他說的。

在基督教的多層次傳銷化妝品公司 Younique 做過「主持人」的漢娜（Hannah），回想起她被公司心理操控的經驗時說道：「那很像一場心理戰。」未能達成銷售定額的大學生漢娜被踢出公司前，

46 譯注：拼法和工作相同。

砸了五百美元購買存貨，「如果當時沒有上大學、伴侶和其他社群團體……我一定會覺得自己非常糟糕……有些人會因為一天被說好多次『你不夠好』而崩潰。」

畢竟，多層次傳銷並不是在從事把新創事業賣給企業家的生意，而是和大多數有害的「異教」一樣，他們的事業是在推銷某些非真實存在的超然承諾，而且成品不是商品，而是語言。對很多從來沒銷出產品的成員來說，整個多層次傳銷的經驗就是投入某個社群、自豪地稱自己為顧問、參加振奮團隊士氣的電話會議，以及出席昂貴的大會。數字沒有意義，但無論如何，語言讓你留了下來。

在蓓卡．曼納斯的減重貼文突然從我臉書動態消息消失的幾個月以後，我決定寄給她措辭謹慎的訊息。我知道必須小心試探，避免蓓卡因為失去了一切，太過難堪而不能公開坦承被欺騙？或是多層次傳銷以模糊或清楚的威脅強迫她保持沉默？或是她祕密當起了敲詐者，不想洩露自己是騙子？「如果這看起來很隨便的話非常抱歉，但是我記得沒錯的話，你過去曾經做過直銷工作？」我寫道，「我正在撰寫多層次傳銷的語言，很想聽聽你的經驗。」

蓓卡的所有「瘦身後」照片都散發出健康和快樂，但畢竟這些照片都要符合多層次傳銷的會員準則，必須滿足在社群媒體看起來完美無瑕的普遍渴望，因此可能是個謊言。令我高興的是，她一小時內就回覆了我：

我的天，我當然會告訴你！我去年進行了一個叫作Optavia的減肥計畫。那狗屎完全就是個瘋狂異教。

「喔，好呀。」我回答。

第二章

資本主義精神

嘿～～老闆寶貝！非～常～謝謝你的回覆！！我真的認為你非常適合做這行！我沒有太多的文宣資料可以寄給你，我唯一的網站是為現在的客戶所架設的，不過根據你想要達成的目標，我們有很多不同的計畫。我們對待客戶就像家人一樣，所以在進行下一步之前有正確的資訊很重要，而且我們聊過以後，我才會知道什麼是最佳方案。電話大概只要二十分鐘:）我很期待分享更多給你！！xoxo

對我來說，多層次傳銷像啦啦隊一般的的講話方式，例如過多驚嘆號和「只要相信自己，就可以致富」這類話語，充滿了積極性，卻是有害的，或是說，這種語言在一個實際上相當複雜又令人不快，而且應該更謹慎的經驗上，強加上一線希望。

從安麗到Optavia，我檢視過的每一則多層次傳銷所傳遞的訊息，對於正向心態的力量和負面心態的危險，都驚人地混合了愛意轟炸式的談話和威脅的警告。表面上，提升事業夥伴士氣的態度，聽起來可能很好也沒問題，但多層次傳銷制約成員從內心對「消極性」感到恐懼，以至於他們會避免對公司或任何內部的人說出批判的話。一個前安麗經銷商語帶謹慎說：「你不會說長道短，不會說其他人的壞話。如果他們聽見你說那種話，或是聽說你說過那種話，你的主管就會找上你。」安麗對任何不喜歡的態度和言論都貼上「惡臭思想」（stinkin’ thinkin）的標籤，利用這種假裝很可愛的警句，能將追隨者和外面任何對他們的成功造成威脅的惡臭思想者阻隔開來。假如朋友或家人對公司內部表示懷疑，你會被告知要「把他們從你的生活中排除」。

追隨者被制約無論在什麼地方，和朋友、家人、陌生人都要用多層次傳銷不自然的開心聲調講話，尤其是在社群媒體上。在Instagram和臉書上，不論他們有沒有明確提到產品，都可以馬上猜出誰是老闆寶貝，出賣他們的不過就是機器人般的快活語法。就好像打字時有人站在他們背後，揮舞著象徵性的鞭子，即使只是發布有關小狗的貼文，也要確保永遠在銷售和招募。和壓迫性的宗教追隨者一樣，多層次傳銷的成員最後也陷入了儀式時間裡。

每當我聽見美好到不可能為真的那類說詞時，直覺就會告訴我要拚命逃開。然而，貶低那些接受直銷誇大廢話的人為無可救藥的笨蛋，感覺固然很好，但事實是，這種有毒的正向言論已經深植進美國社會。多層次傳銷異教就是西方資本主義「異教」的一種直接產物。

在美國，就我們所知，人脈行銷（networking marking）從一九三〇年代大蕭條之後開始，而且是羅斯福新政（New Deal）引用的雇用條例所造成的影響。過了幾年，直到第二次世界大戰以後，直銷產業才真正大幅增長，也是在那時候，成了婦女所從事的行業。

二次大戰期間，當男人在海外打仗時，婦女成群結隊加入勞動市場，這是前所未有的情況。但是戰爭結束後，那些婦女被送回家裡照顧小孩和退伍的先生。一九五〇年代，二千萬名美國人移居到近郊，女人在那裡的工作機會很少，當中有很多人想念職業生活帶來的刺激、獨立、滿足和現金。

大約在這個時候，一個名為伊爾．特百（Earl Tupper）的商人發明了一種堅固的聚乙烯食物儲存容器，將之命名為特百惠。直到一位來自底特律、身懷直銷本領的單親媽媽布朗妮．懷斯（Brownie Wise，真名）拿到特百的商品，認為住在郊區的媽媽不只是這玩意的理想消費者，也會是很強的銷售人員，這個產品才全面大熱賣。懷斯和特百聯合起來，家裡的「特百惠派對」就此誕生。

遠在主題標籤發明之前，懷斯就運用虛假的女性培力用語，來招募婦女加入她的經銷商、經理和批發商網絡，為多層次傳銷虛假的女性主義噱頭做好準備。一張早期海報用櫻桃紅的草寫字體寫著：「特百惠事業的報酬這麼好！」海報圖畫上描繪著一名玉米色頭髮的上流社會女性，戴著珍珠耳環，身穿喀什米爾毛衣，手拿著一本書（雖然沒有在閱讀），極其興奮地微笑著凝視框架外的某個地方，我只能推測那是她的夢想所在。另一幅四〇年代的素描則是一名白人女性嘰嘰喳喳地說：

「成為特百惠經銷商那一刻，收入馬上進門！」、「想賺多少就賺多少，邊學邊賺。你是獨立的企業主，自己的老闆……特百惠經銷商的絕佳賺錢機會哪裡找——就是現在！」

接下來的數十年，直銷組織中的主要人物追隨懷斯的腳步，用產品和語言誘惑居家的白人媽媽。他們向這些婦女鼓吹保證經濟獨立，且不會對傳統的女性和妻子形象造成威脅。時至今日，大多數的多層次傳銷會員仍然是沒有工作的女性，特別是那些居住在藍領階級城鎮的婦女。

很快地，直銷產業找到方法，鎖定了高尚勞動市場以外的社群，於是，說西班牙語的移民、沒有經驗的大學生，以及在經濟上被邊緣化的黑人族群，都成為新的招募目標。這個產業利用了這些關係緊密的團體內部原已存在的信任感，例如教會、軍事基地和大學校園。他們的理想新成員是會為了經濟穩定而努力，並且有信仰和樂觀等明確軌跡的人，無論是希望在新的國家重新開始、因年輕對未來抱有熱誠，或是相信更高的力量。加入多層次傳銷的典型並不是想要快速致富的貪婪笨蛋，而是想用基本技術獲得報酬的平常人。為金錢奮鬥、緊密的社群、理想，這三者的結合就是上線的頭獎。

基督徒社群最後成了多層次傳銷的溫床，很多多層次傳銷業者積極證明自己是以「信仰為根基」，並明顯以宗教信條作為號召，Mary & Martha、Christian Bling、Younique、三一禮品和玫琳凱只不過是其中幾家。美國街坊常常可以發現，正直善良的人一手拿著聖經，一手拿著高價的乳液樣品。這就是為什麼猶他州比世界上其他地方有更多多層次傳銷總部的原因，因為直銷領導者發現，摩門教徒是理想的銷售大隊。「後期聖徒（Latter-day Saints）生來就被培養為傳教士……因此向朋友傳福音時，經常自然地順便向朋友推銷多層次傳銷，」一個消息來源告訴Podcast調查性新聞節目「夢想」（The Dream），「當你叔叔來找你說：『我有一個改變人生的機會。』有時候聽起來真的很像是會在教堂裡聽到訊息。」

美國尚未存在之前，宗教就已經和多層次傳銷，還有一般的美國勞工文化，互相糾結在一起。神的賜福和金錢的「賜福」緊密結合，可以回溯到五百年前的新教改革（Protestant Reformation）。社會學家把現代資本主義的開端歸因於這場十六世紀的運動，它誕生了很多現代的美國職場價值觀，例如「努力一天才能完成的工作」（a good day's work）、「要長時間埋頭苦幹」（keeping your nose to the grindstone）[47]以及「精明的掌錢人主宰他人的錢包」（the good pay-master is lord of another man's purse）等基本想法。新教改革家所持的想法是，特別是法國神學家約翰．加爾文（John Calvin），上帝不只在人類精神層面的成功與失敗扮演重要角色，在財務方面也是。這個想法創造了「新教倫理」（Protestant ethic），特色是勤奮工作、個人作為與財富累積，完全與歐洲新興的資本主義經濟一致。

很快的，所有人開始渴望成為虔誠又自力更生的企業家新典範。隨著專業勞動力成為基督徒生活的重心，如果有能力稱自己有技術又努力工作在負擔生計，就代表你是上帝的選民。因此擁有極好和極壞兩面的「資本主義精神」，已經嵌入西方人大多數的價值體系裡。從「神聖的」股票市場之鐘到「全能的美金」等資本主義用語，許多都帶有宗教的含意，無疑是新教改革的鬼魂。

新教倫理在一八〇〇年代傳到美國的時候，已經稍有改變。現在，富有不被認為是上帝的恩賜，而是獨力成就的獎賞以及良好品格的象徵。修正過的新教倫理強調野心、不屈不撓和競爭，與工業資本主義（大量製造和更清楚的分工）的興起相輔相成。十九世紀也見證了新思想（New Thought）[48]哲學運動的崛起，其提出廣受歡迎的自我提升思想，像是吸引力法則。在這個時候，馬克．吐溫（Mark Twain）的《王子與乞丐》（*Prince and the Pauper*）、查爾斯．狄更斯（Charles

Dickens）的《孤星血淚》（*Great Expectations*）這類白手起家的故事成了暢銷書。第一本「自我成長」的書籍出版於一八五九年，題目恰如其分地叫作《自己拯救自己》（*Self-Help*），成了成功的暢銷巨著。書本的開場白是「天助自助者」，並宣稱貧窮是個人不負責任的結果。這種精神高於物質的新態度，等於在說，只要相信自己，就可以控制自己的命運，以及支配從自己的事業到身體健康的每一件事，促成了我們現在所認知的美國夢。

在下一個世紀，隨著大型美國事業的興起，例如卡內基鋼鐵（Carnegie Steel）、洛克斐勒（Rockefeller）的標準石油公司（Standard Oil）、芝加哥聯合牲口中心（Union Stock Yards）的肉品包裝區，新教的典範再度改變。在二十一世紀，由於與同事和睦相處，甚至私下往來，以及在企業晉升制度內升遷都變成值得讚揚的事，獨力成功和競爭變得比較不被重視。在這個階段，新思想可以在教人成為優秀企業人士的相關書籍和課程中找到，例如《卡內基說話之道：如何贏取友誼與影響他

47 注解：這個成語援引的完整句子據說是：「這段經文認為用力把鼻子放在磨刀石上，使得他們的臉完全變形」，是努力工作以免受懲罰的出處。這是新教牧師約翰・弗瑞斯（John Frith）寫於一五三二年的句子，他在幾個月後因為公開質疑英國天主教會，被綁在火刑柱上燒死。教會和國家的結合很有趣吧？

48 譯注：源於十九世紀強調思想的力量的教條與作法。

人》（*How to Win Friends and Influence People*）、《思考致富》（*Think and Grow Rich*）以及《積極思考的力量》（*The Power of Positive Thinking*）都是在一九三五年和一九五五年之間出版的暢銷書。

整個二十一世紀中期，快樂思想和健康自我能讓你致富的訊息橫掃美國教會。知名牧師諾曼．文生．皮爾（Norman Vincent Peale）著有《積極思考的力量》，並在紐約市掌管一間名為大理石學院（Marble Collegiate）的保守新教教會。皮爾在學院裡對著多為富有又有影響力的曼哈頓會眾宣揚「成功神學」（prosperity gospel）[49]，其中值得一提的是年輕時的唐納．川普。（川普長大後成為一個頑強的多層次傳銷熱衷分子絕非偶然。）皮爾以勵志的演講術而聞名，宣講著福音的觀點，例如「口袋空空不會阻礙一個人往前，只有空洞的思想和空虛的心靈才會」以及「相信你自己！對你的能力有信心！對於自己的力量，如果沒有謙虛而合理的自信，你就不會成功或幸福」。

半個世紀後，唐納．川普的演講和社群媒體貼文仍可以聽出皮爾的影響。川普一則二〇一三年的推文寫道：「成功祕訣：認為自己是勝利的，這會讓你專注在對的方向。運用你的技術和天分，而且要不屈不撓。」二〇一六年總統競選期間，川普激昂地談到凡事靠自己時，更是語帶偏執。那一年稍早，當被問到他向誰諮商外交政策時，他回答說，「我問我自己，頭號對象，因為我的頭腦非常好，而且我說過很多的事，我知道自己在做什麼……我首要的顧問就是我自己。」

這段複雜的歷史誕生出了新教、資本主義和企業化的結晶：多層次傳銷。新教倫理大致上仍是美國職場文化的一部分，而且，我們在成長過程中也將它的言語內化了——努力工作，認真玩樂；做一天和尚，敲一天鐘。我和伴侶收集了大量短句裝飾的咖啡馬克杯，有一天我抬頭看，發現這些馬克杯都無恥地宣揚有害的生產力信條。有一只馬克杯說：「打哈欠不過是需要咖啡的沉默吶喊。」沉默吶喊？我們都被制約成相信工作過度和精疲力盡是浪漫的，又害怕休閒和「懶惰」，以致於要在杯子上印製這些可愛的笑話？在二十一世紀的美國，顯然正是如此。

新教資本主義的語言到處可見，連馬克杯上都有，但是它在多層次傳銷產業扮演的重要角色，曾經讓美國人沉溺在最不切實際的渴望和最深的恐懼裡。這一點在多層次傳銷強調英才制（meritocracy）的方式裡特別明顯，其觀念就是金錢和地位是靠個人爭取來的。英才制所根據的信條是，人們可以大幅控制自己的生活，只要努力去嘗試，就可以靠自己的努力得到成功。美國人喜愛的神話是，成功人士就該獲得成功，而困頓的人就比較不值得。多層次傳銷成員的「成功」完全依

49 譯注：又譯豐盛福音。

賴銷售和招募新人的佣金，更讓這個想法受到喜愛。依照多層次傳銷的意識形態，為了達成目標可以犧牲任何人或物，沒有不勞而獲的事。此外，失敗不會沒有原因也是如此。

大部分我所看過的直銷宣傳都強調，要建立一個銷售團隊，「血汗、眼淚、滿腔熱情」是必須的，銷售員被激勵將努力看成愛國榮譽徽章，還要微笑配戴起來。無數的多層次傳銷利用民族主義的口號，來強化加入「#老闆寶貝就代表為國服務」的想法。有一家賣營養補充品的多層次傳銷公司真的就叫作「美國夢營養」（American Dream Nutrition），另一家則稱為「美國聯合科學公司」（United Sciences of America, Inc.），而販售肥皂和牙膏等家用品與個人衛生產品的安麗，公司名稱則是「美國之路」（American Way）的混成詞。

很多現代公司銷售產品時嘗試和更大的認同利益做連結，像是購買回收塑膠製成的流行唇彩或海灘毛巾的人，通常會把自己樹立成一個時髦、健康、性感又環保的人。社會學家稱這些為「組織意識形態」（organizational ideologies），不過，這不一定都是不好的。大部分成功的品牌創辦人都同意，在現今變化多端的市場裡，為了鞏固回頭客和忠誠的雇員，擁有強烈的價值觀和儀式性的「異教般公司文化」，完全有其必要性。當然，我們應該要對組織意識形態持保留態度，因為把以利益為導向的品牌所宣稱的內容，拿來作為一個人的政治、健康照護決定與認同的基礎，是很冒險的事，即使是（尤其是）那些自我標榜為「道德的」、「永續的」等等的公司。「覺醒資本主義」（Woke capitalism）[50]不等於社會正義，正如向你的臉書朋友推銷減肥藥丸，不會讓你得到上天的保佑一樣。

和大多數的公司相比，多層次傳銷本質上更進一步利用了組織意識形態，不只連結了日常的物質利益，甚至和人生各方面的意義做連結。直銷口號誇耀充滿精神意涵的保證，如「身為Younique，更甚於完美」和「存在和活著是不同的事，選擇一個。」多特瑞精油多層次傳銷製作的一張 Pinterest 圖表列出一款稱為「寬恕」的複方精油配方，可以讓顧客「變得有同理心、寬容、釋放、輕盈、充滿愛、容忍、諒解」。安麗身價億萬的共同創辦人之一溫安格（Jay Van Andel）在過世前誓言，參與他的公司可以「讓人進入刺激、有前途、得益和希望的新生命。」

你可能認為，直銷這種過氣又復古的產業，應該已經過時了。畢竟，有那麼多前多層次傳銷人員在網路上猛烈砲轟這些公司，說出受過心理虐待和金錢損失的故事，令人難以相信這個產業還能繼續存活。在 YouTube 搜尋「多層次傳銷騙局」，會出現數不清的影片，像是「多層次傳銷『女孩老

50 譯注：指透過宣揚自由和進步等觀念，以獲得更多影響力的企業。

闆』的敘述是個謊言」、「做過 LuLaRoe 以後，我申請破產，現在打兩份工」，還有「安麗：最後一根稻草（影片為證！）——我如何退出多層次傳銷異教」，已經累積了數百萬次的點閱。激動的反多層次傳銷的人也占據了 Instagram 和抖音的數個角落，抖音於二〇二〇年全面禁止多層次傳銷在平臺招募會員，而控告 #老闆寶貝產業集團有罪的證據，也從來沒停過。

但是，多層次傳銷語言持續保有信服力和適應力，相當成功地衝擊人類的心靈，這些公司反而繼續茁壯成長。二〇一〇年代，在乎產品成分的千禧世代逐漸在消費者市場成為主流，對「全天然」和「無毒」個人保養產品的需求大幅增加，精明的多層次傳銷創辦人也順應了這個趨勢。直銷不再只是針對傳統的家庭主婦，而是針對有見識的年輕人。包裝比較時髦、合乎時代的「潔淨美容」（Clean Beauty）[51]多層次傳銷，在銷售部隊裡增加了「微網紅」（micro-influencers），即那些擁有小型部落格和幾千名社群媒體追蹤者的女性。這些微網紅可能會收到一封諂媚的私訊，稱讚她們的貼文有多棒，接著問想不想增加第二份現金流，同時成為潔淨美容「風潮運動」的一員？這一代比較潮的多層次傳銷公司，巧妙地搭配上自雇網紅光鮮亮麗的肖像，把自己推銷為完美的副業。靈活的直銷產業永遠找得到重新改造自己的方法，資本主義的蟑螂就是不會停止轉世。

51 譯注：指永續的、純植物、天然和有機的美容產品。

第三章

宗教的氣味

嘿，女士！只是想通知你，我們從事的是改變人生的事業！是的，我們是在賺錢，但是我們所做的比這還要遠大……這是一場**運動**。所有人都應該參與，成為其中的一分子，只是他們還不知道，所以得靠你為他們指點迷津！！你必須去接觸**每一個人**……家人、朋友、Instagram 追蹤者、在星巴克排在你後面的人。開啟對話，到他們所在之處見他們。我們的產品基本上是不用行銷就會大賣，因此如果你沒達到目標，就必須像老闆寶貝一樣更聰明和努力工作。你這麼有潛力，不要讓我失望，但更重要的是，別讓你自己失望！！xoxo

我終於和高中同學蓓卡通上電話，討論她在多層次傳銷的經驗，距離我上一次聽見她的聲音已經隔了十年。蓓卡現在二十八歲，和她先生、兩隻狗和四隻貓一起住在馬里蘭州一間白色的鄉村小屋。工作朝九晚五，週五晚上仍然和高中時一樣在當地的後臺燒烤咖啡廳（Backstage BBQ Cafe）唱歌。她一週去幾次戒酒無名會，大多數的晚上和她年幼的姪女玩耍。蓓卡嘲弄地說，「我知道，看看我現在變成什麼樣了。」她舊時慣有的譏諷口氣和我們家鄉舒服的前元音（fronted vowels）腔調，都是我在其他地方聽不到的。

蓓卡從一開始就知道 Optavia（之前被稱為 Medifast）是詭詐的事業，她有聽說過，她確認說，

「所有行銷的那套鬼話？真尷尬了。」我想我早就可以預料到，蓓卡不是那些天真懷抱著成功希望，卻突然發現自己在金字塔騙局底部的人。蓓卡完全知道 Optavia 狡猾的體制，但是她也有自信，可以藉由開發她臉書上龐大的人脈網絡來賭一把。「我百分之百知道那是異教，」她說，「但我當時的反應是『不管怎麼樣，我要順應潮流』，嗯，讓我們來詐騙吧，你明白嗎？」

「當然，當然。」我倒吸了口氣。

Optavia 是一種減重計畫，和 Nutrisystem 或 BistroMD 一樣，把包裝好的餐點寄到消費者家中。「他們用那些『成為你自己的老闆，在家工作』的屁話，顯然是企圖要控制你。」電話中的蓓卡透露出一股怒火。蓓卡有好幾個朋友扯入爭議性的多層次傳銷公司 LuLaRoe，這家價值十億美元的緊身褲公司在二〇一九年被華盛頓州檢察長控告從事金字塔詐騙活動（撰寫本書時，這個案件還在待審中）。蓓卡目睹 LuLaRoe 貪婪地消耗那些朋友的生活，失去大量的金錢。但是當她婆婆要她加入 Optavia 時，因為購入費用和配額相對較低，似乎是在對的時間出現對的多層次傳銷公司。

大約一年前，蓓卡的未婚夫不到三十歲被診斷出患有罕見的血癌，當他終於完成化療，症狀減輕後，蓓卡感到精疲力竭。「我因為照顧他，不知增加了多少體重。我很沮喪，最近才停止過量飲酒，而且剛戒菸，光是這兩件事就會讓你變胖。」她先生的媽媽是 Optavia 銷售員，遵行計畫後掉了很多體重，但是因為相當昂貴，一個月大約四百美元，蓓卡從沒想過自己會參加。然後她婆婆向蓓卡提議：如果她加入成為「教練」，一週在臉書上貼幾次減重的歷程，找其他幾個人加入，就足夠支付她需要的食物。「她沒有跟我講老闆寶貝的那些屁話，只告訴我是怎麼回事。」蓓卡說：「我當時的想法是：『酷，好，我可以找一些人加入，告訴他們招攬生意的話術。』」

蓓卡入會成為教練，付了一百美元的入門費，開始節食。「這方法有效，我體重減得很快，四個月內掉了五十磅。」她坦承，「我的意思是，一旦我停止吃他們的東西，光看到一塊披薩就會增加五磅，這樣繼續下去並不切實際。但是因為有了那些『減肥前和減肥後』的照片，只要發布照片，再配上那些連篇鬼話和主題標籤，人們就會想知道你在做什麼。」

多層次傳銷的入會策略要求事先保密，因此嚴格規定「教練」（新成員）可以對外透露的事項。由於公司明白禁止，蓓卡從來沒在臉書張貼出 Optavia 的名字。相反的，她會拿到一些腳本，然後照本宣科貼出來，讓這個計畫聽起來像是獨家祕方，這一切全是為了讓人搜尋不到，以免發現山達基信徒所謂的「黑色公關」。

回到七〇年代，統一教把他們狡詐的招募和募款手法文雅地形容為「天國騙局」，同樣地，多層次傳銷的人用甜言蜜語哄騙朋友和親人與他們一起欺騙別人。玫琳凱有個政策被委婉地稱為「丈夫不知情計畫」（Husband Unawareness Plan），鼓勵太太們在未經丈夫的「允許」下加入，然後教她們要如何偷偷花錢。玫琳凱一位資深行政凱迪拉克銷售總監（Executive Senior Cadillac Sales Director）在顧問的教學手冊裡，清楚解釋她的丈夫不知情計畫作法：「如果你今天真的想要買東西，我要讓你知道，我接受現金、支票、VISA、萬事達卡、Discover、美國運通，我也有免利息付費方案和丈夫不知情計畫，或是其他人所說的極富創意的理財方式：一點點現金、一點點支票，還有一點點信用卡。沒有人會知道總金額是多少。」

蓓卡被告知，在電話上找到可能成為下線的人之前，要保留所有細節。這指的是她在進行「健康招生」（health intake）的時候，那是一項有二十個點數的調查，以私密性的問題為主，例如：「如果你一定會成功，你想要減掉多少體重？上一次達到那個體重是什麼時候？從當時到現在之間有什麼變化？你記得那是什麼感受嗎？如果你又回到那個體重會是什麼樣子？有任何你同時想幫助的家庭成員嗎？非常謝謝你告訴我……我真的相信，我的東西可以幫助你達成健康目標。我很興奮要跟你分享。」

這些招生體檢不是由已註冊的營養專家執行，而是由一般民眾，例如蓓卡和她婆婆，去執行的創傷束縛（trauma-bonding）[52]手法。公司知道，給予新成員類似教練、資深教練、總裁和全球健康大使的頭銜，可以起什麼作用，就是會讓成員擁有權威感。「我想，有很多女性說服自己真的是健康教練。」蓓卡斷言，「他們說，你是在給人們一份美好的人生禮物。如果你的教練在我們的祕密臉書社團上對你大聲疾呼，大家的表現就好像『不可思議！拯救生命！』」每個人內心都知道，教練和資深教練的差別與營養專業無關，而是那個月他們的下線能夠增加多少人。然而，當公司用花俏的頭銜對你進行愛意轟炸，奉承你是生命的拯救者，只要你願意，你就會被制約成用那樣的方式來理解。

最能令Optavia教練興奮的事，就是年度領袖僻靜營和大會。新成員會存一整年的錢來參加這些活動，如果有必要，還會缺席最好朋友的婚禮和孫子的出生，只為了見到有魅力的Optavia領袖暨共同創辦人韋恩・安德森（Wayne Andersen）博士。「他們叫他A博士，嗯，就好像是他們的統治者。」提到這個前麻醉醫師形容自己是「一場更健康的運動的領袖」時，蓓卡皺了眉頭。「A博士出來講些激勵人心又像異教的話，說我們如何一次一個地拯救人們的生命，我們怎樣讓美國變得健康。當然

52 譯注：指受虐者對施虐者的情感依賴。

要看他得花一大筆錢買門票。」

所有多層次傳銷都會舉辦類似托尼・羅賓斯（Tony Robbins）[53]式的自我成長派對，要參加得花上幾千美元。特百惠主辦的週年慶祝、玫琳凱的職業大會，都以善於安排表揚典禮而聞名。新成員不是為了好玩才去參加，這些大會被宣傳為如果新成員真的想要「成功」，就必須參加。然而，這些大會的重點保證不是提供有用的銷售建議，而是盡可能誇張地吹捧公司形象，引誘已經加入的新成員更投入。安麗的一般活動看起來像是把基督教的帳篷復興聚會（tent revival）、政治集會、足球比賽和超大規模的家庭團聚混合起來，有些安麗的大會真的就叫作「家庭團聚」。

比起其他多層次傳銷家族，安麗行使了更多不可思議的權力，不只是對直接參與公司的人，還有整個美國政治體系。安麗創辦於一九五九年，在超過一百個國家營運，這全歸功於四百萬名被稱為獨立事業擁有者[54]的經銷商網絡，一年大賺九十億美元。安麗是一家基督徒公司，主張的根本訊息是美國人已經失去了曾經偉大的特質：實現個人自由、傳統的「美國家庭價值」，以及向上帝所保佑的美國做出堅定奉獻。[55]「我要告訴你們，這個國家出了什麼問題。」公司裡像獨角獸一樣稀有的執行鑽石（Executive Diamonds）大衛・賽弗恩（Dave Severn）（安麗的高階頭銜全都用珍貴寶石和其他貴重物品命名：紅寶石、珍珠、綠寶石、鑽石、雙鑽石、三鑽石、皇冠、皇冠大使），在一九九一年的集會中大聲疾呼：「雇用**非基督徒**來嘗試和管理一個以基督教為基礎的社會，已經讓我們所支持的一切……徹底失敗……。安麗的事業是建立在上帝的律法之上的。」

安麗兩位相當保守的創辦人溫安格和理查・狄維士（Rich DeVos），分別在二〇〇四年和二〇一八年過世。後者聽起來應該比較熟悉，因為狄維士家族以密西根州為根基，是有政治影響力的億萬富豪，而理查是川普的教育部長貝西（Betsy）的岳父。理查・狄維士個人資產淨值超過五十億美元，擔任過共和黨全國委員會（Republican National Committee）的財務主席，和傑拉德・福特（Gerald Ford）是非常好的朋友。理查・狄維士曾替安麗爭取到特別減稅數億美元，並且輸送龐大的金額到共和黨總統候選人的金庫。安麗資助過隆納・雷根（Ronald Reagan）、兩任喬治・布希（George Bushes），當然，還有有史以來對直銷最友善的總統唐納・川普。川普在二〇一〇年代曾替好幾家多層次傳銷背書而大賺一筆，包括一家維他命公司和一家研討會公司，兩家公司都支付給他

53 譯注：教練、勵志演説家。

54 譯注：International Business Owners 或 IBOs，正確應為 Independent Business Owners。

55 注解：「美國家庭價值」是典型的既定觀點用語，被政治上的右派人士用來譴責墮胎、同志婚姻和女性主義政治就是天生反美的行為。

七位數，獲得許可使用他的照片作為象徵人物，以及把品牌重塑為川普網絡（Trump Network）和川普研究院（Trump Institute）。（二〇一九年，一名聯邦法官裁決，川普和三名子女因為和這些組織有所關聯，可依詐欺罪提起控告。）為了回報狄維士，這些總統全都公開稱讚過安麗和整個直銷協會（Direct Selling Association）是可欽佩的又極度愛國的企業。56

理查．狄維士對十七世紀成功神學的詮釋暗示說，如果你不富有，那麼上帝是不愛你的。他宣稱：「自由企業體制……是上帝給我們的禮物，我們應該要瞭解它、擁抱它和相信它。」根據狄維士的說法，如果你覺得好像一輩子都被摒棄在體制之外，那麼沒有放棄官僚體系、投靠多層次傳銷的話，你就是傻瓜。

這就是充斥在傳奇的安麗集會中的語言。而安麗集會的節目程序可能像這樣：以五旬節傳教士國歌般的抑揚頓挫來宣布，司儀用一、兩個安麗最成功的獨立事業擁有者的故事作為開場，然後介紹主題講者，演說者在《洛基》（*Rocky*）主題曲的環繞下出場，在場的人都興奮到暴動起來。演講者通常是白人男性、寶石等級的獨立事業擁有者，只要出席就有幾萬美元落袋。他敘述著自己的動人成功故事，同時播放簡報展示他因為安麗所獲得的房子、遊艇、車子和假期。「是不是很棒？」和

「我相信！」的呼喊在會場裡迴盪，鑽石和珍珠大喊「多麼吸引人啊！」接下來是頒獎典禮，結束時觀眾一起加入令人落淚的〈天佑美國〉演出。最後，上線看著自己的下線的雙眼，確實地說出：「我愛你。」

不需要社會學家就能看出，對公司部屬投擲「愛意」轟炸有多麼虛偽，尤其上線已經知道下線在這段關係裡永遠賺不到一毛錢，更不用說是一艘遊艇。大部分的新成員甚至不想要遊艇，遊艇對他們沒有用處。再提醒一次，他們一開始會和公司來往，接著參加這場浮誇的大會，是因為他們是全職媽媽，或是想打造一個體面生活的移民。

假定你已經從事多層次傳銷事業一陣子，甚至參加了一、兩場大會，最後開始覺得想要退出，便向某個內部成員提起這些暗示的話，接著你的上線就會在你信箱裡塞滿令你內疚和情感操控你留下來的訊息。蓓卡很幸運，她婆婆是個相當冷靜的上線，所以雖然她加入 Optavia 一年就已經業績超前，不過當她決定要退出時，只需要忽略幾通打來的電話就好。但對其他做多層次傳銷的人來說，

56 注解：甚至民主黨也以公開讚揚作為交換狄維士的金錢，例如比爾・柯林頓（Bill Clinton）曾於二〇一三年在日本大阪安麗的會議演講後，帶走七十萬美元。

退出的成本相當龐大，雖然可能不會有山達基式被外星人綁架的威脅，卻很可能經歷放棄夢想和失去替代家庭的痛苦罪惡感和焦慮。一個前安麗獨立事業擁有者悲歎道，曾經說愛她的人突然間毫不後悔地遠離她，那種感覺真的很糟糕，「一開始你面對的是愛……（以及）安麗人的照顧，你得到的印象是：人們是真心對你感興趣。但那根本是假的，那只是把你和團體綁在一起的手段。」

第四章

受騙傾向

嘿，寶貝，我在臉書的群組聊天看見你的留言，我知道你想離開，你覺得挫折和乏味。我懂，**相信我**，但是這行業裡最成功的都是能夠撐下去往前進的人。把這想成是一道測驗，你會證明自己絕對是一個老闆寶貝並且扭轉情勢，或是你要放棄？想想你已經投入多少時間和努力！你真的想要全部拋棄嗎？想想如果你再繼續做幾個月，會賺到多少錢。想想那些醫療帳單，想想你的孩子。**別自私，要堅強**！！你知道我們都是一家人，所以拜託，讓**我**來幫助**你**。在你做出讓自己後悔的事情以前，我們通個電話談談吧，好嗎？xoxo

多層次傳銷的語言聽起來，有些人覺得像詐騙和奉承，但其他人卻覺得是誘人而可信的，其原因有一些其他面向的答案。當我們把「你想被錢淹沒嗎？」和「你可以在一年內成為百萬富翁！」這類敘述和詐欺連結起來，其實與字詞本身無關（畢竟當它們獨立出現，沒有任何脈絡時，聽起來真的很誘人），而是和人類演化而來的不同處理訊息方式有關。它與社會科學中的「受騙傾向」（gullibility）的有關。

根據諾貝爾獎得主心理學家丹尼爾．康納曼（Daniel Kahneman）的研究，受騙傾向的存在是因為人類大腦發展出兩套相互對立的資料處理系統：思考系統一（system 1）和系統二（system 2）。

思考系統一是快速、直覺和自動的，當我們被告知一些事情，這套系統會依賴個人經驗，以及我們對傳聞所知來做快速的判斷。對於生活在小群體的古代人類，信任是建立在一輩子的面對面關係，你大概只會用到這個方法。在那個時候，有人告訴你事情時，你不用猜疑，因為那個人可能是你媽媽、姪子或你已經認識一輩子的人。如今，每當我們對一些新聞出現捷思反應，並促使我們做出立即的決定，那就是系統一思考。

另一方面，我們還有比較慢、比較慎重、與理性判斷有關的系統二，這是比較新的發展。在「資訊時代」裡，數十億人在網路上匿名互動，散播可議的主張和有害的陰謀理論，當有些事情聽起來可疑的時候，我們不需要依賴直覺來做決定，這時候系統二思考就派上用場。這時我們可以慢慢來，提出疑問，徹底調查，再決定要如何反應。可惜的是，因為這個過程比系統一還要新很多，所以不是每次都發揮作用。某方面來說，因為系統二的功能失調，我們人類擁有根深蒂固的推理缺陷，包含確認偏誤以及認知勞務分工（cognitive labor divisions）模糊不清。長話短說，雖然人類已經演化到可以處理很多和不同事情有關的資訊，但我們不是人工智慧（AI）機器人，沒有辦法完美地處理。

在現代生活裡，當多層次傳銷竭盡可能使用誇張的操控來推銷時，很多人會出現直覺反應。他們不需要列出贊成和反對的理由，或進行批判性思考（畢竟，可能是某個他們認識的人來推銷，可以很容易做判斷）也可以立即分辨，第一種可能：這真的聽起來像是一個絕佳機會；或第二種可能：這件事是垃圾，而且不適合我。這就是系統一在運作。但其他人則發現，自己需要更多時間和更小心思考。幸運的是，我們有系統二。

經濟學家史黛西・博斯利曾經做過實驗，顯示系統一和系統二在金字塔騙局的招募中如何運作。她在州市集擺了一個小店，發給有意願的路人五美元現金，告訴他們可以直接把錢拿走或是試試她的「飛機遊戲」（Airplane Game，像是金字塔騙局的濃縮版）。有些人只看了一眼，就說，「當然不要，女士，我要保留這五塊錢，那是個騙局。」有些人則花了些時間，查看了所有規則，做了評估，最後告訴她，「不，這不是好交易。」這些人得出相同的結論，不過是經由系統二，而不是系統一。還有人仔細考慮，但欠缺可以運作得一樣好的工具——認知、閱讀能力——所以終究還是決定要玩飛機遊戲。然後，還有一些憑著一股衝動玩遊戲的人，就那麼搞砸了。博斯利說，衝動是人們容易受騙的常見診斷指標。

對於同樣的金字塔騙局、江湖郎中的健康療法和其他聽起來好到不可能為真的訊息，為什麼有些人有系統一的第六感（Spidey sense），而其他人卻沒有，原因不完全清楚。一些研究人員說，這可能和童年早期建立的信任感差異有關。這套理論指出，當你在幼年時期發展出信任感，就會終身預期世界會對你誠實和友善。童年時期面臨的各種經驗，可以影響一個人容不容易信任別人。有些人，例如我爸爸，可能因為雙親之一的缺席而傷害了他們對世界的信任感，或是形成另一種創傷。當然，當你再加上像壓力和財務困難的因素時，有些人就會選擇忽視多疑的直覺，而發現自己深陷在敲詐裡。對於我可以敏銳地嗅出詐騙的敏銳鼻子，雖然很想完全歸功於理性的成果，但我知道，我對金字塔騙局的不屑，可能和我生活條件夠好、沒有迫切需要那些承諾有關。

社會學家也指出，較高學歷和科學方法的訓練，通常可以讓人們比較不容易受騙。不管怎麼樣，情緒不好也比較不容易受騙。科學家在一些實驗裡發現，當人心情好的時候，會變得更天真而沒有猜疑，而脾氣暴躁會讓人比較容易察覺到欺騙。這是我聽過脾氣最暴躁的超能力了。

第五章

異教式企業語言

在多層次傳銷業者為自己的事業辯護時所說的話裡，我聽過最喜歡一句是：「這不是金字塔騙局，企業工作才是**真正的**金字塔騙局。」這既是無意義的思考終止格言，也是「我們與他們」制約作用的警示霓虹燈在閃爍的徵兆。但是，雖然多層次傳銷對美國企業界多所抨擊，美國企業界則認為多層次傳銷是椿詐騙笑話，不過，兩者最終都源自相同的新教資本主義歷史。各種有害的正面空話——只要你勤奮工作、保持信心，就可以從階梯底層爬到最頂層——顯示我們的社會是真正的英才制，也深深影響著我們「一般」職場的語言。

許多現代公司在經營公司形象時會積極博取異教的追隨者，像是喬氏超市（Trader Joe's）、星巴克（Starbucks）和宜家家居（Ikea），這些品牌成功在雇員和顧客之間建立起極度的團結和忠誠。為了知道更多的異教式企業語言，我請教了荷蘭商業學者暨管理顧問曼弗雷德．凱茨．德弗里斯（Manfred F. R. Kets de Vries），他從一九七〇年代開始研究職場領導風格。凱茨．德弗里斯證實，要斷定一家公司是否為了安逸而變得過於異教式，語言是一項重要的線索。他說，當出現太多激勵的話、口號、單調的歌曲、密碼文字，以及過多無意義的企業術語時，就應當要加以警戒。

我們大多數人都曾經遇過一些空洞的職場胡扯用語。網路上很容易就可以找到企業胡扯（BS）

產生器（而且很好玩），會出現如「迅速策劃以市場為導向的可交付成果」和「逐步雲端化世界級的人力資本」等措詞。在我曾任職過的流行雜誌，員工總是拋出一些荒誕的隱喻，像是「共同作用」（相互同意的狀態）、「移動指針」（創造看得見的進步）和「心靈分享」（某件跟品牌受歡迎程度有關的事，我到現在還是不確定那是什麼意思）。我以前的老闆特別喜歡有人在完全沒必要的情況下，把名詞轉成及物動詞，或者相反過來，例如把「白板」（whiteboard）變成「寫白板」（whiteboarding），把「夕陽」（sunset）變成「夕陽落下」（sunsetting），或是把動詞的「詢問」變成名詞的「詢問」。即使大家顯然不知道他們在說什麼或是為什麼這樣說，他們依然樂此不疲。當然，我總是對這種盲從態度感到不自在，並喜歡在閒暇時候滑稽地模仿他們。

科技記者安娜．維納（Anna Wiener）在她的回憶錄《恐怖矽谷》（*Uncanny Valley*）裡，把各種形式的企業行話稱為「垃圾語言」（garbage language）。垃圾語言在矽谷是由來已久，雖然其主題隨著時間已改變。一九八〇年代充斥在股票交易的「買進」、「槓桿」、「波動性」，九〇年代引進了電腦意象的「頻寬」、「發個訊息給我」、「我們下線聊」。隨著二十一世紀新創文化的出現，以及工作與生活的分野瓦解（Google的塑膠球池和辦公室裡的按摩治療），同時結合了往「透明度」（transparency）和「包容性」（inclusion）前進的趨勢，我們得到了政治正確、自我賦權的神祕語言：「整體的」

（holistic）、「實現」（actualize）、「校準」（alignment）。

行話本身並不會造成傷害。一如既往，遣詞用字需要脈絡。而且在充滿競爭的新創環境中，有權力的人在使用行話時，就能輕易地利用職員對成就的渴望（以及基本的就業需求）。過多的「垃圾語言」可能表示，管理高層正在壓制個體性，以及讓員工在心態上認為所見的現實都由公司規則管控，而這些規則通常沒有太多的同理心或公平性。（不斷有研究顯示，差不多每五個執行長就有一個有精神病態傾向。）「每一家公司都有特殊術語，有時候有其道理，但有時候則是毫無意義。」凱茨·德弗里斯說，「身為顧問，有時候我會進到一個大家都在使用代碼名字和縮寫的組織，但那些人實際上並不知道自己在說什麼，只是在模仿管理階層說話而已。」

舉例來說，在亞馬遜（Amazon），傑夫·貝佐斯的理想明顯與多層次傳銷的領導人類似：鄙視官僚政治、執著於階級制度；激勵人要往上爬，無論要出賣誰；一邊講著遠大的激勵說詞，一邊談著失敗的比喻。貝佐斯創造了個人版本的十誡（Ten Commandments），稱為「領導原則」（Leadership Principles），作為亞馬遜人思考、行為和講話的規範。這些原則共有十四點，全部是模糊的陳腔濫調，像是「目光遠大」、「追根究柢」、「有骨氣」，以及「做出成果」。員工把這些原則像真言一樣背誦起來。二〇一五年《紐約時報》一篇爆炸性報導揭露，這些規則是公司「日常語言的一部分……雇人時會使用、會議時會引用，午餐時在快餐車排隊也會引述。有些亞馬遜人還說，他們也教自己的小孩這些原則。」

亞馬遜員工被雇用後，就被指定要熟記領導原則全部五百一十一個字。幾天後，要接受測驗，能夠把原則完全背誦出來的人，會得到一個象徵性的獎賞：得到允許得以宣告「我是獨特的」，那是亞馬遜給那些挑戰極限值得讚美的人的標語。從那時起，員工被期待在會議裡要抨擊彼此的想法（類似錫納農遊戲的邪惡對抗），「即使這麼做是令人不舒服或筋疲力竭的」（根據領導原則第十三點）。如果下屬給的意見或對問題的回應不為經理所喜，要有心理準備會被說愚蠢，或者話講到一半被打斷，要你停止。根據前亞馬遜員工指出，辦公室裡經常重複的座右銘包括：「碰壁的時候，要攀越它」和「工作第一，生活第二，最後才是尋求平衡。」貝佐斯在一九九九年寫給股東的信說：「我不斷地提醒我們的員工要擔心、每天早晨醒來時要恐懼。」

雖然把員工嚇到順服，可能有助於公司在短期內更快達到目標，但是凱茨・德弗里斯說，嚴格會扼殺創新，長期而言，對企業和員工都不是好事（而且都沒提到道德和同理心）。凱茨・德弗里斯在管理諮商期間，建議資深高階主管問問自己：公司是否以促進個體性和不從眾行為，來驅動突破性進展？是否鼓勵員工擁有自己的生活和語言？或者每一個人都用一樣的聲調和一樣的用語說話，聽起來和主管可疑地相似？「身處高階管理的位置，如果你不夠注意，就會陷在回聲室裡。」凱茨·德弗里斯解釋說，「人們會只說你想聽的話，所以你開始放縱你的瘋狂，然後這種瘋狂很快就會成為制度的一部分。」

我訪問過一家標榜「永續時尚」（sustainable fashion）的新創公司前員工，起初是為了她和塔琳·圖米課程（The Class by Taryn Toomey，一間「異教健身」工作室，我們在第五部會稍加討論）有關。她告訴我，她一開始和這個健身「異教」有所牽扯，是因為她終於辭掉了地獄般的工作。她曾在一家時尚公司工作三年，有一位體型驚人、心理殘酷的老闆，讓她無法睡覺，也無法賺到足以維生的工資或維持外在關係。最後，這個人物造成她自己描述的崩潰狀態，於是她離職，並做了一些靈魂探索（soul-searching），就是在這個時候，她發現了圖米課程，這個課程最後對她而言是一個完全正面的經驗。「這個健身團體和占據我全部生活的舊工作完全不一樣。」她告訴我，「之前的老闆期待我們把公司當成我們的宗教，有一陣子真的有點毀了我的生活。」

好幾百萬美國人都曾經為異教般的公司工作過，有些人甚至在像亞馬遜一樣專橫的公司氣氛下生存下來。在美國資本主義不切實際的階梯上，只要往上爬幾個階梯，就能到達那些大企業，他們付給你的不是金錢，而是謊言……再往上，就是高舉著美國旗幟的多層次傳銷。

第六章

逮到我，如果你行。

前面提過多層次傳銷公司只是尚未被逮到的金字塔騙局，所以要如何逮到它呢？

讓我們回顧聯邦貿易委員會如何關掉第一家多層次傳銷公司的故事來找答案。一九七〇年代初期，一家有著莫名其妙名稱的劣等化妝品公司「假期魔法」（Holiday Magic，但他們和年度節慶一點關係都沒有），開始遇到蜂擁而至的法律訴訟糾紛。威廉・佩恩・派屈克（William Penn Patrick）大約在十年前創立這家公司，他是我見過最油嘴滑舌又廢話連篇的直銷人員。這個古板的男人出身北加州，三十多歲時夢想成為共和黨參議員，曾被《洛杉磯時報》（*Los Angeles Times*）稱為該州「最奇怪的政治人物」。

和其他大多數多層次傳銷創辦人一樣，派屈克的成功神學和新思想很受歡迎，並因可以把激勵性的格言轉化成威嚇而出名：「告訴（會員們）有了假期魔法計畫，會變得更幸福、更健康、更富有，而且可以得到人生想要的任何東西。」他在同一句話又寫道，「在假期魔法失敗的人一定是下面這類的人：懶惰、愚蠢、貪婪或是死亡。」派屈克也以舉辦史上最詭異的多層次傳銷大會而出名。該大會被稱為「領導動力」（Leadership Dynamics），在灣區（Bay Area）一家蹩腳的汽車旅館舉行，要參加得花一千美元。派屈克連續兩天讓會員參加一系列怪異的權力遊戲：要他們爬到棺材裡面，還有把他們綁在巨大的木製十字架上，懸掛在上面整個下午。和吉姆・瓊斯、查克・戴德里奇，以及（程度比較輕的）傑夫・貝佐斯一樣，派屈克也強迫會員參加「團體治療」會議，在會議上連續用言詞相互折磨幾小時。

不管從什麼角度看，派屈克的行為都是精神失常的，但是當聯邦貿易委員會把他告上法院時，委員會所提出的最有力論點，就是他們對談話內容的看法，而這個論點在最後讓聯邦貿易委員會成功關閉假期魔法公司。最後，法庭裁定，派屈克的欺騙性誇張語句、既定觀念流行語，還有偽裝成鼓舞人心的情感操控，就是派屈克確為金字塔詐騙者的原因。這個裁定是有道理的，因為不管在生活什麼角落，包含工作或其他方面，當你內心深處感覺某件事是不道德的，但無法準確說出為什麼時，語言就是尋找證據的好地方。這就是聯邦貿易委員會打垮假期魔法的方法，而且接下來幾年，聯邦貿易委員會再度起訴一長串多層次傳銷公司時，包括他們追捕過的最大一家，安麗，聯邦貿易委員會的律師也引用同類型的古怪詐欺訊息。

一九七九年，聯邦貿易委員會終於控告溫安格和理查・狄維士從事金字塔詐騙活動，並引發了一宗冗長的大規模案件。但是，如同所見，安麗從來沒有關閉過。（再者，這是一家創辦人和政府高層打高爾夫的公司，政府不可能讓他們關閉。）法官只裁罰安麗公司十萬美元（對重量級企業來說微不足道），然後讓他們愉快地離開了。

最後，自聯邦貿易委員會控告安麗的案件敗訴後，整個直銷產業等於獲得了保護。從一九七九年開始，聯邦貿易委員會只逮到少數多層次傳銷業者，而且不曾抓到任何巨頭。現在，每次有多層次傳銷遭受批評，他們可以說：「不，不，不，你完全誤會我們了。我們不是金字塔騙局，我們不是異教，我們就和安麗一樣，我們是英才制。我們是成為企業家、企業老闆、#老闆寶貝的機會。我們不是詐騙，我們是美國夢。」

就法院而言，這些觀點就足以相信，這些多層次傳銷和異教式團體完全沒有關係。

嘿，女孩，我很討厭自己必須這麼做，但我剛從上面得到消息，很可惜我們必須要讓你離開。你一開始加入我的團隊的時候，我對你的潛力感到相當興奮，但儘管我們投入這些時間和精力來栽培你，這似乎真的不是你想要的，有些人並不適合這個機會。相信我，身為你的上線，這對我比對你還要困難，我必須要把你從臉書群組裡移除，並撤銷你的帳戶。我想你畢竟不是個老闆寶貝。x

第5部

這一小時將改變你的人生……而且會讓你看起來棒呆了

第一章

「健康」異教

我像玩具乒乓一樣精力旺盛地在原地急速踏步。我覺得自己很愚蠢，一度想半途而廢，但我告訴自己，要不就全力以赴，不然就一切歸零。我用盡肌肉力量轉動前方的前臂和拳頭，閉上眼睛重複著「我的力量無比強大」這句話。

在我兩旁的父母稍為錯開，才有足夠的空間和我一起做著同樣的動作，並且一起宣告，「我的力量無比強大。」我們熱情的帶領者派翠西亞・莫蘭諾（Patricia Moreno）以同等的溫柔和熱切大喊著，「實現，覺醒！」她把這個動作稱為**意志力**。

幾個八拍以後，我們對著前方的空中揮拳，隨著每個鉤拳扭轉我們的軀幹，這個動作稱為**強壯**。「這是提醒你，停止去說你做不到的事，並回想起你的力量。」莫蘭諾說，「**你**決定，**今天**你夠強壯，去達成任何想做的改變。說：『我比看起來更強壯。』」我們依然在揮拳和扭轉，重複著「我比看起來更強壯。」、「漂亮！感覺像個鬥士！」莫蘭諾對我們低聲說著。

再兩個動作就完成四個步驟的固定流程：下一個是**勇敢**。單腳往上跳，另一隻腳向後踢，雙手彎曲緊握成球狀，並且一次一隻手向空中高舉。莫蘭諾激勵道，「每當你有壓力的時候，就做這個動作，可以幫你打敗憂慮、懷疑和恐懼！」「然後改變你的表達方式，並且說：『我比我認為的更勇敢！』」我父母和我重複這句話，我們的身體往空中爆發，「我比我認為的更勇敢！」

最後一個動作：**豐盛**。我們用手掌碰觸心臟，熱情地將雙手越過頭張開成大大的V字形，再觸碰我們的心臟，然後對應前面的姿勢把雙臂往下延伸到臀部旁。同時，我們重複著，「我很幸運擁有所需的一切」、「感恩的態度將會**改變，你的，人生！**」莫蘭諾吼叫，「你必須去思考、談論、專注在你已經擁有的恩典。」現在我們突然改成開合跳，手臂在頭上打開，然後往下彎身碰觸腳趾，大喊，「我很幸運擁有所需的一切！」

「讓我們全部做一次！」莫蘭諾提出要求，所以我們連續重複四個動作：**意志力**、**強壯**、**勇敢**、**豐盛**。

然後，我的眼淚不知所以地掉了下來，做完莫蘭諾的動作宣告不到五分鐘，我的聲音開始顫抖。我媽媽轉過身來，不自在地笑著，「亞曼達，你是在……哭嗎？」聽得出她試著不要帶批判性，我父母已經兩年沒看過我哭了。「每個人都說，會發生這樣的事！」我被這個流動性的反射出賣，尖聲自我辯護，還同時大笑和哽咽。

接著，咒語被打破了。「好了，夠了。」我爸爸埋怨道，像是注意到這套固定步驟是件滑稽的服裝一樣地抖落它。「我要到車庫去繼續我的生命循環（Lifecycle），我要**自己**做運動！」「我們知道，克雷格，把回收垃圾一起拿過去。」我母親回擊，仍然在原地踏步，轉動她的雙手。

我們蒙泰爾（Montell）一家正在狂歡喧鬧：專長科學的教授父母和我，這個史上最冷嘲熱諷的三人組，正在上 intenSati 的免費線上課程，大喊著「我很幸運擁有所需的一切」，還同時做開合跳。五十五歲的派翠西亞．莫蘭諾在二〇〇〇年代早期創立這個被媒體稱為異教最愛的健身。她曾經是有氧運動冠軍，現在則是實體課程教練，閃亮的黑色馬尾和容光煥發的露齒微笑，正在我父母的日光室裡的 iPad 上播放著。莫蘭諾被柯夢波丹網站（Cosmopolitan.com）封為「超級健美的墨西哥歐普拉（Oprah）」結合「體育版的珍妮佛．羅培茲（J.Lo）」，她讓運動和開悟似乎毫不費力地組合在一起。高能量技巧搭配舞蹈、跆拳道和瑜珈的元素，以及口頭的宣告，因此每個動作都有一段口號。在 intenSati 的語言裡，這些動作與宣告的配套稱為「咒語」（incantations），是莫蘭諾於千禧年之初在托尼．羅賓斯的大會上學到的概念。intenSati（「intensity」〔強烈〕諧音）是「intention」（意向）和巴利語的「正念」（mindfulness）「sati」的混成詞，這絕對可以被歸類為「嗚嗚」一類。

我老爸和老媽七年前從巴爾的摩搬到聖塔芭芭拉（Santa Barbara）後，開始騎腳踏車和游泳，因此分別五十八歲和六十四歲的他們，身材都很棒，比我要好太多。他們喜歡提醒我，他們並不是「團體運動類型的人」，不過我週末到訪的時候，還是說服他們為了我在研究異教的這本書，嘗試了一個健身課程。「居家健身是什麼我全知道，」我媽媽堆滿笑容，一邊把頭髮收攏成乾淨的髮髻，「你知道的，我報名了派樂騰。」

推薦intenSati給我的是娜塔莉亞．佩特澤拉（Natalia Petrzela），她在二〇〇五年開始追隨莫蘭諾（身體與意識形態上都是），已經從學生變成講師。我會聽娜塔莉亞的推薦是因為，比起我平常在洛杉磯見到的「異教健身」刻板印象——報名Equinox健身房的健康聖戰士，一週上三次靈魂飛輪，另外四天做核心力量瑜珈（CorePower Yoga），每天穿露露樂檬緊身褲，而且從第十二季《鑽石求千金》（*The Bachelor*）開始，就不曾攝取任何碳水化合物——娜塔莉亞的建議看起來比較實際。娜塔莉亞是紐約市新學院（New School）的健身歷史學家，擁有史丹佛博士學位，可以算是「非運動」和「疏於運動」類型的人。她保證，假如我這個覺得運動令人生畏、掃興的女性主義者，會愛上任何異教健身的話，她很確定就是intenSati。「我對異教般的健身這玩意兒，就和你一樣存疑。」娜塔莉亞發誓，「我記得一開始聽到intenSati的描述是，『利用聲音和視覺化，來轉換你的身體和外表』，我心想：『才怪，這真是胡說八道。』」

「好吧，好吧，」我回答，「我會試看看。」

傳遞神祕的自我成長訊息和劇烈運動課程的結合，在現在似乎沒有那麼引人注目，但當娜塔莉亞在二〇〇〇年中期發現 intenSati 時，這兩個概念才剛為大家所熟悉。莫蘭諾在二〇〇二年創立這個運動時，並不知道這是個剛剛好的推出時機：因為在二十一世紀初，精品健身（boutique fitness）才剛爆發成為一個重要產業。在一九八〇年代和九〇年代，大部分的美國人是在大型場館的健身房運動，或是像基督教青年會（YMCA）這樣的社區中心，而主打魅力教練、強勢品牌，還附帶無與倫比好處的較昂貴小型健身課程，還不是常態。

一直到一九五〇年代，醫學界甚至尚未普遍建議女性做運動（更不用說一週好幾次瘋狂流汗的同時，還公開大喊自我賦權的句子）。一九二〇年代和三〇年代，美國有家成功的連鎖健身沙龍稱為 Slenderella，其哲學完全建立在讓女性優雅瘦身，不必流汗，而且完全是為了表面的目的。他們提供韻律課程（輕量的伸展和跳舞），保證調整女性顧客「所有正確的地方」，卻不需要真的耗費力氣受「辛苦和折磨」，因為那種運動被輕蔑地認為不女性化，會造成巨大的「男性」肌肉和生育危機。美國婦女反而發展出對「減重」的執著（而且從那時候開始，減重開始成為一種令人沮喪的「異教」。

一直到一九六〇年代，一般美國人才完全接受運動出汗對每個人都有好處。一九六八年，健身暢銷書《有氧運動》（*Aerobics*）讓大眾相信，運動對男人和女人都有益處。在接下來的一、二十年，女人熱情擁抱運動，而且很快就明白日後認知人類學研究所揭露的事：團體運動比較有趣。（聚在一起運動時，會釋放更多腦內啡。）

隨著一九七〇年代和八〇年代婦女解放運動的盛行，以及美國教育修正案第九條（Title IX）[57]通過和運動胸罩的發明，婦女已準備就緒要群起健身。此時正值爵士健美操（Jazzercise）突然大受歡迎的時候（一九八四年成為美國成長最快速的加盟連鎖之一，僅次於達美樂披薩〔Domino's Pizza〕），由專業舞者茱蒂・薛帕・米榭（Judi Sheppard Missett）發明的爵士健美操，激起了數百萬名婦女對社區運動的興趣。知名教練如珍・芳達（Jane Fonda）和拉蔻兒・薇芝（Raquel Welch），風格活潑的她們戴著招牌的鮮亮彈性髮帶，成為第一代的「健身影響者」。

八〇年代晚期和九〇年代，24 Hour Fitness 和 Crunch 這類大型健身房和健康俱樂部主導了健身市場一段時間。大約在相同的時間，瑜珈打入了一般美國人之間。當然，瑜珈已經存在超過一千年。在印度的文本裡，瑜珈實踐的出處可以回溯到兩千五百年前，但在大部分瑜珈歷史裡，唯一的修持者是宗教的苦行者。對於這些東方瑜珈士來說，重點不是做雜技般的拜日式或啟動恆溫器[58]，瑜珈比較像是冥想，而且完全專注在靜定。（一直到今天，印度有一些僧人還繼續進行長時間靜定的功夫，可以連續幾天一動也不動。）西方所有對瑜珈理論的一般假設，差不多都是從一八〇〇年代以後開始。那時候，由於攝影的發展，瑜珈照片流傳到了海外，歐洲人對這些影像感到震驚，並把印度姿勢和他們現有的健身與體操概念結合在一起。瑜珈歷史學者指出，現代美國人主要認識的瑜珈，部分是源於這種混搭的結果。

到了二十世紀末，瑜珈種下了種子，讓健身工作室不只是改變身體的地方，也可以是情緒健康的私人殿堂，甚至是精神的開悟。不過，為了創造神祕感所需要的儀式，例如源自宗教的宣告、咒語和唱誦，還沒有和激烈的運動重疊在一起。就如同結合甜甜圈和可頌一樣，把身體和形而上混合在一起的想法仍然遙不可及。也就是說，那種概念就快出現了，而且將掀起一股風潮，只不過此時

57 譯注：尼克森總統在一九七二年簽署，其條文規定：「沒有人會因性別因素，在接受美國聯邦政府補助的教育課程或活動中被排除參與、否定權益、或遭受歧視。」

58 譯注：指在高溫環境中進行的熱瑜珈。

食譜還沒完全搞定。

然後……它在二十一世紀發生了。千禧年午夜鐘聲敲響過後沒多久，美國健身史的每一個片段似乎全部融合在一起並引爆開來，並開啟了我們所知道的「異教健身」風潮。二〇〇〇年有Bar Method，這間工作室催化了美國對芭蕾啟發的健身風尚的依戀。同一年，我們還有混合健身，它所迎合的人群和芭蕾雕塑（barre）[59]非常不同，不過「場館」都走精品與反健身房的氛圍。（混合健身在二〇二〇年的巔峰時期，擁有超過一萬間場館，每年創造四十億美元營收。不過那是在格雷·格拉斯曼爆料自己是無恥的種族主義者，導致很多場所退出品牌加盟之前的事了。稍後將有更多探討。）二〇〇一年，北美出現超過五百間純粹芭蕾雕塑（Pure Barre）。接下來的一年，則有成長到兩百多家的核心力量瑜珈。有著夜店式燈光、吵雜音樂和活潑教練的靈魂飛輪，出現在二〇〇六年，只比洛杉磯健身教練崔西·安德森（Tracy Anderson）幫助葛妮絲·派特羅減去嬰兒肥，把好萊塢個人教練推升至名人地位早了幾個月。

接下來大約超過十五年的時間，精品健身工作室呈倍數成長，並且彼此衍生（spun off），成為美國社會不可缺少的一部分。根據國際健康、球拍運動及運動俱樂部協會（International Health,

Racquet & Sportsclub Association）估計，二〇一八年美國健康和健身產業的市值超過三百二十億美元。很快的，任何一種興趣都出現健身課程，不論你喜歡腳踏車、循環訓練、跑步、瑜珈、跳舞、鋼管舞、拳擊、柔術、在陸上的機械式衝浪板上做皮拉提斯（Pilates）[60]，或真的任何運動，都可以找到專門的健身社群。除了靈魂飛輪、混合健身以及數不清的芭蕾雕塑、皮拉提斯和瑜珈工作坊，我們還有貝瑞體能訓練營（Barry's Bootcamp，花樣活潑的高強度間歇訓練，又稱 HIIT）、橘子理論（Orangetheory，和貝瑞一樣，但比較有競爭性）、十一月計畫（November Project，早上六點在戶外舉行的免費體能訓練營）、塔琳．圖米課程（像是體能訓練營結合瑜珈……和尖叫）、模特兒健身（modelFIT，所有模特兒都會做的那些）、皮拉健身（Platefit，和模特兒健身一樣，不過是在會顫動的大型儀器上）、intenSati（你已經很熟悉了）、上升民族（Rise Nation，靈魂飛輪版的攀登運動）、LIT Method（靈魂飛輪版的划船運動）、LEKFIT（靈魂飛輪版的跳跳床）、派樂騰（像是透過視訊會議平臺 Zoom 做靈魂飛輪），此外還有好幾十打以上。

---

59 譯注：指結合芭蕾、瑜珈和皮拉提斯的運動。

60 注解：真的出現在洛杉磯一間名為「沙盒健身」（Sandbox Fitness）工作室的運動，在一個鋪滿真的沙子的房間裡，顧客站上固定的衝浪板，在天花板垂吊下來的彈力帶的輔助下，執行各種近乎不可能的伸展運動。我二〇一七年為了一篇雜誌文章訪問一個模特兒般的動作電影明星時知道這種不尋常的折磨，「你的肌肉線條會很分明，」她滔滔不絕地談到她的學生大增，「我每天早上都做，你**一定要**試試看。」

和過去YMCA及爵士健美操的課程不一樣，這些私密的工作室把自己定位為神聖的空間，如同一場**運動**（movements），提供了有說服力的意識形態、深入的個人體驗。在這些神聖的、布滿激勵人心語句的場館裡，不只會讓你的深蹲變完美，降低休息時的心跳率，也會找到個人的導師、遇見最好的朋友、忘記你的前任、喚起要求加薪的信心、靈魂伴侶顯現、戒酒、撐過化學治療，並向自己證明一次，你的力量無比強大，並很幸運擁有所需的一切。

「靈魂飛輪談論的是，人們是如何『為了身體因素而來，不過卻為了突破而留下來』。」哈佛神學院（Harvard Divinity School）研究員暨《個人儀式的力量》（*The Power of Ritual*）作者卡士柏・特奎勒（Casper ter Kuile）說，「它是很好的運動，不過那只是個開始。」在這些課程裡，健身愛好者找到一種釋放的感覺、洞察到對自己來說什麼才是重要的，以及一個遠離每日存在壓力的聖地。舊金山卡斯楚區（Castro）一名靈魂飛輪死忠者告訴哈佛神學院，「它甚至比教堂更安全、更強大。」他說，在靈魂飛輪，「我感覺自己回家了。」

健身產業在二〇一〇年代突然強力盛行並非意外，因為當時正好是成人對傳統宗教和醫療機構的信任急遽下降的時候。二〇一八年，多重慢性病資源中心（Multiple Chronic Conditions Resource

Center）一項意料之內的調查發現，由於從高額保險費用到制度上的種族與性別歧視，百分之八十一的美國千禧世代並不滿意過去的健康照護經驗。更不用提美國缺少公共的健身計畫（例如，像日本「收音機健康操」的播送，民眾不用花錢每天早上可以自由在家裡或到社區公園一起做），比較年輕的美國人覺得好像沒有選擇，只能自己掌握自己的健康。

對主流醫療卻步的現象，加上年輕人對傳統信仰的理想破滅，導致異教健身蓬勃發展，就填補了肉體上與心靈上的空缺。特奎勒在二〇一五年一項名為〈我們如何聚集在一起〉（How We Gather）的研究，探索千禧世代跳脫傳統宗教社群尋找社群和超凡經驗的方法，發現健身工作室課程是十個最深刻和最影響性格（formative）空間中的一個，至少對特定族群而言……因為一旦人們開始如此強烈地渴望健身，也會開始渴求更多的獨特性。

我高中時付了九十九美元年費加入星球健身（Planet Fitness）會員（當然，我幾乎沒有使用過），但是十年以後，光是一堂運動課程可能就得花上這個的一半價錢。（而且還沒算上隱含的設計師制服要求，例如一百美元的露露樂檬，還有我在Net-A-Porter[61] 發現過一個真實產品，灌注了玫瑰石英的

61 譯注：英國奢侈品電商。

玻璃水瓶，要價八十美元。）一臺家用派樂騰飛輪要價兩千美元，應用軟體還要額外月費。當然，美國各地也有比較不那麼精英的健身運動，例如一些街頭社群，就有別於馬里布著迷Goop[62]的刻板印象：一篇二〇一四年有關洛杉磯艾爾蒙地（El Monte）〈尊巴女孩〉（Zumba Ladies）的民族誌，記錄了一個關係緊密、集結所有年齡層和體態的拉丁婦女社群。她們的四美元運動課程是墨西哥舞結合《閃舞》（*Flashdance*）風格，加上庸俗的霓虹彈性纖維服飾，簡直可以說是神聖的女性聖殿。但那些不是上得了《柯夢波丹》（*Cosmopolitan*）頭條的時髦運動場域。

「異教健身」主要迎合的愛好者，是居住在都市又有閒錢的千禧世代，和摒棄傳統宗教的偶然事件完全重疊。針對這個族群，「健康」新創公司和網紅做起了精神和社群領袖的工作。把這樣的信任交託在一些只在乎自己品牌的人手中，一定是很冒險的，但對於感到求助無門的顧客來說，這種風險是值得的。

從二〇一〇年代開始，普遍來說，美國成長最快速的公司不只要提供令人滿意的產品和服務，還要能回答關於個人轉變、歸屬及其他人生重要的問題，像是：在這個逐漸疏離的世界，我是誰？我要如何和身邊的人產生連結？我要如何找到最真實的自我，並且採取行動成為那個人？在如此多元的美國文化裡，人們轉向健身工作室尋求答案。特奎勒說：「創造意義是一個正在成長的產業。」健身品牌像教堂一樣，成為社會認同及生活的規範，健身「運動」（movement）包含習慣和儀式、社會期待，以及缺席課程的後果。人們跟最親密的朋友和配偶在工作室見面，真正死忠的人辭掉工作自己當起教練。「我不想騎飛輪，我從來不想騎。美好的一天就是個不要去騎飛輪的好藉口。但現在我一週騎個五、六次，因為我建立了一個這麼有支持性的社群。」一個虔誠的派樂騰用戶在二〇一九年《紐約》雜誌一篇訪問中滔滔不絕地說，「它的意義遠勝於飛輪。」

運動工作室在某種程度上變成感覺神聖的地方，畢竟，運動工作室已經成為讓年輕人和對宗教有矛盾情緒者，放下電子裝置、找到活生生的社群與連結的少數實體空間。「我們生活在黑暗的時代。」洛杉磯一家「完全包容」的人人健身房（Everybody）老闆山姆・雷平斯基（Sam Rypinski）評論道，「我們非常隔離，而且分離……我們被科技切割，我們和身體（或）彼此沒有連結。所以如果有個空間在任何層面上促進那種連結，人們會趨之若鶩。」

除了大腦「創造意義」的想法以及生存的寂寞，加上社群媒體健身網紅（以及他們提倡的所謂

62 譯注：好萊塢女星葛妮絲・派特羅創辦的健康與生活風格品牌。

理想身體標準）興起，再加上健身科技的創新（高性能運動服飾、健身記錄器、串流直播課程），難怪運動事業會以神聖的方式蓬勃發展起來。

二○一○年代中期的某個時間點，「異教健身」這個字眼開始出現在我們的詞彙裡，並作為一個簡潔標籤，用來描述健身產業被強化的社會功能。卡士柏．特奎勒在哈佛神學院的研究參與者誠懇地告訴他，「靈魂飛輪就像是我的異教。」而且他們指的是好的方面。面對被比喻為異教，各品牌一開始並不知道要怎麼處理。我在二○一五年訪問靈魂飛輪「品牌策略暨公關」資深副董事長關於公司地位如同異教健身的問題，她謹慎地告訴我，「我們不會使用這個字，我們會說『社群』。」很顯然，她不想有任何空間，讓人把她的員工和山達基的人混淆在一起。

但這些年來，健身工作室在會員生活中所扮演的角色確實是朝教堂靠近。靈魂飛輪的網站明白寫著：「靈魂飛輪不只是健身，它是一座聖殿。」公然地哭泣、讚美失去的摯愛、懺悔做錯的事，以及見證這個團體如何改變一個人的生命，都是常見的慣常行為，甚至寫在工作室牆壁上。「我的下個呼吸要擁有驅邪的力量」是靈魂飛輪教練在課堂上反覆灌輸的超自然標語之一。

幾年前，我和日漸嶄露頭角的划船品牌 LIT Method 創辦人泰勒和賈斯汀．諾里斯（Taylor and

Justin Norris）談過。這對精力旺盛的夫妻檔在二〇一四年為西好萊塢的工作室剪綵，目標是複製靈魂飛輪的成功。（他們還在努力中。）當我問到，他們對自身事業和「異教」這個詞被連結起來有什麼感覺時，他們齊聲說，「我們喜歡這個字。」「因為我們的標誌是閃電，人們在Instagram上稱我們為閃電異教（Bolt Cult）。」泰勒堆滿笑容，閃現出上鏡的露齒微笑，「我知道『異教』有負面的意涵，但我們用非常正面的方式看待這個詞。」

第二章

運動的咒語

健身異教的積極崇拜語言，例如唱誦和大聲喊叫，嗚嗚鬼話和熱情高漲的獨白，激發了我系統一的衝動，促使我開始調查。**異教就像色情：你一聽見，就會明白了。**靈魂飛輪誇張而振奮人心的格言（「你可以攀越這座高山！」、「由你做主！」、「改變你的身體，改變你的心靈！改變你的人生！」），就像鼓吹自我成長的吹牛專家唬爛的鬼扯。塔琳・圖米課程以鼓勵學生在做波比跳（burpee）[63]和蝦型伏地挺身（pike push-up）時扯破喉嚨嘶吼而聞名，像是從電影《仲夏魘》跑出來的東西，而教練會輕柔低聲說著新時代式的鼓勵：「注意你現在的感受」、「釋放停滯的東西，點燃新的火花」。intenSati將充滿活力且押韻的宣告和抽象的瑜珈詞彙混合在一起，聽起來像是神祕主義者在唸咒語。

對於那些很難擱置懷疑、尷尬點很低的民眾（例如我們蒙泰爾一家）來說，狂熱的吟唱和歡呼所觸發的，是宗教的極端主義和金字塔騙局大會一般的戲劇性場面。對於局外人來說，光是知道朋友和家人有可能遵從這樣的行為，就可能會感到不安。

整體來說，為了對生意有益，「異教健身語言」往往是儀式性的、微妙的。賦予了意義的真言

63 譯注：結合深蹲、伏地挺身及跳躍動作的一套動作。

和獨白被設計出來，以創造煽動人心的經驗，讓人無法抗拒地回來，並再把這種語言散布出去。當然，運動品牌也經常利用同儕壓力來創造回頭客，例如團報和健身記錄器。當我父母拿到蘋果手錶時，我瞧見他們一整個夏天每天堅定地比賽最高步數。但是研究顯示，光靠競爭並不足以讓民眾投入，受數字驅使去運動的人通常十二個月以內就會放棄。只有在這個局裡加進歸屬、自我價值和賦權等元素，會員才會受到感動，然後每年去更新健身會員資格。語言是讓人同時對社群與動機「上癮」的黏著劑。

考慮到以上這一點，不要過度誇張也很重要；整體而言，嗚嗚健身真言和馬歇爾．艾波懷特和理查．狄維士那些領導者所使用的欺騙、扭曲真實的教條大不相同。我可以很有把握地說，我遇過的大部分「異教健身」修辭並不是用來掩飾邪惡的動機，重要的是，似乎有道界線將它和會員的其他生活分隔開來。大體上來說，這種修辭遵守了儀式的時間規則，在「異教健身」課程結束後，你被允許打卡下課，並再度恢復自己的說話方式。而大部分人都可以恢復原本的說話方式，因為當參加者沉浸在「異教健身」語言的時候，通常眼睛是張開的。和安麗或天堂之門的追隨者不同，大部分的人知道，他們參與的是一個夢想，並不真的是「企業家」或「坐在飛行器上」（或者說是「冠軍」和「戰士」）。不論教練用的是古老僧侶、勵志演說家、奧運教練、軍隊，或什麼都參雜在一起的語言，都是製造假象的工具。言詞和聲調讓運動的人置身在超然的心理狀態，但只有一個課程的時間長度。如果太超過，追隨者隨時都可以退出，而且不用付出會毀掉人生的退出費用。回到特殊性癖的類比，健身工作室獲得了追隨者的同意。至少他們理當取得追隨者的同意。

然而，如同我們所知，每當充滿魅力的領導者有索取金錢的意圖，事情就有機會出錯。異教健身語言令人感到這麼超脫世俗有個原因，那就是他們刻意讓這些課程之於追隨者，不只對健康來說很重要，也對整體生活很重要。大致的方法就是提供追隨者刺激的體驗，並讓他們在心理上對教練產生依附，就好像這個健身課程、這位大師，擁有幸福的最終答案。當語言模糊了區隔健身老師、名人、治療師、精神領袖、性象徵和朋友的界線時，就會開始弄亂儀式的時間。當這件事真的發生時，教練可支配的力量就可以進入剝削領域。當然，沒有健身公司會說：「我告訴你，我們的品牌可能變得影響力**過大**，我們可能要讓唱誦冷靜下來。」畢竟，他們是積極想要得到「異教追隨」，這就是整件事的重點，這些品牌很清楚語言是達成目的的關鍵，他們也不會退縮。

靈魂飛輪的牆上印著像是工作室版本的十誡，用真言將騎手圍繞在成為一體的「我們」裡面。兩呎高的印刷文字寫著：「我們渴望激勵」、「我們吸入企圖，呼出期待……這個節奏推動我們的強度超乎我們所想，每次都對我們的力量感到驚訝。上癮、著迷、異常地依戀我們的飛輪。」客觀上，你所做的一切，只是在一個吵雜又很香的大型房間裡，騎乘一輛固定的自行車。但是當環繞在你周遭的敘述——直接寫在牆壁上——利用了你不知道自己也擁有的力量，伴隨著其他和你一樣「上癮、沉迷」的人，你會覺得，自己好像成為更大事物的一部分。再加上混入一陣激勵情緒的腦內啡，你會發現自己陷入不尋常的狂喜狀態，讓你想要像傳教士一樣，向所有的朋友和同事傳播。

我一個大學朋友荃妮（Chani）為自己對靈魂飛輪的著迷辯解說，「我是一個受過教育、多疑的人，但是那四十五分鐘內，在一個黑暗的房間裡放開一切的感覺，是這麼的棒。在那裡，因為有人說你是值得的而哭泣時，並不會被看見。」荃妮並不認同那是「宗教性的」；事實上，當我這麼問的時候，她也嘲弄這樣的影射。「靈魂飛輪只是一個地方，讓你可以逃離必須成為頭腦清楚、行為自律、想要成功的女性。」她形容說，「你可以只是把自己交付給一個異教般的女士，讓她告訴你要怎麼做。在那裡，就像回到子宮。你變得像『我是個害怕的嬰兒』，出來以後，你會覺得『對，我買了一百二十美元的露露樂檬，馬的。』」

持平來說，就像特殊性癖，過程中的那些低吟與唱誦，對外人來說聽起來似乎很怪異，部分因為投入其中的人總是感覺非常好，而這一點是關於臣服：你放下理性冷靜的防衛，讓自己沉浸在脆弱（vulnerable）、不定形（amorphous）、感受良好的經驗裡，放下沉穩自持的防衛。想當然，這件事對只是盯著看的人來說，看起來是很古怪的。（荃妮笑著說，在靈魂飛輪「沒有人看起來是酷帥的。」）即使這個語言可能出現問題，「異教健身」語言還是不可思議地具有療癒力。

派翠西亞・莫蘭諾一開始創立 intenSati，是為了想把厭惡身體的父權式健身產業語言，轉變為女神般力量的說法。一九九〇年代晚期，大部分的團體健身課程語言都在講要消除吃下食物的罪惡，雕塑你的肚子和大腿等，以迎合「比基尼身形」的標準觀點。莫蘭諾個人經歷了一輩子飲食失調與誤用減肥藥物的痛苦，因此發願要改變這種該死的敘事。她決定要結合自己的運動專業和正面肯定，讓學生達到「精神上及身體上都健康」。

莫蘭諾為訓練動作創造了六十個抽象的新字彙，「出拳」、「深蹲」或「弓箭步」這些動作被稱為「強壯」、「感恩」和「決心」。她每個月會為課程挑選一個主題，想出對應的咒語，並從瑜珈的法則（dharma）得到靈感，也用自己的生命困境故事為每堂課作開場。「所以如果我們那個月要談的是力量，我就會說一個自己必須堅強起來的故事，像是我曾經流產的過去。」她在訪問中向我解釋，「咒語則會是：『我做得到困難的事，我比以前更好，我天生就會開車，我很高興我還活著！』64」她說出一連串像口語詩詞一樣的押韻真言。

莫蘭諾的學生一開始對「咒語」的想法大翻白眼，畢竟冷酷無情的曼哈頓人對談話治療課程並不感興趣，只想被嚴厲鞭策。應該只有大罵腰部贅肉才能達到效果吧？娜塔莉亞曾是那些厭世的紐約練習生之一，參加了幾週以後，她發現，只要能夠挪出時間去參加 intenSati，每堂課她都認真地大喊：「我的身體是我的殿堂，我是我的健康守護者，我是愛的行動，一切都很好。」那時，她已經成了皈依者。

靈魂飛輪也設計出特定的運動語言，搭配使用於騎手朝向夢想飛躍的比喻。每段靈魂飛輪「旅程」都遵循相同的進程，高潮落在令人害怕的說教，伴隨著艱苦漫長「爬坡」旅程。當教練用語言的激勵灌溉騎手時，騎手會調高自行車的阻力，使盡全力攀爬到象徵性的終點線。靈魂飛輪教練所受的訓練就是要等待這些時刻，因為當學生體力耗盡，比較能接收到靈性的核心，展現出最佳實力。

以洛杉磯為據點的靈魂飛輪明星安琪拉．曼紐爾—戴維斯（Angela Manuel-Davis），以「爬坡」時的獨白而聲名大噪，她也是碧昂絲（Beyoncé）和歐普拉專屬的飛輪教練。身為自豪的福音派基督徒，曼紐爾—戴維斯明確地在自行車上運用宗教用語，像是創世紀、天使和奇蹟的說法。「『熱誠』（Enthusiasm）源自希臘字的 *enthous*，意思是『在上帝裡面』。」她宣揚道，雙手用力朝天上舉起，「神聖的靈感，神聖的靈感，我要你們拿出熱情和興奮……原本被呼召、被創造、被期望的你，以及現在你在生命中的位置，現在是縮小之間差距的機會……你們每一個人的創造都是在目的裡、是有目的的、是為了某個目的。」曼紐爾—戴維斯對宗教演講的實現力量有深入瞭解，她告訴聽眾，「生命和死亡掌握在語言的力量，你的話語擁有將某個人的偉大釋放出來的能力……不只是對你生命中的人，對你自己也是。你可以定義自己是誰。」

這些都是死忠福音派的專門用語，但是曼紐爾—戴維斯表明，她並不是要利用這些話語來製造自己人和外人，或是讓別人遵從她的意識形態。「我給人們空間去創造他們所需要的，」她告訴哈佛神學院，「這和個人的信念及靈性有關。」那些感受不到的人並不需要把曼紐爾-戴維斯的信條帶到工作室外，或甚至再回來上課。但是很多人都回來了，曼紐爾—戴維斯的課程以幾分鐘內售罄而出

64 譯注：押韻請參原文 I can do hard things. I am better than before. I am born to drive. I'm glad I'm alive!

名[65]。「我並不是為了運動而去上安琪拉的課，我是去聆聽訊息。」有名騎手聲稱，「安琪拉可以看透你……她在對你的靈魂說話。」

雖然教練偏向不可知論者，精品健身課程的語言儀式仍會模仿宗教儀式。無論是圍繞著上帝或是征服你的目標，儀式總讓人覺得自己是更偉大事物的一部分，如同卡士柏・特奎勒所說，儀式是「連結組織的工具」。儀式同時讓一個人暫時離開自己的小宇宙中心，忘掉焦慮和每天的優先事項，讓追隨者在心理上從一個世俗、自我中心的人，轉移到一個神聖團體的一部分。然後，理論上，讓他們轉回到現實生活中。

就像基督教集會每週在教堂於相同時間點唸主禱文一樣，intenSati 教練和參加者每堂課一開始會一起說莫蘭諾所稱的戰士宣言：「每天，真確如實地，我共同創造我的現實。如其在上，如其在下，這是我所知道的。」像牧師在禮拜前會邀請教區居民互相聊聊一樣，靈魂飛輪的教練會鼓勵學生和隔壁的騎手親切交談。「課程開始前，每個人要轉身說哈囉，交換名字，聊一下天。」二〇一二年起就加入靈魂飛輪的洛杉磯「教練長」（matser instructor）斯帕琦（Sparkie）解釋說：「『你即將在他們身邊流汗，和他們熟悉一下。』這給了人們連結的機會，因為連結是關鍵。」

不論你是在巴爾的摩、阿姆斯特丹或香港，十一月計畫體訓營形式的運動全都以相同的方式開場：上午六點三十分到場，參加者開始進行稱為「跳躍」的集合儀式。圍成一個緊密的圓圈，每個人一起說同樣的臺詞，聲音逐漸加強成如下的斯巴達式：

「早！」

「早！！！」

「你們好嗎？」

「他馬的很好！」

「你們好嗎？！」

「他馬的很好！！！」

65 注解：不過在二〇一六年，有名參加者在曼紐爾・戴維斯的課堂上受傷並提出訴訟。另外令曼紐爾—戴維斯的追隨者大受打擊的是，她二〇一九年從靈魂飛輪辭職，創辦自己的精品健身異教，稱為 AARMY，和她合夥的是另一名前靈魂飛輪偶像阿金・艾克曼（Akin Akman），他那一群忠實的勇猛騎手被稱為「阿金部隊」（Akin's Army）。

然後每個人唱著：「我們出發！！！！」課程結束時，參加者總是會一起拍張團體照，轉向某個不認識的人介紹自己，接著用一句一樣的最後臺詞結束：「祝你有美好的一天。」

理想上，我父母和我會親身參加 intenSati，但是這在二〇二〇年四月卻完全不可能，當時加州因為新冠肺炎實施兩週的隔離，我們被迫在家運動。然而我想，如果我關於語言和力量的論文是正確的，那麼即使是透過螢幕，派翠西亞的咒語應該還是能夠觸動我。當然，我並不是真的覺得會起作用，理論上，這個運動結合了兩件我深深厭惡的事情：有氧運動（噁）和要你尷尬地大聲喊些什麼的團體活動。在我居住的洛杉磯，每天都冒出新的狂熱運動品牌，而我全都不屑一顧。

但是上了一堂 intenSati 和唸了四段咒語後，我卻像個自己一向輕蔑的笨蛋一樣跳上跳下、又哭又笑。做完我們的小運動以後，我媽媽獨自做了幾個拜日式，而我立刻查看派翠西亞．莫蘭諾的實體課程表，心想：**馬的，這就是皈依的感覺嗎？**

第三章

新時代佈道者——教練

健身可以是新的宗教，那麼教練就是新的神職人員。要是沒有派翠西亞・莫蘭諾和安琪拉・曼紐爾—戴維斯，「異教健身」王國就什麼都不是，這些教練所做的比課程引導還要多很多。教練要知道追隨者的名字、Instagram 的名稱和個人生活細節，他們把手機號碼給會員，提供追隨者諮詢，舉凡是否應該和配偶離婚或是辭掉工作，他們分享自己生活中的私密故事和困難，也請追隨者分享。追隨者與他們最喜愛的老師建立了根深蒂固的忠誠，提到課程的時候開始用教練的名字而不是品牌名稱，不是說「我今天下午四點和明天下午六點要去靈魂飛輪」，而是「我今天要去安琪拉的課，明天是斯帕琦的課」。

白天是計劃經理、晚上是派樂騰使徒的克莉絲朵・歐姬芙（Crystal O'Keefe）說，一個運動品牌「不全然是一個『異教』，而是『異教』的集合。」克莉絲朵經營以派樂騰為主題的 Podcast 和部落格，叫作「剪輯」（The Clip Out），她的幾千名追蹤者稱她為剪輯手克莉絲朵（Clip-Out Crystal）。「我收到派樂騰的那天是二〇一六年七月十五日，我記得非常清楚。」她給我的信感性地寫道，像是她回憶錄的開頭，「截至現在我已經騎完將近七百趟。」

派樂騰二〇一二年在募資平臺 Kickstarter 創始，是以訂閱為基礎的健身應用軟體，提供各種線上運動課程（以派樂騰公司的術語來說是「節目」〔shows〕），有舞蹈有氧、瑜珈、皮拉提斯，還有目前為止最受歡迎的飛輪。數以千計的參加者從自家車庫和地下室上線，騎著兩千美元的派樂騰品牌固定自行車，內建的觸控螢幕可以播放節目。因為派樂騰的課程是在線上主辦，和有限的教室空間相反，幾千名騎手可以同時參與相同的課程。二〇一八年該應用軟體播放的一場感恩節「火雞燃燒」，同時間有一萬九千七百名用戶參加。

從一開始的群眾募資活動過了五年以後，派樂騰已募集將近十億美元，而且被認為是前所未有的「健身獨角獸」。我曾經共事過的一位保健編輯向我保證，派樂騰有著簡單與非專賣的虛擬模式，肯定會是精品健身的未來（當運動教室被迫要在一夜之間數位化，否則就陣亡的後新冠肺炎時代，這個預言似乎更可能成真）。

每名騎手在派樂騰應用軟體可以選擇一個用戶名稱（愈大膽愈好；有整個分類看板〔subreddits〕專門在討論可愛的派樂騰名稱，例如 @ridesforchocolate，@will_spin_for_zin，@clever_username），也可以看到每個人的速度、阻力程度和排名。這些數據顯示在螢幕旁邊的排行榜，為運動體驗增加了遊戲化的優點。騎手在課程後交換數位的問候，和喜愛的教練合拍虛擬自拍，在社群媒體張貼自己的成績——使用 #pelofam、#pelotonmom、#onepeloton 等大量主題標籤——讓網路上的朋友可以按讚、分享和評論：「保持活力！！！！！」，「你最喜愛的教練是哪一個？！？！」

剪輯手克莉絲朵喜歡的派樂騰教練有好幾位，她在五到六個之間輪流，描述他們時不忘語帶敬佩和特殊性。她口中的羅賓（Robin）是「勇敢、不說廢話」，會說些像「你在一元商店買不到喧囂」和「我只會尊貴地騎車，把那王冠戴好」的臺詞。也有講話溫柔、悠閒敘述想法的教練，像是「沒有那麼深奧」、「只要盡全力去做」和「如果你笑不出來，那麼就是你太努力了」。她也告訴我派樂騰最有價值的教練是珍・謝爾曼（Jenn Sherman），幾千名死忠追隨者稱她為 JSS。JSS 是壯盛的臉書粉絲頁「JSS 一族」（JSS Tribe）的主角，加入的追星族會追隨她到任何地方，是「異教」中的「異教」中的「異教」。

謝爾曼擁有一種樂觀的 BFF（best friend forever）[66]魅力，會在飛輪上跟著暢銷歌曲播放清單唱歌（總是會可愛地走音），而且在艱難地爬坡時會罵髒話。剪輯手克莉絲朵熱烈地說，「每個F開頭的字，都會逼我更努力。」她承認，要是沒有強烈的修辭風格，派樂騰教練就沒辦法建立一群異教追隨者。言語建構了螢幕裡的小世界，讓每個大師和追隨者之間的「關係」感覺親密，像是瓦昆・菲尼克斯（Joaquin Phoenix）和史嘉蕾・喬韓森（Scarlett Johansson）在電影《雲端情人》（*Her*）裡的聲音一樣。

派樂騰和靈魂飛輪這樣的公司知道，像JSS這種高手的異教式魅力才是一切。所以經營高層投入龐大的精力去招聘有吸引力的教練，並且訓練他們發展獨特的氛圍和語彙，也就是他們自己的小異教。當然，不是隨便一個洛杉磯的健身俊男美女都可以教飛輪，你需要有明星的風采，要有不可思議的魅力。所以品牌設計出強大的招募策略來尋才，一如靈魂飛輪挖掘的不是健身教練，而是表演者：舞者、演員、影響者（influencers），而且是知道如何迷惑聽眾的機靈社交蝴蝶類型、可以在那種動力中壯大的人。

教練需要經營自己在社群媒體上的角色，下班後仍要將品牌「視為生命」，甚至和陌生人講電話也一樣。當我和靈魂飛輪的老手斯帕琦第一次通話時，我用慣常的「嗨，你好嗎？」開頭，預期她會回我普通的「很好」或「還不錯」。但我很愚蠢，如同斯帕琦這個名字所暗示的，她永遠不會關機。「我好極了，寶貝！」她語氣輕快、連珠炮似地說個不停，我覺得快喘不過氣只能聽下去，「好

66 譯注：一輩子最好的朋友。

得不能再好，從來沒這麼忙過。我忙到不記得這個訪問是要談什麼！很高興認識你！！再說一次你是誰？！」

靈魂飛輪明星團隊會舉行百老匯劇院式的激烈試演，雄心勃勃的第一輪主要人選要在三十秒內跳上飛輪、播放一首歌，拿出看家本領。參加決賽者將進入嚴格的十週教練訓練課程，學習怎麼講話，記住所有獨家專門用語——「派對爬坡」（party hills，暖身運動）、「tapbacks」（一個臀部熱情向後推的招牌動作）、「公雞」（早上五點的課程，只有「A型性格」[67]騎手可以參加）、「週一中午」（指每週開放選課時間的口號），以及如何用大寫S讓每件事聽起來「有精神」。

派樂騰線上課程的模式讓他們可以維持只有二十位左右頂尖教練的緊湊輪值班表，其獨有的招募程序可能還要更激烈。為了獲得派樂騰菁英家族入會資格，爭取者要經過數小時面談，並回答從行銷專家到製作人每一個人的回電，然後還有幾個月的訓練，以確保他們擁有每場節目吸引幾千人的魅力。

斯帕琦在洛杉磯出生長大，有著一頭淡紫色的頭髮，兩隻手臂布滿彩虹刺青，用一套媚俗的表演節目，以及受到祖父啟發的老派座右銘（「每一件值得做的事就值得做好！！」、「重要的不是如何開始，而是如何他馬的完成！」）獲得一票熱情的靈魂飛輪追隨者。她主導好幾年靈魂飛輪的訓練課程，幫助教練新手「找到他們的聲音」。斯帕琦告訴我，「創造追隨者的關鍵是要聽起來很可信，你聽起來要是像爆米花，人們一下就會聽得出來。」她記得有一位十九歲的訓練員，曾擔心自己能傳達什麼智慧話語給騎手，「我就告訴她，你不用站在一個經歷過癌症的婦女，或要負擔整個家庭生計的爸爸面前，給他們人生智慧。如果你說：『我知道生活很艱苦！你必須撐過去！』他們會看著你想說：『你知道些什麼，孩子？』你不如就當個快樂年輕又有趣的自己。如果你說：『大家想要狂歡，過一段歡樂時光嗎？』他們會覺得：『是的！我的生活現在糟透了，我只想要他馬的狂歡一下。』」

從穿著寫有誇張訊息的T恤（「舉重是我的宗教」、「我只在乎我的派樂騰，並喜歡兩個人」），到禮拜儀式和超親密的教練學生關係，這些視覺印象上的組合，似乎有點過於誇張。大部分和我談過的健身愛好者都對此坦言不諱，但他們同時宣稱，利大於弊太多了。一旦你迷上了健身社群，不

67 編注：根據美國心理學家邁耶．弗里德曼（Meyer Friedman）及雷．羅森曼（Ray H. Roseman）提出的性格行為學理論，「A型性格」的表現為急躁、求表現、好競爭、急性子。

只會持續下去，也會向所有的朋友傳福音，以證明這件事不僅很不可思議，也不是一個**真正的**「異教」，或至少是個比創造你的文化好一點的異教……

第四章

健身的新教源起

在美國，我們被教導要熱衷於自我提升。健身展示了典型的美國價值，例如生產力、個人主義和達成常規審美標準的決心，因此是一種特別難以抗拒的自我提升形式。異教健身的語言（「成為最好的自己」、「改變你的身體，改變你的心靈，改變你的生活」），有助於奉獻、順服和轉變等宗教的層面，與毅力和身體吸引力等世俗理想連結起來。

對很多現代人來說，認真尋找一個邊緣性宗教社群可能過於勉強，但若以資本主義的雄心追隨某種嗚嗚信仰，就比較容易接受了。從 intenSati 到混合健身等各種團體，我們已經創造出我們應得的世俗「異教」。

歷史上曾經有段運動健身和新教比較明顯重疊的時期。在十九世紀，比一般人習慣運動的時間更早以前，會帶著虔誠態度運動的團體只有基督教五旬節教派的教友，他們提倡健身是一種公開的宗教淨化過程。對他們而言，懶惰和暴食都是會被上帝處罰的罪過，而藉由耗盡體力的訓練來鍛鍊肌肉與禁食，是一種美德的象徵。對他們來說，在住處懶散度日，同時吃垃圾食物，不是比喻性的罪惡，而是真實的罪惡。相較之下，現今有些教會積極譴責，現代的健身房文化是一種對自我的過度慶祝，而不是上帝。「混合健身和教會不一樣。混合健身比較像是醫院，甚至是太平間。」二〇一八年，一名居住在維吉尼亞的聖公會（Episcopal）牧師在一篇部落格貼文批評說，「混合健身不是壞人去了會變好的地方，而是壞人的惡性會受到喜愛的地方。上帝的恩典是唯一不會讓你精疲力盡的救贖計畫。」

面對一個認為自己對靈性的理解是「唯一」正確的人，我們很難進行有效的對話。不過，也很難否認，美國的運動文化本身帶有強烈的新教色彩。

只要看看我們習慣使用的一般健身語彙：淨化、排毒、純淨、服從、紀律、完美。這些專有名詞無疑帶有聖經的含意，一日一日重複下來，淨化和純淨的語言可以訓練聽者相信，如果你夠努力去嘗試，要達成「完全的健康」是可能的，而且接下來會「完善」他們的整個人生。在這個很多市民生活陷入困境的社會，這種心態很像是具舒緩效果的瀉鹽，同時也讓參加者更容易和可能濫用權力的大師形成（並維持）緊密的關係。

我們對身體做的努力和人類的價值觀兩者合併起來，聽起來與安麗怪異地雷同，我不是第一個注意到這一點的人。你可以聽見像這樣的言論：「你可以在一小時內得到內心的平靜和平坦的腹部」，這是核心力量瑜珈前行銷長特絲．羅林（Tess Roering）在二〇一六年所做的品牌承諾。健身產業的極繁主義精神，讓自己全心全意投入一個課程——更努力、更快速地運動，永不放棄，強烈地相信自己，將會帶給你平坦的腹部與內在平靜——令人難以解釋地聯想到成功神學。雖然有些教室的安麗式氛圍較為隱約，但在各平臺，只有一種保證持續回響著：你的腹部脂肪比例會下降，臀肌會上提，你的生命價值也會，但只有透過流汗和昂貴的體力勞動才會達成。

在混合健身堅信的多即是多（more-is-more）的言語裡，可以聽見響亮的新思想迴盪著。混合健身的訓練員（或他們內部所稱的「教練」）利用運動專門用語及教育班長的軍事演講風格，嘶吼著這樣的口號：「野獸模式」、「沒有勇氣就沒有榮耀」、「流汗或流淚？」、「失敗的重擔遠遠大於槓鈴的重量」、「嘔吐可以接受……流血可以接受，放棄則不可以。」以及使用像 Hero WoDs（「本日運動英雄」〔hero workouts of the day〕，以死去的軍隊或執法人員名字命名的一組連續動作）這樣的召喚儀式，製造出訓練士兵的氣氛。

混合健身以堅定的自由主義氣氛自豪，這是源於創辦人格雷．格拉斯曼的個人政治觀，他說過的名言像「慣例是敵人」和「我不介意被告知要做什麼，我只是不會去做」。所以，混合健身的氣氛缺乏法紀絕非偶然，在場館內無政府主義的天地裡，追隨者不只被容許、還被鼓勵竭力運動到嘔吐、小便，或最後進了醫院。

癌症存活者暨前混合健身會員傑森（Jason）做完化療後，為了尋求自我賦權加入當地的場館，卻因急性肩膀疼痛和嚴重到需要手術的膝蓋傷而被迫退出。二〇一三年，他在網路文章發布平臺Medium一篇關於自身經驗的發文寫道，「第一年很令人振奮……我開始吹噓抬舉的數目，也很快地把參加頻率從三天增加到四天，然後是每週五天，甚至沒有自覺地變成那個大肆傳揚的笨蛋。」但到了最後，混合健身訓練會員去相信，身體受傷是不可避免的，甚至是令人欽佩的，這些不受約束的言詞讓傑森產生警覺。他透露說，「糟糕的是，受傷在混合健身被認為是榮譽的勳章，是要好好塑出肌肉線條的代價，老兄」。[68]所以當他向教練抱怨感到肩膀和膝蓋疼痛時，教練情感操控他去認為這都是他的錯。「你應該要把自己逼到極限，」傑森寫道，「但是當你達到極限並且付出代價的時候，你又變成做得太過火的白癡。」「沒有勇氣，就沒有榮耀」可能是一個品牌主張，不過也可能是混合健

68 注解：在某些情況下，得到「緊實的肌肉」代價可能是犧牲你的器官。專家注意到混合健身和橫紋肌溶解症的強烈關聯，這種罕見的醫學疾病是因為肌肉過度鍛鍊而壞死，並釋放有毒的蛋白質到血管裡，可能造成腎臟受損或衰竭。混合健身的教練很熟悉這個症狀，還給它取了個暱稱：橫紋肌大叔（Uncle Rhabdo）。你在某些場館會發現橫紋肌大叔被描述成掛著透析機的生病小丑，腎臟散落在地板上。（另一個不一樣的殘忍小丑「Pukie」是更知名的象徵物。）我在網路上找到一大堆販售的T恤衫，上面寫著「努力直到橫紋肌溶解」的口號。

身用來消除不滿的思考終止格言。

很多我對談過的健身愛好者認為，他們的團體不可能是一個真的異教，因為這些團體「歡迎所有人加入」。雖然我同意，不能真的拿靈魂飛輪和混合健身與天堂之門和山達基相比，但原因並不是包容性。否則，他們為什麼投入這麼多的精力去創造一整套排他的代碼語言？不用說，大部分美國人沒有辦法一年花費幾千美元（有時甚至上萬）在運動上。更不用提有幾百萬的BIPOC[69]民眾、殘障，以及／或是衣服尺寸四號以上的人，而這些健身教室傳遞的訊息經常不易察覺，或是公然排擠。許多高端健身教室選擇傳達出來的訊息版本，也和多層次傳銷的白人女性主義#老闆寶貝非常相似。（靈魂飛輪教練斯帕琦接受我採訪的幾個月以後，成了多層次傳銷「無毒」皮膚保養品艾薾保的經銷商，Instagram開始出現#老闆寶貝那些貼文，我大概不應該對此感到驚訝。）

成功神學說，如果你沒有成功達到完美無瑕的健身成果，也就是如果你沒有獲得六塊肌與內在平靜的話（像是如果你很窮、被邊緣化，還有無法排除制度上阻礙你得到那些的障礙的話），那麼你是應該不快樂，也應該早點死。因為你沒有「顯化出來」（manifest）。理查・狄維士也曾經傳遞出相同的訊息，只不過使用的行話稍微不同。

大聲喊叫「我的力量無比強大」，同時用盡全力向空中揮拳，聽起來可能令人打從心裡感到膩煩，但這遠不及坐滿有錢白人女性的瑜珈教室那般詭異。那些白人女性全穿著同款價格過高的運動休閒服，上面可能還裝飾著不純正的梵文雙關語，例如「Om 是心之所歸」、「Namaslay」[70]、「我的脈輪平衡到不行」，還稱自己為一個「部族」（tribe）。為了白人菁英愛好者，把東方語言和原住民的靈性修持商品化，同時清除和切斷其起源，聽起來可能沒有「異教的感覺」，而是可能已經司空見慣，但這就是問題所在。

多年來，混合健身總部否認任何關於公司文化不歡迎黑人會員的暗示，但在二〇二〇年六月，在「黑人的命也是命」（Black Lives Matter）抗議行動中，格雷・格拉斯曼撤掉了一系列有種族主義意味的電子郵件和推特發文（他在一則關於種族主義的貼文上回應了「那是 FLOYD-19」[71]，導致一場公衛危機）。這件事使白人混合運動健身者開始接受一件黑人數十年來早就知道的事：這個地方並不是真的開放給「所有人」。其實語言的危險信號一直在那：藉由 Hero WoDs 來頌揚警察——混合健身

69 譯注：指黑人、原住民與有色人種。
70 譯注：結合瑜珈問候語 namaste 和英文俚語 slay，意指盡全力進攻想要的事物。
71 譯注：指二〇二〇年六月遭美國警察暴力執法致死的黑人 George Floyd。

一直在暴露自己的真面目。幾百家健身房因此脫離品牌加盟，大型運動服飾公司也取消契約，格拉斯曼則辭退執行長一職。

在格拉斯曼失去人心幾個月以後，輪到靈魂飛輪發生醜聞。二〇二〇年底，由於新冠肺炎的封鎖，場館到處關閉，公司已經每下愈況，當時有數起毀滅性的報導在網路上曝光：根據新聞評論網站Vox的報導，在所有激勵人心的靈性演說背後，全國的健身教室長期以來藏污納垢。某些「教練長」利用周圍形成的個人異教崇拜（cults of personality），將顧客依照喜愛程度創造階級制，提供「下班後」的私人課程，據說還和一些學生上床。（據報導，「你的騎手應該會想和你一樣，或是和你性交」是教練所學習的真言，還予以內化。有一名明星教練公開稱她的騎手是「小蕩婦」。）已知有些頂尖的教練會語言霸凌騎手和「較不重要」的職員，還對周遭其他健身教室的事件加油添醋，極為享受被奉若神明的感覺，就像高中時代的女王蜂行徑。

據稱，靈魂飛輪總部完全知道並寬恕這些惡行，對於最有價值教練向騎手和職員發表狹隘和偏袒言論所引發的抱怨，則採取遮掩的作法（比方說他們使用「傑邁瑪阿姨」〔Aunt Jemima〕[72]和「年輕同性戀男子」〔twinks〕等詞，以及稱凹凸有致的職員「無法呈現品牌」）。性騷擾的告發，據稱一樣被忽略。有一篇頭條報導說，該公司「不管怎樣，對待（教練）像好萊塢明星一樣」。

事情一爆發出來，娜塔莉亞．佩特澤拉就馬上私訊給我。熟悉內情的人描述說，高層對控訴不屑一顧，同時卻金援一個遭暗指的教練兩千四百美元的蘇活會所（Soho House）[73]會籍和賓士車租賃，好像什麼事都沒發生。這個新聞一點都不令人震驚，「當你把教練當神一樣對待，權力濫用**就會**隨之而來。」娜塔莉亞在推特上寫道，「我們一開始在瑜珈看到這樣的推測是有道理的，他們的領導人長期以來被尊為『大師』，因此教練會（有）一群『異教追隨者』，只是時間的問題而已。」

我在《歐洲社會心理學期刊》（*European Journal of Social Psychology*）讀過一篇二〇二〇年所做的研究說，接受過超自然技能的「靈性訓練」的人，像是能量治療和光能工作（lightwork），比較容易有自戀傾向（對自身能力的信心膨脹、對成功和社會認可的渴望增加、詆毀任何缺少自我評估超能力的人等等）。該研究比較的對象是完全沒有接受任何靈性訓練的人，以及學習比較不具表演性的訓練的學生，像是冥想和正念。研究顯示，即使這些大師激發了其他人內在的慈悲和自我接納，他

72 譯注：百事可樂旗下擁有百年歷史的鬆餅及糖漿品牌，因品牌名稱和形象涉及種族歧視，已於二〇二〇年停用。

73 譯注：一個私人會所，會籍被視為身分地位的象徵。

們本身的自我依然驕傲自大。靈魂飛輪的「教練長」似乎展現出類似的反應：他們天生魅力中既有的驕傲，結合公司極端的訓練，就是塑造接近3HO上師的上帝情結（god complex）的處方，而不是成為受雇來教導固定式自行車的普通凡人。

撰寫這本書的時候，靈魂飛輪尚未對特定指控做出評論，或是解聘任何被指控的施虐者。而混合健身的忠誠者已經保證，無論品牌的名聲如何，他們鍾愛的文化——Hero WoDs和野獸模式——會繼續存在。有人說，一個真正「成功的異教的標記是，其力量會在創辦人死亡或消失後持續下去。在這種情況下，至少到目前為止，混合健身和靈魂飛輪，還有山達基和安麗的風行，都符合了這個說法。

當然，「namaslay」、「排毒」和「更努力、更快、更多」等，為了掩飾真相並由新教資本主義推動的語言，反映（並永久存在）的壓迫性標準，不限於健身產業。從華爾街、好萊塢到矽谷，許多美國產業都可以發現部族（tribes）和「發揮到極致」的言論。毫無疑問，這種語言非常普遍，也令人困擾，但其動機與影響和吉姆・瓊斯、L・羅恩・賀伯特及理查・狄維士這些人有關鍵差異。對這些領導者來說，他們的目標不是在更大的社會裡強化有問題的權力架構，而是以一種直接有利於大師且只對大師有利的方式，在剝削追隨者。有一種領導者則是利用語言（甚至可能是無意識的）支持已經存在的架構；而另一種領導者則是利用語言，且一定是刻意的，但不是為了支持現有的秩序，而是為了趁虛而入，並創造出某種專橫的新東西。最後，一些有問題的領導者不過是更大制度的追隨者。但是，一個真正有毀滅性的**異教式**領導者是想要推翻制度，並換上賦予他們最大力量的制度。

第五章

瑜珈異教

如果一個健身品牌或領導者落入異教式光譜的山達基那端，你應該會知道。仔細聽既定觀點用語、「我們與他們」的說法、思考終止格言和言語虐待等組成異教式影響的語言，領導者的動機將昭然若揭。例如，讓我們來看看聲名狼藉的熱瑜珈大師畢克藍・喬杜立（Bikram Choudhury）……

與畢克藍瑜珈同名的創始人早在被控告性侵並逃離美國之前，就以自大狂妄和霸凌行為而廣為人知。喬杜立於一九七〇年代早期從加爾各答搬到洛杉磯，創立了他的熱瑜珈王國，二〇〇六年巔峰時期號稱在全世界有一千六百五十間教室。喬杜立在光榮時期喜愛冗長的外號，反映出他好鬥的個人異教崇拜，像是反瑜珈士（Anti-Yogi）、瑜珈界的華特・懷特（Walter White）[74]、麥瑜珈國王（crowned head of McYoga）。他用尖叫、咒罵和課堂上人身攻擊粉碎了瑜珈大師的平靜冥想形像。他充滿褻瀆的尖叫並不是鼓舞人心的派樂騰式吼叫，而是不知羞恥地充滿仇恨女性、種族主義和羞辱肥胖的內容。

「把他馬的肥肚子吸進去，我不喜歡看見它在那抖動。」

74 譯注：美國影集《絕命毒師》主角。

「黑人婊子。」

「膽小鬼。」

這些是直接引用他在公開場合大聲說出的話。

在聞名的師資訓練裡，喬杜立在悶熱的場館中，向五百多名心懷渴望的畢克藍教練們宣講，每個人都支付了一萬到一萬五千美元不等的金額來換取追隨他的機會。他高坐在寶座上（總是裝置著個人空調），吼叫著進行呼喊和回應，一點也沒有要遮掩自己的狂妄自大的意思。喬杜立大聲說：「走我這條路，不然就走……」，群眾會同聲回應：「高速道路！」[75]

「最好的食物是……？」

「不要食物！」

當然，如果喬杜立所做的一切只是羞辱人，沒有人會留下來。和大部分有害的人物一樣，侮辱和尖叫總是伴隨著愛意轟炸的誘惑性語言。一分鐘之內，喬杜立可能先判定你有成為優秀老師的潛能，又叫你婊子，然後當你的身體在極高溫度下扭曲成幾乎不可能的姿勢時，又用悅耳動聽的歌聲對著你輕唱。

但是，喬杜立的死忠支持者發誓說，他就像個「大孩子」。他們證明說，喬杜立的催眠曲和喜怒無常，甚至是發怒，都賦予他「天真可愛」的元素。確認偏誤讓粉絲們把喬杜立的公然謊言（他吹噓曾贏得根本沒舉辦過的瑜珈比賽）和誇大言論（「我一個月睡不到三十個小時」、「我是你們世界上遇過最聰明的男人」、「我是你人生中唯一的朋友」）解讀成「和小孩一樣」，而不是心理不正常。沉沒成本謬誤告訴他們，只要再參加一次訓練，喬杜立就能讓他們在事業上有所成就。

在喬杜立的熱瑜珈工作坊裡，有學生昏倒、脫水和上呼吸道感染。因為這些學生被制約去相信，這位心愛的大師是全知的，因此學習忽略自己的疼痛和直覺。喬杜立也被控至少誘拐和性侵半打以上的女性訓練員。這個男人在二〇一六年以更為針鋒相對的人身攻擊、誇張語法和情感操控，來回應強暴的指控：喬杜立自我嘲弄，譴責指控他的人是「精神病患者」和「垃圾」，並且說：「我為什麼要騷擾女人呢？人們願意為了我的一滴精子花一百萬美元。」二〇一六年，喬杜立沒有支付受

75 編注：高速公路比喻加速離開。

害者近七百萬美元的懲罰性傷害賠償，就逃離美國，洛杉磯法官在一年後對他發出拘捕令。（撰寫本書時，他還沒有被繩之以法，仍繼續在美國境外主持師資訓練。）

喬杜立的帝國瓦解以後，另一個具爭議性的瑜珈「異教」立刻取而代之，那就是「核心力量」。畢克藍退潮後，以丹佛為據點的核心力量瑜珈盛行，迅速成為美國最大的瑜珈連鎖品牌。畢克藍驕傲地宣稱是「瑜珈界的麥當勞」，核心瑜珈的共同創辦人（已故）科技大亨崔佛．泰斯（Trevor Tice）則自封為「瑜珈界的星巴克」。

核心力量在接下來的十年面臨了五起財務剝削教練和顧客的聯邦訴訟，必須支付超過三百萬美元的和解金。和金字塔騙局一樣，瑜珈教室付給教練的時薪難以維生，只有能招募到學生加入一千五百美元師資訓練課程的教練，被承諾加薪和升遷。核心力量的教練被告知，要在課堂尾聲進行推銷師資訓練，也就是在最後的休息姿勢攤屍式以後，當練習者疲累鬆垮躺平時，老師開始進行核心力量所稱的「個人分享」（個人私密生活的揭露），並且要「撼動靈魂」。

是否撼動靈魂是核心力量既定觀點用語的基準。事實上，教練的表現取決於可以「撼動」多少「靈魂」（也就是能讓多少學生報名師資訓練）。在個人分享以後，教練被要求，要鎖定個別學生，並用抱怨他們的技巧和投入來進行愛意轟炸，然後請他們喝星巴克，告訴他們自己成為老師的故事。

二〇一九年，來自明尼蘇達的核心力量學員卡莉（Kalli）告訴《紐約時報》：「就好像他們能看見我的特別之處。」有一天，剛上完課的卡莉覺得輕鬆愉快，她最喜歡的教練滿面笑容地來找她，說她有能力勝任這份工作。教練沒有透露師資訓練的花費（教練被告知這部分不要「說死」），只是不斷對卡莉讚不絕口，不論課堂上或下課後都不斷提起這件事。卡莉回想道，「感覺我們好像有種不真實的友誼。」

當卡莉終於發現定價是一千五百美元時，已經對夢想的未來瑜珈生涯幻想了好幾週。此刻卡莉已經無法拒絕，便開了支票，參加了八週課程，但到了最後她才發現，這些課程並不能讓她獲得授課資格。就像山達基的階層一樣，核心力量等到卡莉不能抽身時才跟她說，還有一項五百美元的「延伸」課程必須完成。卡莉再度掏出錢來，但她上完這些課堂以後，核心力量還是沒給過她工作，因為核心力量的訓練計畫產生了大量合格師資，讓市場過於飽和，就和多層次傳銷一樣。一份二〇一六年的調查顯示，相當於每一名受僱的教練，就有兩名受過某種形式的師資訓練、有望成為教練的人。卡莉告訴媒體：「你被教導要平靜、要呼吸，但在同時，卻遭受他們利用。」

核心力量作為武器最成功的一個用詞是「因果業報」（return the karma），這句話把充滿情緒的委婉說詞和思考終止格言包裝在一起。在印度教裡，精神自由的三條途徑之一是因果瑜珈，指學習過無我的奉獻生活，不求回報。但是，核心力量借用「因果業報」說法，來強迫老師為彼此代課，還要執行幾個小時課堂外的義務工作，像是備課、寫顧客服務電子郵件、行銷品牌，但全都沒有酬勞。藉由如此深刻而帶有永恆暗示的靈性用語，公司可以輕易觸發職員的罪惡感和忠誠心。如果有人質問政策不公，核心力量只要援引「因果」，就能扼殺他們的要求。

法庭文件顯示，核心力量自己的律師並不相信因果，認為因果是空虛的「抽象戒律」，與「撼動靈魂」一樣屬於無意義的語言範疇。但是對追隨者來說，即便知道公司在壓榨他們，卻因意義過於沉重，而讓他們保持忠誠。卡莉後來把核心力量的職業夢想拋在腦後，成為一名正式護士，但仍繼續在一間當地的核心力量教室上瑜珈課。她為了負擔每個月一百二十美元的會員費（受過師資訓練並沒有折扣），每週一次在另一家核心力量做清潔工。她還在明尼蘇達郊區一間小農場兼職教導「山羊瑜珈」（現在真的是什麼都有），並在自傳上驕傲地寫著「核心力量培訓教練」。

第六章

異教的判準

當你發現自己置身於看似不太健康的異教式健身社群時，有幾個值得深思的問題：這個團體真的歡迎所有不一樣的人加入嗎？或者，是否因為必須跟其他人的穿著和談話一樣（甚至是課堂外），讓你感到壓力過大？你被允許蜻蜓點水那樣隨興參加活動嗎？或者你發現，自己把所有時間和信任只放在這個團體上，並依賴他們做所有決定？如果你的身體有需要，你相信教練會告訴你要慢下來，也許甚至要休息幾週或嘗試完全不一樣的運動？或他們只會告訴你，要更努力、更快、更多？如果你錯過一堂課或是退出，退出的成本是什麼？驕傲？金錢？人際關係？整個世界？這是你願意付出的代價嗎？

對我來說，在一間塞滿了五百名瑜珈學員的倉庫裡，口中吶喊著不聽他們頭兒的話就滾蛋（或某個飛輪教練用「小蕩婦」來貶低學生），和一間有十六名婦女的教室，她們可以穿自己喜歡的衣服、可以自由取消會員資格而不會受到羞辱或更糟的威脅，再加上一個像「我比我看起來更強壯」的真言，要看清兩者之間的差異已經變得更容易了。這兩家公司都從語言中獲利，但兩者都直接指名了想要賦權的對象：一個是大師，另一個是群眾。

IntenSati 的派翠西亞．莫蘭諾作的結論是：「我覺得『異教健身』的真正意思是，對於一件幫助他們成長與改變的事情，人們覺得深受感動。」因為莫蘭諾的目標很明顯，就是要教導學生拿回自己的力量，而不是主張她有凌駕於學生的力量，因此她從不覺得有必要去辯護 intenSati 不是「真正的異教」。對我來說，缺乏辯護，反而說明了一切。

總的來說，新宗教專家並未非常擔憂，異教健身的弊端會淪為山達基之類的問題。史丹佛大學人類學家譚亞・魯爾曼評論道，「我當然認為有一些運動是『像異教的』，但我這麼說的時候用了提示性的引號。」魯爾曼在健身愛好者身上發現的主要「異教」症狀就是，他們相信，如果經常去上課，他們的人生就會全面大幅改善。只要他們一週上五次課，不斷說這些真言，就會改變世界的呈現方式。這就是那種過度理想主義的感覺：堅信這個團體、這個教練、這些儀式，有能力做到的比他們自己更多。

這種信念很有可能被利用。然而，我沒有太過嚴厲抨擊異教健身產業的原因是，你終究是負責自己體驗的人。在飛輪課裡，你控制著自行車的阻力。如果你想忽視房間前面（或螢幕上）「異教般的女士」並放慢速度，也可以自己做到；如果你向某個更高力量禱告，在唱誦神聖的靈感時也可以做；或如果你只是想要跳來跳去和狂歡，你也可以這麼做；而且六個月以後，如果事情變得不甚愉快，或是你只是想要嘗試別的事情，你也可以隨意去做。假如你已經跟名人榜（leaderboard）[76]建立了強烈的感情連結，即使你決定換到衝浪皮拉提斯以後，這份連結也會持續下去。

畢竟，健身教室不是唯一賦予你人生意義的地方。一次四十五分鐘，它非常可能帶給你成就感和連結關係，但沒有它，你依然是你。你已經很幸運擁有所需的一切。

76 譯注：列出比賽中領先群的人名與名次的大板子。

第6部

互追互讚

第一章

社群媒體上的新異教

現在是二〇二〇年六月，當代美國史上最具爭議性的一個月份，而我的 Instagram 演算法也出了毛病。我除了發布關於全球新冠肺炎流行病和「黑人的命也是命」的貼文，過去一年我同步追蹤多位新時代上師、多層次傳銷成員和陰謀論者的訊息，我的 Instagram 探索頁面似乎無法判斷我到底是社會正義捍衛者、計畫型流行病（Plandemic）[77]陰謀論者、反疫苗者、女巫、安麗經銷商，或只是對精油很入迷。這為我暫時帶來一種自鳴得意的滿足感，讓我相信，我已經混淆了 Instagram 之眼，因為它的存在是如此無所不知又神祕（對我也是不可或缺的），有時候，感覺 Instagram 就像是我所知的唯一上帝。

然後，在盡情瀏覽社群媒體兩小時後，我想我得到了報應，我看到一名靈性導師班廷荷・馬薩羅（Bentinho Massaro）的簡介。馬薩羅在 Instagram 上的自傳寫著「途徑合成器」（synthesizer of paths）、「真正的科學家」、「哲學家」和「鏡子」，是一名三十幾歲的白人男子，宣稱自己的振動頻率比其他人更高，甚至高過耶穌基督。他誇耀擁有四萬名 Instagram 追蹤者，有一雙冰藍色的眼睛、穿著顯露結實身形的緊身黑色T恤衫，自信的聲音夾雜著一些含糊的歐洲口音，模樣看起來像是介於

77 譯注：plan 和 pandemic 兩個字的縮寫，對大規模流行病的陰謀論說法。

蒂爾・史旺與托尼・羅賓斯之間的混合體。如果拍電影，漢斯沃（Hemsworth）[78]肯定可以飾演他這個的角色。我的前額葉皮質浮現了大約一打的常見危險信號，接著按下了追蹤鍵。

更深入的探索之後，我很快就發現，班廷荷・馬薩羅出生在阿姆斯特丹，之後搬到科羅拉多州波德市（Boulder），後來又到亞利桑那州的神祕聖地塞多納（Sedona）經營昂貴的僻靜營。他一直為了增加網路上的能見度，投入大量精力。他使用矽谷人也稱讚的社群媒體策略以及精心組合的時髦網站，目的是要你出售……是的，你的靈魂。

成本最低只要追蹤他的 Instagram，最高是每小時六百美元的 Skype，就可以得到一帖馬薩羅的神聖科學，從如何培養深刻的個人關係，到如何成為一個「人形上帝」（a human god）等一切解答。在馬薩羅的 YouTube 影片裡，當他在闡述「內在的黑洞」、「存在能量的振動」和「克服大腦的幻覺」這類主題時，會坐得離鏡頭很近，以製造出一種在家聚會或一對一會話的舒適氛圍。瀏覽他的 Instagram 會發現一些一分鐘長的影片，在影片裡，馬薩羅只是緊盯著鏡頭，露齒而笑，眼睛幾乎眨也不眨，然後間歇性地喃喃自語：「我愛你。」他把這些模擬社會的（parasocial）的凝視，稱為他的「合一（oneness）——你和我之間沒有分離」的時刻。好幾百名支持者湧入留言讚美說：「你是無限的智慧、愛／光」、「謝謝班帶來這一波的意識」、「**大師**、老師……你有驚人的能力……請帶領我們。」

我們可能應該說，馬薩羅的意識形態是折衷派的。他相信遠古外星人，聲稱可以用心智改變天氣，也聲明他不想要小孩，因為他已經擁有七十萬個孩子。馬薩羅堅稱，他是唯一擁有指引人類走向天堂「絕對真相」（absolute truth）所需的「上帝之眼的視野」（God's-eye view）。現在，這些聽起來應該很熟悉了吧。他宣稱，他的教導將通往「痛苦的終結和無盡的幸福」。馬薩羅發誓，任何世俗凡人窮盡一生的時間，甚至連「（他的）一天內意識活動的百分之十」都無法企及。他的最終願景是什麼呢？帶著他網路上的追隨者下線，在塞多納買下一大座島嶼，建立一座開悟的新城市。

馬薩羅在關於途徑、振動和提升頻率的演講裡，有一些辭令產生了可怕的逆轉。他神祕的專門用語充滿了思考終止格言，企圖情感操控追隨者不要信任科學和自己的思想與情緒。他在一堂課裡命令說：「要錯過某個真實事物之美，最可靠的方法就是去思考它……找出你們擁護邏輯、理性、線性描述的地方，就從那裡直接開始摧毀。」在另一支影片裡，當一名女學生表達「幹你的」這個詞

78 編注：指好萊塢兄弟檔演員 Liam Hemsworth 或 Chris Hemsworth。

讓人感覺不受尊重時，他對她大喊說：「如果你對『尊重』這個他馬的概念，沒有那麼自以為是的話，你就會真的看見我所說的話背後有多少的愛。」

馬薩羅總是找得到扭曲的方法，來合理化他的言語侵略性。有一次，他在臉書貼文說：「要和一個覺醒的人當朋友，是幾乎不可能的，因為第一、他的第一要務是淨化你，以及把你提升到真相，而不是對你仁慈……第二、他和普通人不一樣，不可能和正常標準做比較，或隨便和另一個人（有限的心智不會喜歡）有關連。」馬薩羅說，他的大喊和咒罵是一種神性的仁慈表達。他慷慨陳詞：「我可以自由地對你們全部的人尖叫。」並補充說，辱罵是靈性這條路的必要部分，對此質疑只是反映出卑微的人「有限而固執的心智」。

和蒂爾．史旺一樣，馬薩羅的影片也宣傳了關於自殺的危險訊息：「不要恐懼死亡，要對死亡感到興奮。」他在一支短片裡說：「期待死亡會讓你真正地活起來……對重要的覺醒，否則，就自我了斷吧。」

直到二〇一七年十二月，馬薩羅在塞多納主辦的一場僻靜活動出大事以前，這些觀點大部分沒有受到關注。為期十二天的新時代體驗營提出保證，將提供一百位賓客取得馬薩羅最深奧教導的專屬管道。在那個時候「異教領袖」的指控已經開始在網路上流竄。僻靜的前一天，一名駐塞多納的記者畢・史考菲爾德（Be Scofield），發表了一篇指控他的曝光報導，形容馬薩羅是「科技哥大師」（tech bro guru），利用成長駭客行銷（growth-hacker marketing）[79]建立冒牌的靈性集團：用荒謬的健康建議危害追隨者的身體（例如好幾週只喝葡萄汁，馬薩羅把這稱為「無水斷食」），操控追隨者切斷和朋友與家人的關係（他會說：「去他馬的關係，他們什麼都不是。」），並信任他是全知的神。

在塞多納僻靜的第六天，有位虔誠追隨馬薩羅數年的參加者布蘭特・威爾金斯（Brent Wilkins）離開了團體，坐進自己的車裡，開到附近的一座橋，然後一躍而下，結束了自己的生命。

威爾金斯死亡的消息迅速流傳開來，很快地，眾口同聲地將馬薩羅和吉姆・瓊斯做類比。網路上封馬薩羅為「Instagram 人渣與異教領袖的結合」和「史蒂夫・賈伯斯（Steve Jobs）與吉姆・瓊斯的結合」。馬薩羅在事後安靜了幾個月，最後終於在臉書上發布了回應，但不是為了回應死亡事件或任何受到關切的事，而是直接向畢・史考菲爾德的「異教」標籤開火。在思考終止格言的終極戰裡，他公開宣稱史考菲爾德是「我們地球今天最大異教的一員：普通美國人異教（Average American

79 譯注：常被科技新創公司所採用，策略包含創意、分析性思考及社交數據等主要元素的行銷技術，以達成公司產品銷售和顧客增長為目標。

Cult）。他們被媒體灌輸要懼怕自己家庭以外的任何事物，並準備好拿槍對準任何不瞭解的人。」

威爾金斯死後的隔天，警探現身馬薩羅的住宅，探詢馬薩羅曾傳遞出的可議自殺訊息，不過最後並沒有對他提起任何控訴。畢竟在現今的文化中，社群媒體上的惡意互動能以非常複雜的方式導致憂鬱、焦慮和自殺事件，即使是像馬薩羅這樣聲名狼藉的人物，要提出一個可起訴的罪名，還是太困難了。

最後，布蘭特・威爾金斯的悲劇並沒有動搖（或甚至觸及到）大多數馬薩羅支持者的信心，這些人大部分也從來沒考慮過在 Instagram 以外的地方「追隨」他。儘管如此，接下來的幾個月，有一小波虔誠者安靜地切斷和他的關係，按下了解除訂閱鍵，把馬薩羅的術語從他們的語彙裡刪除，甚至在臉書上加入了「班廷荷・馬薩羅康復團體」（Bentinho Massaro Recovery Group）。這些人痛苦地瞭解到，他們的大師不過是個男人，受到的毒害就是沉溺於比他自己所創的更大異教，也就是「社群媒體關注異教」（the cult of social media attention）。雖然這些人曾經欣賞這位「靈性搖滾明星」對 Instagram 和 YouTube 的運用，讓所有人接觸到無限意識，但是後來很明顯，馬薩羅的行動只是為了滿足受人崇拜的欲望，因為他為自己在網路上創造了另一個宇宙，這個欲望一天比一天更深不見底。

「但我想，很多人在網路上做這種事。」前馬薩羅忠誠者琳・帕瑞（Lynn Parry），在布蘭特・威爾金斯生前與他很親密，在《衛報》（*Guardian*）的訪問中評論道，「他們製造出一個完美的角色……（並且）雖然沒有這個打算，但他們讓其他人覺得自己不夠好……而對於像布蘭特這樣的人，其實對我們很多人來說都是，這真的超過精神所能負荷。」

第二章

靈性網紅

時間倒轉到一九九七年，班廷荷．馬薩羅的僻靜活動出事的二十年前，第一個社群媒體網站被創造出來。三月時，天堂之門集體自殺在全國引起強烈恐慌，讓美國人每天都在納悶為什麼，到底是為什麼像馬歇爾．艾波懷特這樣著迷於UFO、明顯精神錯亂的傢伙，會引起這麼大的災難？當時有人認為，天堂之門網站上鮮明字體的噪音和外星人漫無邊際的談話，可能在招募和激化追隨者上發揮了一些作用，評論家對此嗤之以鼻。當一名《紐約時報》記者稱天堂之門是「網路裡邪惡事物的經驗教訓」時，《時代雜誌》（*Times*）一名新聞記者提出懷疑而反駁：「靈性的掠奪者？饒了我吧……一個網頁有能力吸引民眾……進入一個自殺異教？……如果沒有三十九個人的死亡，這整個想法是很可笑的。」

就一九九〇年代一般人所能想像得到的，異教需要有實際的場地才能有實際的影響力。沒有隱蔽的公社或與世隔絕的大廈，任何人怎麼能夠離開家人與朋友、壓抑自己的個性，並用某種能引發現實世界傷害的方式，在意識形態上皈依一個毀滅性教義？

自天堂之門事件以後，虛擬和現實世界已經整合在一起。無論如何，在瞬息萬變的社會裡，社群媒體已成為我們幾百萬人建立親密關係和連結的媒介。記者艾倫．席爾凡（Alain Sylvain）在二〇二〇年初寫道，社群媒體和流行文化已經成為「現代生活的營火」（modern-day campfire）[80]。這是九〇年代《時代雜誌》的作者預測不到的事，在這個世界，尋求者主要是在網路上修練混雜的非宗教儀式，以滿足自己的靈性渴望；在這個世界，我們可以在碧昂絲粉絲論壇和私人派樂騰臉書社團中找到最親密的知己；在這個世界，一個人的道德和身分認同與所追蹤的網紅、點擊的定向廣告和轉貼的網路迷因（memes）有關。

天堂之門事件發生後的二十年來，大部分狂熱的邊緣團體幾乎沒有在現實生活中集會。事實上，他們在網路上建立了一套道德、文化和社群的線上系統——有時還很激進——沒有偏遠的公社、教會、「派對」、健身房，只要有語言就夠了。異教式行話替代了實體的聚會場所，提供追隨者某種聚在一起的東西。

當我在二〇一二年夏天第一次下載 Instagram 時，不得不注意到，這個應用軟體把帳號持有者稱做「追蹤者」，而不是朋友或人脈，看起來有多麼奇怪。「它像是一個異教的平臺，」我記得跟好友們說過，「這不是在鼓勵每個人建立自己的小異教？」

當時我甚至不知道「網紅」（influencer）這個詞彙（根據 Google 搜尋資料，這個詞直到二〇一六年才開始流行），所以我沒辦法預料到，「靈性網紅」很快就會變成新宗教領袖的一種類別。Instagram 創始不到十年，出現了幾千名占星家、自我成長達人，以及像班廷荷．馬薩羅和蒂爾．史旺這樣的整體健康導師，利用應用軟體和演算法來傳播他們的福音，而且很可能在網路出現之前，他們對形而上學絲毫不感興趣（更不用說從中賺錢）。這些數位大師用解讀塔羅牌、更新宇宙訊息，以及談論抽象的頻率場（frequency field）和銀河觀點，來滿足現代美國人對新時代概念重新燃起的需求。他們活力四射的動態消息，像美女或「生活風格」網紅一樣吸睛，但提出很多更大的承諾。Instagram 的神祕主義者不是用商業模式在經營，而是用一種靈性使命。他們販賣的不只是贊助內容和商品，而是超凡的智慧。你只要雙點擊和訂閱，就會得到更高的振動、另一個維度，甚至超越死亡的生命。

班廷荷．馬薩羅在二〇一九年一場訪問中提出，「我曾經問自己，如果佛陀或耶穌今天還活著，他們會有臉書頁面嗎？」並補充說，他覺得 Instagram 特別適合神學家。他告訴記者：「圖片擁有能量。」冰冷的雙眼閃爍著。

80 譯注：比喻人們聚集在一起的地方。

布蘭特・威爾金斯的自殺是一個罕見而具體的悲慘例子，這種命運會降臨在過度沉迷於線上大師的扭曲「現實」的尋求者。但對於大部分的人來說，像馬薩羅這樣的人只是一個快速滑過的帳號。和七〇年代的異教不同，我們甚至不用離開屋子，有魅力的人物就能控制我們。對於現代的異教，進入的門檻不過是簡單點擊一下追蹤鍵。

不是每個靈性網紅都很危險。事實上，很多靈性網紅提供的經驗，大部分被我歸類為是正面的，即使只是很快滑動頁面的片刻，也有鼓舞、肯定和撫慰的效果。二〇一八年，我為柯夢波丹網站調查日漸增多的「Instagram 巫師」現象時發現，千禧世代的女性和非二元性別（nonbinary）群眾的多元化結合，正為他們培養忠實的數位追蹤者。這些人專心地投入研究草本藥酒配方和占星命理。這個線上巫師社群似乎是很多 LGBTQ+[81] 和 BIPOC 族群的避風港，因為儘管傳統宗教的空間繁多，他們並不覺得自己受到歡迎。反正都要練習自己的技藝，Instagram 只是提供一個分享的平臺，而且真的可藉此維持生計。我調查過的幾乎每一個人，真正的動機都是以幫助人為優先，而且沒有人使用思考終止格言、迂迴的委婉語，或其他意圖欺騙的伎倆，也就是我們所知最糟糕的異教語言。

但不可避免的，渴望影響力的人總是能找到通向社群媒體的方法，因為社群媒體是最能助長狡猾和自戀傾向的一種機制。記者奧斯卡・施瓦茨（Oscar Schwartz）在《衛報》中寫到，就演算法而言，「真正的大師和有害的大師，幾乎沒有差別。」和其他內容創作者一樣，靈性網紅被應用程式神聖化，是因為他們的貼文符合趨勢，而且非常吸引人。為了自我膨脹的按讚數和廣告收入，並從想要舒緩當代生存壓力與厭倦感而使用 Apple Pay 的尋求者身上賺錢，靈性網紅會交換可程式化的哏圖（quotegrams），上面充滿了令人興奮的健康語彙。

因為靈性網紅的實際信念不如品牌成功來得重要，這些大師願意根據時代思潮的風向去蒙混敷衍。如果大麻二酚（CBD）補充品正盛行，他們的動態會突然間塞滿相關貼文，好像印度大麻一直都是他們意識形態的一部分；如果陰謀論類型的內容看起來反應不錯，他們就會朝向那個方向，即使並不完全理解自己偷渡過來的多端修辭。

花幾分鐘閒逛 Instagram 上班廷荷・馬薩羅的自治區（borough）[82]，就會發現幾打以上類似的帳戶。在某個角落，你會看見偽裝成慈善醫療專家的「另類治療」機會主義者，像是……喬・迪斯

81 譯注：女同性戀、男同性戀、雙性戀、跨性別、對性別感到疑惑者或酷兒。
82 譯注：指個人管理的頁面。

本札「醫生」，一名看起來很普通的中年白人男子。有超過一百萬的 Instagram 追蹤者，不知為何將他視為新時代智者。大批崇拜迪斯本札的追隨者宣稱，迪斯本札幫助他們實現了所有想望，從夢想工作、配偶，到減緩癌症。迪斯本札精明地利用搜尋引擎最佳化和其他網路行銷策略賺取幾百萬美元，他的超級大商場裡販售著自我成長工作坊和僻靜活動、公開演講活動、企業顧問、引導冥想、CD、禮品，以及像《開啟你的驚人天賦》（*Becoming Supernatural*）和《進化你的腦》（*Evolve Your Brain*）之類的書籍。迪斯本札把自己塑造成終極的「科學的」靈性權威，Instagram 的自傳上寫著「表觀遺傳學（epigenetics）[83]、量子物理學與神經科學研究者」，自負地炫耀他在羅格斯大學（Rutgers University）攻讀生物化學，以及在「神經學、神經科學、大腦功能和化學、細胞生物學、記憶形成、老化和長壽」的「研究生訓練和繼續教育」——不管那是什麼意思。迪斯本札從 L．羅恩．賀伯特的劇本中抽出一頁，把貌似學術的語言和超自然結合在一起，例如，檢視一下他對量子場的定義：「一個看不見的能量與資訊場——或者你可以說是一個智能或意識場，其存在超越空間與時間。那裡沒有物理的或物質上存在的東西，超越你的感官所能理解的任何事。」

不用說，大部分的追蹤者並沒有神經科學或量子力學的背景，因此一聽見深奧的術語，只是運用系統一的思考程序，便斷定迪斯本札一定是正當的。「他主要向不甚瞭解或完全不瞭解這個領域的人演講，但這些話實際上對量子場的描述並不正確。」領有執照的心理治療師阿札德．賈法莉（Azadeh Ghafari）經常揭露數位健康詐欺者，她在 Instagram 的帳號 @the.wellness.therapist 上評論道，「說『那裡沒有物理的或物質上存在的東西』不只是絕對錯誤，還顯示這個人並不瞭解當代所謂的真空態（vacuum state）或量子真空。」賈法莉建議這個像石蕊測試一樣單純的方法：「只要有新時代大師用『量子』這個字從推銷的東西中賺錢時，就給他們一個基本的物理方程式（私訊我索取）。如果他們無法解，就離開吧。」網路上的詐騙，就用網路上的事實查核驅離。

實際上，快速調查一下就可以發現，迪斯本札從來沒有從羅格斯大學畢業，也沒有博士學位。他唯一的文憑是常青州立學院（Evergreen State College）的普通學士學位，以及喬治亞州一所叫作生命大學（Life University）脊椎神經學院的學位。然而網路上搜尋一下迪斯本札的資歷，他特別最佳化過的網路形象所提供的最佳結果是：「喬．迪斯本札醫師是知名的腦神經科學家。」他身為一名五十多歲的白人男子，剛好是我們的文化所認為的腦神經科學家看起來和聽起來的模樣，他因此未受質

83 譯注：研究範疇為在不改變 DNA 序列的情況下，遺傳信息通過某些機制或途徑，發生可保存並傳遞給子代的基因表達或細胞表型之改變。

疑地受到普遍信任。[84]

在大師圈的另外一側，則會發現一些二十幾歲的女人在打造令人嚮往的 Insta-baddie[85] 個人品牌時，添加了一絲反制度的氣息。金髮藍眼的海勒・霍夫曼（Heather Hoffman，@activationvibration）通常穿著無鋼圈內衣，戴著裝飾華麗的鼻中膈鼻環和臉部專用的首飾。她的照片經過三倍濾鏡過度加工，特色是彩虹鏡頭光暈和珠寶色調的蓮花，附帶的每日宣言要夠模糊，聽起來才夠有深度（例如，「接收來自你自己本源的鮮美多汁，你對外在的追求就會停止」）。長而複雜的照片說明有新時代用語的特徵，例如「整合強大的密碼」、「量子轉變」、「多維度的時間空間」、「神聖校準」、「提升你的DNA」、「能量矩陣、網格和頻率」，講得非常神祕，讓圈內人想要按讚留言，外人則忍不住繼續往下滑動，去找出她的實際信念是什麼。

在一支影片裡，海勒身穿綠色比基尼，蹲在地板上，一邊敲打西藏頌缽，一邊搖擺軀體。她用甜膩的女高音開始一種模糊不清的說話方式，她把那稱為「光語」（Light Language）。留言處湧入各種「女神」、「令人著迷」和「海勒，你是層次更高的光密碼！」的評論。在另一支短片裡，她坐在一條曼陀羅掛毯前講解，新冠肺炎是政府的「恐懼宣傳」所造成的，而保護自己意味著要「撤消」

你的「恐懼矩陣網格」，才不會汙染「神聖的秩序」。海勒說，由於所有人都已經淪為某個「程式」的受害者，必須透過她接觸「源頭」（神）與其他精神「領域」的能力。而且只有她擁有此能力，她的轉世正是為了治療這些人類的問題。要得到她的智慧，只要報名參加一堂線上課程，像是一百四十四．四四美元的「細胞活化課程：升級你的DNA」，或是付四千四百四十四美元買八堂一對一的指導課程，來挖掘她最獨家的智慧。

在影響連續體上朝著山達基方向慢慢發展，這些人會勸誘你購買電子書，再來是冥想清單，然後是線上催眠課程。到了那時候，如果你不報名參加工作坊或僻靜活動，那麼你的靈性之旅將毫無價值。對你來說，感覺可能像是追尋自我實現，但對他們而言，這是有利可圖的、可以擴大的、可產生被動收入的搖錢樹。

---

84 注解：因為大多數迪斯本札追隨者對他的認識是經由他小心翼翼打造的網路人設，大部分人從來沒有挖掘到他和一個具爭議性的新時代圈子藍慕沙（Ramtha）的關聯。這個團體在八〇年代晚期由自稱超能力大師（還有自豪的川普支持者）的傑西奈（J. Z. Knight）所創立，她吐出的各種匿名者Q（QAnon）式的辭令受到引用，而且通常是偏執己見的胡扯（像是所有的男同性戀都曾經是天主教神父）。但是藍慕沙的虔誠支持者——包括很多一線明星——只想聽見他們想聽到的，而忽略其他部分。

85 譯注：指 Instagram 上有完美妝容、完美穿搭、完美自拍的女生。

賈法莉指出，當一個線上大師使用太多「絕對語言」（absolutist language）的時候，那是新時代詐騙者的首要警示信號。「任何以一種普遍又過於簡化的方式，來談論對過去、對內在創傷的感受的概念的人，」她清楚地說，「例如，像是『我們在童年全都受過創傷，這就是為什麼我們需要做一、二、三』或是『所有人都來自宇宙，我們只是漂浮在一個量子場等等』這類敘述。」如果一個大師的訊息裡缺少簡單的量詞和限定詞，很可能就是沒有資格以心理健康權威發言的徵兆，加上如果他們對實際幫助人比較沒有興趣，而是想盡可能說服更多追隨者投資他們的預言才能。

賈法莉的結論是：「新時代的整體身心靈健康與創傷知情（trauma-informed）[86]照護無關，而是與推銷偽科學與行銷有關。」像班廷荷・馬薩羅和海勒・霍夫曼這樣的另類健康（alternative wellness）[87]大師，會怒氣衝衝地談論大藥廠（Big Pharma）的邪惡，直到臉色發青。賈法莉說，「但他們推銷的是一種更虛偽的資本主義。」他們賣的是一把他們也沒有的開悟之鑰。

對一些旁觀者來說，神祕的 Instagram 詐騙者看起來可能不構成威脅，畢竟，你必須與現實嚴重脫節，才會去相信這些人，是吧？但研究人員發現，最受到新時代辭令吸引的民眾比你想像的還要通曉新知。懷疑論者協會（Skeptics Society）創辦人麥可・薛莫（Michael Shermer）是名科學作家，曾經寫過有關「怪異想法」中智能與信念的關聯的文章。根據薛莫的說法，研究顯示，在美國的受測對象當中，教育程度最低的人較可能訂閱某些超自然信念，像是鬼屋、撒旦附身和UFO登陸；但受過最多教育的受測對象最可能相信新時代思想，像是心靈的力量可以治癒疾病。心理學家斯圖亞特．維斯（Stuart Vyse）評論說，新時代運動「讓（超自然）思想在過往被認為對迷信免疫的群體中愈來愈受到歡迎，也就是那些比較有智慧、社經地位較高、教育水平較高的人。」因此，他說，舊時代的觀點認為，與無信仰者相比，相信「怪異」事物的人比較不聰明，不完全是對的。

客觀來說，捏造「量子場」和「提升你的DNA」這種抽象解釋，和鬼魂與外星人出現一樣不合理。但是，因為這些抽象解釋跟熟知社群媒體又擁有大學學位的年輕族群連結起來，似乎就比較容易被接受。然而，並不是聰明人就不會相信異教。薛莫說，聰明人反而更擅於「為不聰明理由而形成的信念辯護」。不管是懷疑論者或科學家，大部分人都不是基於實證證據（empirical evidence）相關理由而形成信念。例如金錢等於幸福，貓比狗更好，或是清潔濾鍋只有一個方法這些事情，沒有人會坐下來閱讀一大堆科學研究，然後權衡利弊，再決定是否相信。薛莫說，「反而是基因傾向、父母

86 譯注：指辨識創傷壓力，理解創傷壓力對個人帶來的影響，進一步利用對創傷的理解來預防與療癒創傷。
87 譯注：指西方主流學院醫療之外的身心靈健康照護觀點與方法。

偏好、手足影響、同儕壓力、教育經驗和生活印象等等變數，都會形成個性偏好和感情傾向，加上許多的社會和文化影響，導致我們做出某些信念選擇。」

這一切就說明了，聰明和熟悉時代思潮不足以保護一個人不受網路上的異教式影響。像喬・迪斯本札和班廷荷・馬薩羅這樣狡猾的社群媒體人物，也許在宏大的規模中看起來沒什麼大不了，但他們正在塑造一個「光語」和科幻物理學比真實科學更重要的世界，在這個世界裡事實似乎只是一種意見，就是在為更危險的團體創造可利用的空間。

就是這種拒絕「主流」健康照護和領導的偏執，給了匿名者Q如此強大的動力，他們的修辭與「另類健康」領域有相當程度的重疊：「大覺醒」、「揚升」（ascension）、「5G」。匿名者Q和新時代擁護者的曲線圖看起來一天比一天更圓[88]。暴力的右翼陰謀論者和看似進步的嬉皮這兩種類型，一開始看起來不太可能交叉，但美國的動蕩不安不斷升高，導致超乎想像數量的市民（大部分是白人、中產階級的前基督徒，很像以前加入天堂之門的群眾）一起步入了反政府、反媒體和反醫師的立場。

在二〇一〇年代初期，早在匿名者Q出現之前，「陰謀靈性論」（conspirituality，「陰謀」和「靈性」的混成詞）這個專門用詞被用來描述快速成長的政治—靈性運動，界定它的兩個核心原則為：

「第一個是從傳統到陰謀論，第二個源自新時代：一、一個祕密團體暗中控制，或試著控制政治和社會秩序；二、人類正在經歷一場意識上的『典範轉移』。」（這個定義來自《現代宗教期刊》〔*Journal of Contemporary Religion*〕一篇二〇二一年論文）。

當新冠肺炎疫情在二〇二〇年襲擊美國時，就好似火箭燃料餵養了陰謀靈性論的火焰。

反疫苗接種者和計畫型流行病陰謀論者，正好落入了陰謀靈性論的範疇裡，但許多看似與匿名者Q無關的健康愛好者也一樣：例如，那種可能會參加精油多層次傳銷，或穿「Namaslay」T恤去上都是白人的瑜珈課，或是在Instagram上經營「整體自我照護」帳號的人。那種可能某個晚上在YouTube搜尋「全天然健康療法」的人，結果進入「所有的醫師都被洗腦」的陰謀靈性論領域，找不到離開的路。

弔詭的是，陰謀靈性論者甚至不知道或不願意承認，自己的信念和匿名者Q有關。事實上，有些相信的人把「匿名者Q」、「陰謀論者」和「反疫苗接種者」這些專門用詞視為攻擊性的「詆毀」。

88 譯注：可能指其論點帶著人繞圈圈，但其實未提供任何解釋。

外人愈是引用這些標籤，內部的人就愈是堅決拒絕讓步。最後，兩邊陣營都認為另一方「遭到洗腦」。

簡要地說，匿名者Q開始於二〇一七年，是網路上圍繞著一個稱為Q的所謂情報知情人士的偏激陰謀論。這個意識形態的開始類似這樣：一名不露臉的人物Q發誓，他擁有腐敗的左派領袖——「深層政府」或「全球菁英」——在世界各地性虐待兒童的「證據」。（根據Q的說法，唐納・川普在被「不正當地」罷免前，一直堅持不懈地阻撓他們。）要打敗這個由強大自由主義掠奪者組成的邪惡陰謀集團，唯一方法就是Q的忠誠者的支持，而這些人被稱為「Q愛國者」（Q Patriots）或「麵包師傅」（bakers）。他們會從匿名領導者散布在網路上的祕密線索，例如「Q雨滴」（Q drops）或「麵包屑」（crumbs），去尋找意義。信任Q意味著拒絕主流的政府、強烈鄙視媒體，以及隨時與持懷疑態度的人爭論。這些全部都是正在進行中的「典範轉移」的必要成分。匿名者Q已經發展出號召的口號，包括「現在你就是新聞」和「享受這場好戲」，指的是即將發生的「覺醒」或大災變。

二〇二〇年九月，《科斯日報》（*Daily Kos*）和民調公司Civiqs進行的一份民調顯示，超過半數的共和黨受訪者相信一部分或大部分的Q匿名者理論……至少是他們所知的理論。因為一旦掉入匿名者Q更深的兔子洞，就會發現有些連訂閱者也不知道（至少一開始不知道）的東西，例如撒旦恐慌式風格、極端法西斯主義的信念，相關的理論包括傑佛瑞．艾普斯坦（Jeffrey Epstein）和湯姆．漢克斯（Tom Hanks）共謀猥褻一群未成年人、希拉蕊．柯林頓（Hillary Clinton）為了延長壽命喝小孩子的血、羅斯柴爾德家族（Rothschilds）經營幾個世紀之久的崇拜撒旦集團，還有更多。

但是匿名者Q能夠快速成長，不是只有刻板的極右派極端分子。稍稍向左轉，你會發現陰謀論者有一個表面上更讓人容易接受的命題，他們可能沒有那麼專注在希拉蕊．柯林頓崇拜撒旦這件事，而是強調大藥廠強迫他們和小孩使用邪惡的西方藥物。這些信仰者使用了稍微不同的既定觀念語彙，有些取自女性主義政治，像「強行插入」（把注射疫苗和性侵合併在一起）和「我的身體，我的選擇」（這個反疫苗接種／反戴口罩的口號是竊取自捍衛選擇權運動）。為了只提供人們本來就感興趣的事，社群媒體演算法會追蹤他們的關鍵字，所以客製化的匿名者Q分支能夠形成一張四處蔓延的蜘蛛網。

以這種方式，匿名者Q把語言當成物質和能量，變得像黑洞一樣，在二十一世紀吸引著各種接觸到匿名者Q的異教式信仰者。這就是為什麼匿名者Q的主要流行語，像是「深層政府」、「主流媒體」和「典範轉移」，都這麼崇高而模糊的部分原因，因為不必透露太多，也同樣有引進與團結新成員的效果。這和山達基為了不要失去新的追隨者，而隱瞞高層怪異的語言，沒有什麼不同。和占星術類似，匿名者Q利用通用貼文讓參與者說服自己，匿名者Q在對他們說話，好像唯獨這個社群擁有世界苦難的答案，同時一直在掩飾，統一的信仰體系實際上並不存在。

和大部分操縱性的異教一樣，匿名者Q的吸引力主要在於保證有特殊的預知能力，而且只有它已開悟的地下集團成員才可以得到。這種誘惑是用一種全面的社會方言（sociolect）所建構起來的（現在聽起來應該很熟悉吧），也就是內部使用的縮寫字和鍵盤符號、「我們」／「他們」標籤，以及既定觀點用語。依照匿名者Q的說法，CBTS代表「暴風雨前的寧靜」（calm before the storm），「真相追尋者」是追隨者，而無知的外人是「盲從者」或「菁英的代理人」；#拯救兒童（#Savethechildren）是一個聽起來很純真的匿名者Q特定用語，是從真實的販賣兒童維權人士那兒偷來的，用來隱藏在眾目睽睽之下並吸引新來的人；「5D意識」是一種開悟的程度，內部的人在動盪的時代可以獲得；「揚升」是一個既定觀念流行語，用來消除焦慮或認知失調的情況；而「檢視所有觀點」是眾多委婉用語之一，用來說證據等同於幻想。

這些專用詞彙可以繼續列下去。同時，這些詞彙一直在變化，分化成「匿名者Q語」（QAnon-ese）的不同方言，都是為了要適應思想系統新增的部分，這樣社群媒體演算法才跟不上，就無法去判定語言違規，避免使用這些詞彙的帳戶被封鎖或屏蔽。新的密碼字、主題標籤和使用規則，不斷推陳出新。匿名者Q追蹤者（有些還是有自己的追隨者的網紅）隨時等待匿名者Q更新，一有更新便分享發布在Instagram現時動態上，相當於一個「這個訊息會在二十四小內自我銷毀」的社群媒體。對追蹤他們的追隨者來說，這又創造了更深一層的獨特性。直白地說，在匿名者Q裡面，異教中還有異教中的異教中的異教。這是最終極的異教騙術，而且如果沒有社群媒體，一切就不可能發生。

依據匿名者Q支派的不同信念，匿名者Q參與者可以用任何有「共鳴」的方式，自由定義「盲從者」和「5D」等廣泛言論。畢竟對他們而言，「真相是主觀的」。這種語言的某些詮釋已經在真實世界造成許多暴力事件[89]，導致匿名者Q成為這個時代最具威脅的國內恐怖團體，但這對他們來說都無所謂。匿名者Q在本質上只是一個瘋狂的末日異教，這類團體可以追溯到幾個世紀以前，也無

89 注解：二〇一八年以來，匿名者Q支持者已經犯下謀殺、製造炸彈、摧毀教堂、讓貨運火車出軌、在和警車高速追逐時現場直播匿名者Q的長篇大論，以及組織極度支持川普的暴民（還有其他惡夢般的犯罪活動）。

所謂。雖然，這齣戲的角色卡司是新的，社群媒體這個傳播媒介也是新的，但是毫無根據的末日預言，以及黑暗勢力祕密控制一切的這種想法，都是老套了。

然而，那些埋首於匿名者Q和陰謀靈性論之間有「共同理解的文化」的人，無論如何都會找到繼續下去的方法。遇到任何質疑或障礙，只要用上他們常用的思考終止格言，例如「相信這個計畫」、「覺醒比這一切更重要」、「媒體是宣傳工具」，就可以輕易反駁；而「自己去研究」，指的是在網路上落入一個無法脫身、充滿確認偏誤的兔子洞，說穿了就是一個幻想的世界，裡面充滿了對莫名其妙事物的解釋。

如果這一切聽起來像是一個反烏托邦電玩遊戲，那就是「樂趣」的一部分。匿名者Q的原本音色讓人感覺有陰謀，是為了讓它聽起來像是為了電視製作的電影：「追蹤金錢流向」、「我已經說太多了」、「有些事必須保密到最後」。匿名者Q被形容成是「一款非常引人入勝的另類現實遊戲」，線上用戶扮演想像中的麵包師角色，飢渴地期待每一塊新的麵包屑謎題。美國加州大學洛杉磯分校（UCLA）精神病學家約瑟夫．皮耶（Joseph M. Pierre）博士指出，這種虛擬的尋寶遊戲創造出一種稱為「可變比例時制」（variable-ratio schedule）的制約形式，在無法預期的間隔時間發出獎賞。那種難以預期的興奮感，就像線上遊戲或賭博，或像你不知道何時會得到下一個社群媒體的「讚」的感覺，驅使你不斷刷新動態。匿名者Q的沉浸式體驗產生了一種類似上癮的強迫行為。皮耶在《今日心理學》發表的一篇匿名者Q認知分析文章中指出，匿名者Q「讓人把幻想與現實結合在一起，與其說是一種可能發生的風險，不如說是一種內建的特徵。」

皮耶寫道，總的來說，有些心理怪癖，包括對獨特性的渴望，加上在充滿危機的時代中對確定性、掌控性和解脫有特別急迫的需求，被認為促進了陰謀論的信念。陰謀論藉由情節曲折與善惡二元，抓住了我們的注意力，同時對於未解的問題提供簡單的答案。皮耶解釋說，「陰謀論提供了慰藉，因為對他們來說每件事的發生都有其原因，同時讓相信者感到自己很特別，因為只有他們知道那些祕密，但我們其他『盲從者』都不知情。」

當推特和Instagram這樣的平臺開始注意到匿名者Q的危險，並開始制裁後，支持者為了不讓溝通訊息被刪除，必須使用更有創意的語言。這是匿名者Q的訊息開始以有美感的哏圖形式出現的部分原因：設計成圖表化的格言，內容融入「保持平靜和顯化」之類自我照顧的迷因，無邪地充斥在大多數用戶的Instagram動態上。這個發展很快就變成大家所知的「粉蠟筆匿名者Q」（Pastel

QAnon）。

這些哏圖憑藉賞心悅目的字體和通用的語法，本身就是一種既定觀點用語，用意在拉扯用戶的心弦來贏得喜愛，便會不加思索轉貼。二〇一三年，有個聰明的釣餌因此得以躲過大家耳目，它用Photoshop軟體把引用自希特勒《我的奮鬥》（*Mein Kampf*）的晦澀語句（「人唯一可以採取的預防措施，就是過不規律的生活」、「不要拿自己和別人比較，如果你這樣做，就是在侮辱你自己」），放在泰勒絲（Taylor Swift）照片旁。製作哏圖的人把創作上傳到Pinterest，自鳴得意地看著粉絲在網路上到處轉貼。重點是要證明容易受到影響的年輕泰勒絲鐵粉的極度忠誠，還有毫無疑問立即分享泰勒絲的一切的熱切。

早在社群媒體出現之前，哏圖就有一種宗教性的力量。我們喜愛正方形中的精闢格言，與掛在虔誠姑媽化妝間裡的詩篇刺繡有關。不過，這甚至可以回溯到更早以前，你猜得到年代嗎？答案是新教改革時代，當時的焦點從宗教圖像（彩色玻璃、〈最後的晚餐〉濕壁畫）大幅轉移到文字。「從圖像中得到的模糊性，令人感到愈來愈不對勁。」杜倫大學（Durham University）數位神學研究員瑪莉卡・蘿絲（Marika Rose）博士在*Grazia*雜誌評論說，「所以，重視聖經的新教徒讓它成為一種比較以文字為基礎的宗教。」從那時候開始，我們的文化就開始從短小的諺語尋找指引和福音，還相信只要是書寫下來的引言，你所讀到的就是真的。然而，在網路上，沒有清楚來源的神祕警句可能是帶尋求者通向更陰險事物的匝道。

匿名者Q沒有明確的組織架構，沒有一個領導者，沒有一致的教義，也沒有具體的退出成本，它和天堂之門或瓊斯鎮並不完全屬於同一種異教式類型。但對一個完全沉浸在匿名者Q的追隨者，也不可能突然說不信就不信。對於那些徹底浸泡在「覺醒」和「研究」的世界的人來說，爬出兔子洞意味著深刻的心理失落感。皮耶詳細闡述說，那種失落來自失去了「讓人打發時間的事、和重要事物有連結的感覺、在不確定的年代終於有一種自我價值感和控制感的感覺」。即使有前信仰者出面譴責匿名者Q，但存在的重要性就足以讓真正的死忠者繼續沉溺其中。

不是每個人都找得到途徑進入匿名者Q那種層級的網路異教，但臉書和 Tumblr 這類平臺，確實讓我們很多人感受到生命的重要性，也讓我們與人連結。我的看法是，當名人和陰謀論者在網路上創造自己的異教追隨者時，我們數十億人，甚至（特別是）像喬．迪斯本札博士與唐納．川普這樣的大人物，都歸屬於社群媒體這個終極偽教會。

在某種意義上，我們不能宣稱自己的「宗教信仰愈來愈薄弱了」，因為現今社群媒體的工作是在刻意製造意識形態派別，以及把民眾的動態用他們本已相信的誇大推薦內容塞滿。當我們在網路上發文或經營個人網路身分時，應用程式便透過元數據（metadata）[90]取得這些人物設定，再經由無法拒絕的定向廣告（targeted ads）和客製動態消息去強化這些人物設定。沒有「異教領袖」能像演算法那樣利用我們的心理驅力（psychological drives），演算法靠著把我們送入兔子洞而茁壯成長，所以除非我們積極搜尋，不然幾乎看不到贊成不同聲音的言論。從衣服一路到靈性和政治信仰，我們所做的選擇，其實是那些難以解釋的不同數位版本的自己，所造成的直接結果。塔拉．伊莎貝拉．伯頓在她的著作《奇怪的儀式》（*Strange Rites*）中寫道，「美國不是一個世俗的國家，只是在靈性上以自我為中心。」在以社群媒體為中心的社會裡，我們已經同時成為異教領袖和追隨者。

90 譯注：指有關資料的訊息。

第三章

面對異教的正面態度

把從靈魂飛輪到 Instagram 等所有團體認定為異教式團體，因此是邪惡的，對我來說很容易。但說到底，我認為，如果所有人都拒絕相信或參與，對這個世界並沒有好處。過於謹慎會破壞身為人類最迷人的部分。我不想活在無法放下防備，放心去參加團體唱誦真言的世界。如果所有人都這麼害怕另類團體，怕到即使為了與人連結和意義感，也絕不在信念上做點小小跳躍，那會有多麼寂寞？

有些關於知名科學家的性格與他們對非主流信仰接受度的研究顯示，過分的憤世嫉俗實際上會妨礙新的發現。科學作家麥可．薛莫發現，最具代表性的聰明人物，像古生物學家古爾德（Stephen Jay Gould）和天文學家卡爾．薩根（Carl Sagan），對於經驗的嚴謹性和開放性都有超高水準，顯示兩者之間有完美的平衡。他們有足夠適應力可以偶爾接受最後是正確的古怪主張，但也不會過於輕信而對每個偶然遇見的離奇理論都信以為真。「例如，薩根對外星智慧的研究持開放態度，這在當時被認為是一種溫和的異端想法。」薛莫說，「但是他非常嚴謹，無法接受幽浮和外星人曾經真的登陸地球這種更具爭議的主張。」長話短說，有時候，有些事聽起來太古怪到不可能是真的，那它真的確確實實就是又古怪又吸引人。

有人說，加入異教的人是「迷失的」，但每個人在某種程度上都是迷失的。對所有人來說，生活絕對都是混亂和困惑的。因此，對於人們如何陷入危險的異教式情況，有一個更合理的思考方式：這些人是在積極尋求被發現，而且，由於基因與生活經驗的差異，以及形成人類性格的各種複雜因素，這些人對於自己身處於不尋常的情況這件事，有著比一般人更開放的態度。為了保護自己，只需要準確結合事實查核、交叉查核，以及接受靈性的滿足很可能來自意想不到的地方。

我認為，去判定大部分人所歸屬的日常「異教」，帶有某種理所當然又無法防備的惡意，這樣做也沒有幫助。靈魂飛輪不是山達基，Instagram 網紅也不是吉姆．瓊斯。如同我們已經瞭解的，當你拿聳人聽聞的「異教領袖」做比較，來譴責以不當方式觸犯我們的團體，可能會在已經受到批判的危險周遭製造出更多混亂。我們從圍攻大衛教派院落的經驗得知，當 FBI 大受震驚，以至於相信韋科就快成為「另一個瓊斯鎮」的時候，最後 FBI 自己引發了一場原可避免的災難。現在，韋科慘案成為啟發一些無政府主義右派網路團體的邪惡靈感。這些團體認為，在和 FBI 僵持中死去是最偉大的犧牲。這樣的事件證明，忽視異教式社群的細微差別，只會導致混亂和修辭誇張的文化延續下去。

事實上，現在大部分的運動（movements）都留給我們足夠的空間，去決定要相信什麼、參與什麼，以及用什麼語言來表達自己。不論我們如何選擇，聽聽這些社群使用的措辭，以及如何發揮好與不好的影響力，都可以讓我們在參與時有更清晰的觀察。

聽著我爸爸的錫納農故事長大，聽他每天逃到舊金山被禁止前往的高中的故事，聽他在微生物實驗室做實驗的故事，讓我知道，好的情緒和樂觀態度可以讓人容易受到可疑言論的影響，但也可以讓人從真正黑暗的環境裡解脫出來。保有適度審慎的質疑，小心永遠不要放棄邏輯思考或情感的直覺（它的存在是有原因的），那麼人在經歷任何狀況時，不管是身處孤立的公社、就職於壓迫的新創公司，或面對 Instagram 說謊大師，都可以確保和自己保持連結。

最重要的是，保持雪亮的眼睛——你的大腦一振，告訴你這裡出現了某種程度的隱喻與虛幻，以及你的認同不是來自上師或一心一意的意識形態，而是形塑你這個人的影響、經驗和語言的龐大總和。只要堅持這一點，明白一天結束後回到家或是關上應用軟體、脫掉團體的語言制服後，你又可以像原本一樣說話，而不是完完全全投入，那麼我認為，參加某些異教式團體是可以的。

我開始撰寫這本書的時候有點擔心，所有的異教研究最後只會讓我變成一個反社會又厭世的人。雖然我真的比以往更能覺察到，充斥在日常生活裡的各種異教式方言，但我也產生了更強的惻隱之心。雖然我幾乎不可能搬到香巴拉風格的合作社，或對一些 Instagram 陰謀論者獻出我的忠誠，但是我擁有了一個新的能力，能夠對那些可能會那麼做的人停止嚴厲批判。這是因為我瞭解到，一個人超乎常規的信念、經驗和忠誠，不是愚蠢的標誌，而是反映了一件事：人類生理上的建構（有好也有壞），比我所知的更神祕，也更具公共傾向。

DNA讓我們想跟志同道合的人在一起，去相信某一件事、感受某一件事。我相信，有一種健康的方法可以做到。部分的我認為，那就是同時實際參與好幾個「異教」，像瓊斯鎮倖存者勞拉·強斯頓·柯爾從單一公社生活方式，轉為投入不同團體。以這種方式，我們可以自由唱誦、做主題標籤、談論顯化和祝福，甚至說方言……或說某種形式的異教語……但始終和現實有所連結。

所以讓我們再試一次：來吧，和我一起。人生太特別了，不要自己一個人體驗。

致謝

像這樣的一本書能夠出版得歸功於許多慷慨的人。首先，萬分感謝我的眾多資訊來源（包括最後的訪問沒有出現在書裡的人，仍然非常寶貴），對於你們的時間、專家意見、想法，以及脆弱性，我的感激溢於言表。這本書之所以特別地美妙是因為，它讓我重新聯繫上這麼多好幾年沒有交談過的朋友及家人。異教這個奇特的普遍主題讓我們團聚在一起。

感謝我令人讚嘆的編輯 Karen Rinaldi 和 Rebecca Raskin，對我持續地相信和投入的心力。還有絕佳又熱誠的 Harper Wave 團隊其他人：Yelena Nesbit、Sophia Lauriello 和 Penny Makras。

謝謝我精通文學的經紀人 Rachel Vogel，你實在是超越人類演化的更高層次，我覺得相當幸運有你當我的代表和朋友。也非常感謝 Olivia Blaustein 持續不斷的支持，以及書籍上市大師 Dan Blank 的「讓一切變容易」。

對於鼓舞和支持我的家人，我感激不盡：我的父母 Craig 和 Denise 和我的兄弟。謝謝你們傳承的好奇心和懷疑論。媽媽，要特別感謝你協助我擬書名。Brandon，謝謝你幫忙閱讀和吹毛求疵。爸爸，謝謝你許多吸引人的異教故事，一如既往，我引頸期盼你的回憶錄。

感謝我甜美、令人鼓舞的朋友、導師、富創意的合作者，尤其是 Racheli Alkobey、Isa Medina、Amanda Kohr、Koa Beck、Camille Perri、Keely Weiss、Azadeh Ghafari、Joey Soloway 和 Rachel Wiegand。Rae Mae，你相信我們二〇一八年初在先驅者墓園（Pioneer Cemetery）那段毛骨悚然的對話，真的變成了一本書嗎？太棒了。

感謝我極為投入的 Instagram「追蹤者」社群：你們讓網路感覺像是個相當不錯的地方。

謝謝 Katie Neuhof 拍攝迷人的作者照片，以及 Lacausa Clothing 和 Sargeant PR 提供出色的服裝。

感謝我的得力助手 Kaitlyn McLintock，要是沒有你的奉獻、可靠和開朗，這本書就不會完成。

謝謝我忠實的狗助理和貓助理：Fiddle、Claire，特別是我的夥伴 David。我的毛小孩，這一年如果沒有你們，我將沒有辦法熬過去。

還有最後，Casey Kolb，我的靈魂伴侶、最佳朋友、雙重奏夥伴、意見徵詢對象、隔離夥伴和一人粉絲俱樂部。如果有CK異教的話，我會無需考慮的加入。

國家圖書館出版品預行編目(CIP)資料

異教語言學：語言如何讓人產生狂熱？ / 亞曼達.蒙泰爾
(Amanda Montell)作；林麗雪翻譯.
-- 初版. -- 臺北市：行人文化實驗室，行人股份有限公司，2023.03
336面；14.8×21公分
譯自：Cultish : the language of fanaticism.
ISBN 978-626-96497-5-4(平裝)

1.CST: 洗腦　2.CST: 心理語言學　3.CST: 團體認同

800.14　112000924

異教語言學：
語言如何讓人產生狂熱？
Cultish: The Language of Fanaticism

作　者：亞曼達・蒙泰爾 Amanda Montell
譯　者：林麗雪

總 編 輯：周易正
責任編輯：陳敬淳
編輯協力：林佩儀、鄭湘榆

版型設計：葳豐企業
封面設計：廖　韡
印　刷：釉川印刷

定　價：420元

I S B N：978-626-96497-5-4

版　次：2023年03月 初版一刷

出版者：行人文化實驗室（行人股份有限公司）
發行人：廖美立
地　址：10074 台北市中正區南昌路一段49號2樓
電　話：+886-2- 37652655
傳　真：+886-2- 37652660
網　址：http://flaneur.tw

總經銷：大和書報圖書股份有限公司
電　話：+886-2-8990-2588